鷹匠 裕

Takajo Yutaka

聖火の熱源

双葉社

目次

装画　星野勝之
装幀　高柳雅人

聖火の熱源

第一章　激震

1

一瞬、何が起きたのかわからなかった。

靴底を突き上げる激しい衝撃に、猪《い》野《の》一《かず》斗《と》は床に崩れ落ちた。

二〇二四年八月二〇日。ロサンゼルス国際空港《LAX》7番ターミナル。ユナイテッド航空のチェックインカウンターに並ぼうとした矢先だった。

「ワッ、何なの、これ」

隣でジーンズの膝をついた部下の女性、エイミー・ヨコザワが、立ち上がろうとする一斗のジャケットにしがみついた。けれども揺れの大きさに負けて手を放し、やはり床に倒れ込んだ。

「……地震だな」

カウンター上の航空会社の看板が読めないくらいに揺れている。近くで何かが割れる鋭い音がした。

「それもかなりデカい」

「イヤだ、カズト、怖《こわ》いよ」

日本人の父とアメリカ人の母の間に生まれ北西部シアトルで育ったエイミーは、アメリカ国籍で、二四歳の今まで地震には慣れていない。

「エイミー、オレに摑まっていろ」

そう言って一斗は被《かぶ》っていたロサンゼルス・ベアーズの青いキャップをエイミーの金茶色の髪に押し付けた。四二歳という自分の年齢にふさわしい落ち着きを発揮しなくてはと努めながら、どこか下に潜って身を護れそうな場所はないか周りを見回した。

だが多くの旅客がぺたんと座り込んだフロアに、潜り込めそうな場所は見当たらなかった。ガードマンや航空会社の地上職員がよろけながら右往左往している。

非常ベルと幾《いく》つもの言語の叫びが飛び交う中、不気味な低音が響いていた。地鳴りのようにも感じられた。

唐突にロビー全体に滑走路からのジェットエンジン音が轟いた。どこかでガラス窓が割れたのかもしれない。ジェット燃料の匂いが鼻腔《びくう》を突き刺した。そばのコンクリート壁に大きな亀裂が入り、天井の照明が今にも落ちそうに揺れている。

一斗は東日本大震災発生の瞬間を思い出した。一三年前、現在のスポーツマーケティング会社「ISTジャパン」のCEOになるはるか以前のことだ。

遅い昼食を取ろうと、当時勤めていた広告代理店・弘朋社《こうほうしや》が入る麴町《こうじまち》タワーを出た。その途端、やはり下から突き上げる揺れが襲った。

揺れはやがて横方向に変わり、振り返ると今出て来たばかりのオフィスタワーが隣のタワーにぶつかるのではないかと思うほどにしなって揺らいでいた。

東京でも震度五強を記録したあの時の地震。それよりも、今の揺れは急で激しい。

「危ない《ウオッチアウト》！」

鋭い声がして振り向くと、ゼロハリバートンの巨大なキャリーケースがこちらへ突進してくるところだった。

エイミーの身体を思い切り引き寄せ、すんでのところでそれを避《よ》けた。ぴっちりしたTシャツに包まれたエイミーの胸が一斗の腕にぶつかった。

ベアーズのキャップの下でエイミーは泣きじゃくっていた。生まれて初めて味わう恐怖だろう。

「避難してください《エヴアキユエイト・エブリバディ》！　チェックインは中止します！」

地上職員がマイクで叫んでいるが、どこに避難すればいいのか見当もつかなかった。

「滑走路にヒビが入った」という声が聞こえ、空港全体が閉鎖という情報が流れてきた。出発便は全てキャンセル、到着便も全便他の空港へ回るという。閉鎖はいつまで続くかわからない。

タブレット端末やスマホでニュースを見ようにも、Ｗi‐Ｆiが切れている。メールも電話も繋がらない。さらに余震が数十秒ごとに、並大抵の地震より大きな揺れで襲ってくる。

とにかくまずここを離れなくては――。

一斗とエイミーはターミナルビルの外に出た。柱がぽっきりと折れた出口を背に、送迎レーンを埋める車列を茫然と見つめる。エイミーは自分のキャリーバッグの上に座り込んでいた。

一斗の目にふと入ったものがあった。

緑地に立てられた『ＬＡ28』の文字と五つの輪を組み合わせた大きなオブジェ。そう、ここロスでは、四年後の二〇二八年に夏季オリンピックが開催されるのだ。そこへ向かって盛り上げる派手なサインに真っ二つに亀裂が入っていた。

——いったいどうしたらいいのだ。

一斗は必死に頭を回転させた。途方に暮れている暇はなかった。

早く日本に帰らなければならない。せっかく代理人として話をまとめた福岡ブラックキャッツの四番打者、柳本充《やなぎもとみつる》のメジャーリーグ《MLB》球団・LAベアーズ移籍の件がある。契約書にサインさせるために、一刻も早く帰国する必要があった。

一斗は一計を案じて、小型プロペラ機でラスベガスまで飛ぼうと考えた。

世界最大の歓楽地からなら日本へ帰る方法があるはずだ——。

二時間後、一斗はエイミーと「VAN《ヴァン》 NUYZ《ナイズ》」と看板がある郊外の小さな空港にいた。そこまでは、渋るタクシーに一〇〇ドル札を何枚かチラつかせ強引に走らせて来た。

「カズト、どうしてこんな小っちゃい空港知ってるの」

心配顔の中、そう聞いたエイミーに、「昔、CMのロケで来たことがあるんだ」と、かつて弘朋社で働いていた時のことを言った。

ラスベガス国際空港から、韓国の仁川《インチョン》を経由して羽田空港に向かった。到着予定は、当初ロサンゼルスから直行で帰るはずの時刻からまる一日遅れとなった。その間、一斗は機内でずっとアメリカのニュースをタブレット端末で見ていた。

テレビもネットもニュースはロスの地震一色に染まっていた。市の中心部から南側のロングビーチ地区が特に被害が大きい。火災やビルの倒壊に加え、何よりも戦慄したのは海岸から押し寄せる大津波の映像だった。

何ということだ。

一斗はイヤホンの音量を大きくして、ニュースの英語音声を聞いた。分かったのは最初の地震の発生から三〇分後に、米西海岸では史上最大となる津波が市街を襲い、国際空港の管制塔までも水浸しにしてしまったということだった。

あのまま空港にいたら、二人ともどうなっていたかわからない。

エイミーは移動に次ぐ移動ですっかり疲れたのか、頭を一斗の方に凭《もた》せかけて、寝入っている。

ニュース映像の下には死者・行方不明者・負傷者の数が並び、秒刻みで数字が大きくなっていた。東日本大震災並みか、それを超える大災害になると感じられた。

次に飛び込んで来た空からの映像が、一斗の目を釘付けにした。

地震と津波で見るも無残に崩れ落ちた、楕円形の建造物。それは今回の出張中に、「後学のために」と時間をつくって見に行った場所だった。

次回二〇二八年夏季オリンピックのメイン会場として大改修中のLAメモリアルコロシアム。それがまるで建設初期であるかのように、骨組みだけになり軀体《くたい》がすっかり消失していた。

想像を絶する被害だった。街の少なくとも半分が崩壊しているように見えた。恐らくロサンゼルスは今後、再建にすべての資金とエネルギーを注《つ》ぎ込まざるを得なくなる。スポーツどころではなくなってしまうのではないか。

LAベアーズは今シーズンどうなるのか。ホームで試合はとてもできないだろう。水面下で交渉を重ね、次世代の主戦力としてようやく移籍合意に漕ぎつけた柳本充の立場はどうなるのか。この地震の影響で、契約が白紙に戻ってしまうことなどないだろうか――。

ふと耳のそばでエイミーの声がした。

「怖い《テリファイド》……」

少し薄めの、形のよい唇が震えている。あの凄まじい揺れを夢に見たようだった。

可哀そうに。起こしてやろうか――。

その頬に触れそうになって、一斗は手を止めた。

自分の会社の命運が掛かっている契約のほうが気がかりでならなかった。

ベアーズの担当者にまずは安否を問うメールを機内から打ってみた。けれども羽田で降機するまでの間に返信はなかった。


帰国の翌日、一斗は北青山にあるオフィスでせわしない一日を過ごした。

持ち帰ったベアーズとの契約書は当然英語で、柳本に読ませるために和訳しなければならない。

「まず訳してみろ」

エイミーにやらせてみたが、高校までシアトル育ちだった日本語力の不足は明らかだった。

翻訳は自分でやった方が早い。そう悟るまで時間はかからなかった。

仕方ない。日本語のために雇ったのではないのだから――。

エイミーは高校三年の時に日本に来たが、アメリカ育ちがかえって災いし、日本の有名大学を卒業してもちゃんとした就職ができていなかった。

英語を武器に商社や旅行会社あたりにすんなり入れるだろうと思っていたのが、完全に甘かった。「社会常識の欠如」で軒並み落とされてしまったのだ。

何しろ敬語は全く使えない。黒一色のリクルートスーツなど頭から拒否し、ビビッドな色のジャケットで会社訪問に臨んだエイミーを、面接官はあきれ顔で見た。ほぼ門前払いに等しく一次面接で落とされ、しかたなく英会話カフェでバイトしていたところを、一斗が拾った。

「アメリカが本社の会社に入ったのだからせめて日常会話くらいできなくては」

そう考えて一斗はそのカフェに足を踏み入れた。英語は、学生時代は不得手な方ではなかったが、会社に入ってからほとんど使わなくなったためにすっかり錆びついていたのだ。

バイトという不安定な立場にいながらも落ち込まず、エイミーが惜しげなく見せる笑みは、弘朋社を追い出され荒《すさ》んでいた一斗の心に光を差し込ませた。何度かカフェに通い言葉を交わすうちにエイミーの就活失敗の話を聞き出し、大笑いした。

「それは確かに、日本の会社には刺激がキツすぎたかもしれないな」

だが一斗はやがてエイミーの持っている不思議な力に気付いた。

自分が英語を必死に学び直すよりこの女性を雇った方が早い。それだけでなく、いるだけでなぜか場の空気を盛り上げ、ヒトの気持ちを前向きにする天賦の才をエイミーは持っていた。

その魅力は今後、タフな交渉の場が増えるはずの仕事に活かせそうな気がした。一斗はまだ自分しかいないＩＳＴ日本法人にエイミーを入社させた。

最初のアシスタントとなったエイミーの奔放さには、その後も苦笑いすることがあった。けれども英語力のほうですぐに、アメリカ相手の仕事には欠かせない存在になった。

「手を差し伸べたつもりで、実は救われたのはこっちの方かもしれない」と一斗は感じていた。

契約書の翻訳に取り掛かりながらも、オフィスのテレビはつけっぱなしにしていた。

ロサンゼルスの惨状は時を追うごとに深刻度を増していた。建物だけでなく、フリーウェイがあっけなく倒壊している。街路には着の身着のまま逃げてきた人々が、怯《おび》えた表情で屯《たむろ》していた。地震発生時の恐怖を口々にけたたましく訴えている。

「日本の基準で見た最大震度は、七に相当しますね」

大地震が起きるごとにテレビ画面に登場する眼鏡の大学教授が語っていた。

「東日本大震災と肩を並べる規模です」

併せてアメリカ地質調査所《USGS》の発表したデータによると、マグニチュードは九・二。こちらはわずかながら日本の一三年前の震災を上回っていた。

「そう言えば以前にもロスでは大きな地震がありましたね」キャスターが言う。

「はい。今から三〇年前の一九九四年、死者六一人を出す大地震がありました」

スタジオのモニターに高速道路が崩れ落ち、火の手が上がっている当時の報道写真が出た。

「ロスだけではありません。実はカリフォルニアは、西部開拓時代から地震が多いことで知られていました。二〇世紀初頭にはサンフランシスコが大地震で壊滅状態になり、三〇〇〇人以上が死亡しています」

「はあ……カリフォルニアと言うと、私たちはつい青い空と温暖な気候ばかり想像してしまいますが、危険な地域でもあるんですね」

「その通りです。近年も活発な大断層の動きが感知され、いつ大地震が起きてもおかしくない状態でした」

ネットのニュース画面に一斗が眼を転じると、『米・加州に非常事態宣言』という見出しがあった。思わずクリックする。

『アメリカ・カリフォルニア州のゴードン知事は二〇日に発生した地震に対し、LA周辺に「非常事態宣言」を発した。これにより消防・警察に加えて陸軍、海兵隊などが救助活動と治安維持に当たることになる』と本文があった。さらに、

『アメリカのハワード大統領は、「国家特別災害」に今回の震災を指定した』

というニュースもあった。日本の「激甚災害」にあたるものだろう。

事態は、一斗が一野球選手のメジャーリーグ進出が叶うかどうかで気を揉んでいるレベルではなかった。はるかに切迫していた。

メールボックスに、ベアーズ担当者からの返事はいまだなかった。替わりにあったのは、佐久《さく》間重利《ましげとし》からのメールだった。佐久間はかつて一斗と弘朋社に同期入社した社員の一人で、今はメディア部門のテレビ局にいる。

「カズト、確かLAに出張してるんだよな。大丈夫か?」

逆に自分の安否が尋ねられていたのだ。

佐久間は七年前、一斗が離婚して荒れていた時に、辛抱強くヤケ酒の相手をしてくれた男でもあった。妻と別れるより、結婚してすぐ生まれた六歳の娘を置いていくのが一斗には辛かった。

一斗が弘朋社を去らねばならない羽目に陥った時にも、最後まで「お前が辞めることはない」

「責任は別の奴が取るべきだ」と言い続け、一緒に悔しがってくれた。

現在のＩＳＴジャパンを立ち上げた後も、折に触れ声を掛けてくる。アメリカに立つ直前にも二人で飲み、「来週はロスに出張なんだ」と話していた。

出張の目的は極秘の契約だったから明かさなかったが、今の一斗の仕事を知っている佐久間には大方想像がついていただろう。

「ありがとう。幸い昨日、命からがら帰って来たよ。落ち着いたらまた飲もう」

短く返信を送ると、一斗は電子辞書と首っ引きでの翻訳作業に戻った。

2

一斗が広告代理店・弘朋社を、入社一七年目、脂の乗り切ったところで辞めねばならなくなったのは、あるタレントが引き起こしたトラブルが原因だった。

一斗は当時化粧品会社のＳ社を担当する営業部に所属していた。部は女性化粧品、男性化粧品、トイレタリー商品を扱う三チームに分かれていて、一斗は男性化粧品チームのリーダーを務めていた。

弘朋社は広告業界二位、売上では一位の連広《れんこう》に大きく差をつけられている。けれどもクリエイティブの面では連広に引けを取らない、いやむしろ勝るとも評価されている代理店だった。Ｓ社はその弘朋社にとって、看板となる広告作品を世に出せる最重点クライアントだった。

ある時、Ｓ社が社運を賭けて売り出す新商品シリーズ「プリンシィ」の広告扱いを巡って、競合提案《ピッチ》が行われることになった。プリンシィは若い男性に向けたスキンケア化粧品で、一〇年以上続いてきたブランドを一新しＳ社が市場に出す大型商品だった。競合相手は旧商品の広告を一手に扱っていた連広だった。

「新商品が競合になるということは、これまでの連広の広告に不満があるからだ。このピッチ、死ぬ気で取りに行くぞ」

一斗はチームのメンバーを集めて発破《はっぱ》を掛けた。その競合に勝利すれば、これまでＳ社の扱いで水をあけられていた連広に売り上げでほぼ並ぶ可能性がある。

「そしたらイノッチが次期部長だな。今回、めちゃ張り切ってるぜ」

そんな会話が部員の間で交わされるのが聞こえてきた。確かに今度の仕事がうまくいけば、三つのチームを束ね二〇人余りの部下を率いる立場への昇進が現実になりそうな手応えがあった。

一斗は、社内で注目度が急上昇していた女性のクリエイティブ・ディレクター《CD》を拝み倒してプレゼンスタッフの中心に据えた。ＣＤは「女性が思わずキスしたくなる男性の肌」をコンセプトに広告案を開発した。

シンボルになるタレントには、芸能界最強のジュリアス事務所に所属する櫻沢悠希《さくらさわゆうき》がキャスティングされた。ジュリアス事務所は男女問わず美形の若い歌手や俳優を取り揃え、所属タレントのイメージを何より大切にすることで有名だ。出演するＣＭの企画から演出にまで細かく口を出すためにスタッフから煙たがられることが多かったが、珍しくその案はすんなり内諾をとることができた。

「ぜひウチのユウキの案で連広さんに勝ってちょうだいね」

ジュリアス事務所の「女帝」と呼ばれる辣腕マネージャーにプレッシャーを掛けられ、一斗は武者震いした。事務所は連広との取引も数々あるが、今回は弘朋社に乗ったのだった。

キャンペーンコピーは「スキ・キス・スキン」に決まった。

女性CDが気合を込めてプレゼンした案は、S社宣伝部内で高い評価を受け、競合は圧勝した。

一斗以下のチーム員は大張り切りで、櫻沢悠希の撮影やCM入稿に不眠不休で奔走した。

そして新商品シリーズ・プリンシィの発売日。S社としても十数年ぶりの規模でキャンペーンがスタートした。渋谷の地下通路には巨大ビジュアルが出現、櫻沢悠希の裸の胸に抱かれるポーズで自撮りする女性の列ができた。その様子がさらにSNSで大量に拡散された。

プリンシィを使えば、自分もそんな風に女子に触れてきてもらえるかもしれない。

若い男たちの無邪気な勘違いを誘い、プリンシィは発売直後から爆発的なヒットになった。広告効果はS社が掛けた予算の数倍に相当するという試算も現れた。

「弘朋社さん、今回は本当によくやってくれたね」

一斗はS社の宣伝担当役員から直接、感謝の言葉を贈られるという栄誉に浴し、鼻高々だった。

だが、好事魔多し――。

キャンペーンがスタートして二週間後、写真週刊誌『ゲット!』にスクープが載ることが発売前日にわかった。

『櫻沢悠希、行き過ぎた「キス・スキン」　JKがレイプ被害告白!』

内容は櫻沢がファンの女子高生をマンションに連れ込み、酒を飲ませた上で性的暴行に及んだというショッキングなものだった。

Ｓ社は激怒した。弘朋社の雑誌局を通じて出版社に圧力を掛け、『ゲット！』の出荷を強引に差し止めようとした。けれども時すでに遅く、書店やコンビニ、駅売店に写真誌は麗々しく並び、飛ぶように売れた後だった。

「櫻沢悠希ってこんなヤツだったの」

「どうせそんなもんだろ。アイドルだから何やってもいいって勘違いしてるんだ」

男女の別なく、非難轟々となった。さらに後追いのワイドショーで「私も同じことをユウキにされた」と、目に線を被せ声を変えて証言する女性も現れた。

プリンシィの広告キャンペーンは即刻ストップとなった。一斗らは泣く泣く押さえ済みの広告媒体のキャンセルや商品差し替えに追われた。急な変更がきかなかったスポット枠は、やむなくＡＣジャパンの啓蒙ＣＭに提供された。

それは時として起こる不祥事の尻ふきの中でも、めったにない規模のものとなった。

「今度ばかりはジュリアス事務所もヤバいかもな」

そんな噂が社内で飛び交った。

だが緊急の後始末が一段落し、櫻沢悠希を大写ししたシティボードや動画が世の中から消え去ったところで、Ｓ社は予想外の動きをした。

「櫻沢の出演料は返還させるが、それ以上の損害賠償は請求しない」

事実上の「おとがめなし」だった。

あれだけの騒ぎを起こし、通常なら当然違約金請求の法的措置という話になるのに。そんなにジュリアス事務所が怖いのか――。

一斗は地団太《じだんだ》を踏んだ。そうした一斗を、S社を最大クライアントとする第二営業局の局長だった谷脇功治《たにわきこうじ》がある日、局長室に呼んだ。

谷脇は引き攣《つ》った表情のままの一斗に言った。

「まあ、ここは静かにしてるしかないよ」

見事なゴルフ焼けに、口髭《くちひげ》。「チョイ悪」で知られるオヤジタレント似を完璧に意識した顔で、谷脇は言った。

隣には、谷脇の一番の子分として仕えてきた営業部長の山科新哉《やましなしんや》が膝を揃えて座していた。

「何たって天下のジュリアス事務所だからな。S社としても本気で戦争を構えるのはウマくないと思ったんだろう。ほかのタレントのこともあるからな」

ジュリアスは飛びぬけて最強の芸能事務所であり、S社の広告にも数多く所属タレントを出演させてきた実績がある。今回の事があっても、それはまた続くのだろう。

「要は、ほとぼりが冷めるのを待って、無かったことにする。大人の判断だよ。猪野」

山科が谷脇の言葉を追いかけるように言った。一斗は誰に怒りの矛先を向けていいか分からなくなった。

「だけどな、Sはウチに対しては無罪放免というわけじゃないんだ」

今度は谷脇が苦虫を嚙み潰したような顔で口にした。

「行状をチェックせず問題あるタレントを提案し、新製品の門出に泥を塗ったと怒り心頭だ」

それを言われると、代理店は立場が弱い。

「専務とお詫びに行って、何とか出入り禁止まではならずに済みそうだ。それでも、ウチとしては何か責任を形にして見せないわけにはいかない」

その渋面はいささか芝居がかっているようにも見えた。

「山科を部長から外し、新しい部長を据える」

そうした言葉が発せられるのを一斗は予期した。さすがに今回の経緯から言って、後任が自分に回ってくると思うほど能天気ではなかった。部内の他のチームリーダーが今回は昇格し、自分はその「次」を待つしかない――。

「しかたない」と一斗は覚悟を決めた。

だが、谷脇が次に発したのは思いも掛けぬ言葉だった。

「猪野、オマエにSの担当を外れてもらう」

「えっ」

部長の山科が一斗の表情をちらりと盗み見た。

「僕が……異動、ですか」

なぜだ、という思いが急激に襲ってきた。

たしかに自分は今回のプレゼンを仕切った。だが櫻沢を提案したのは部長の山科の承認を取った上でのことだ。S社が本気で怒っているのなら、責任を取るべきは少なくとも山科じゃないのか。

「いや、異動じゃない」谷脇の乾いた言葉が追い打ちをかけた。

「これだけ得意先の信頼を失う大失敗《おおドジ》を犯したんだ。もうオマエを営業として受け入れる部は、この社内にはない」

一斗は怒りのあまり立ち上がりそうになった。ジュリアス事務所との関係も悪化させず、S社への責任も表して見せる。そのためには現場責任者の首を切ることくらい、どうということはないとしているのだ。

けれども目の前に暗く厚い幕が降りてきて、また座り込んだ。

谷脇が不意に口調を変えて言った。

「お前もわかってるだろう。広告代理店じゃクリエイティブがチヤホヤされるが、本当の華は、仕事全体を仕切っている営業なんだ。営業にいられないくらいなら、会社にしがみついてもしょうがないだろう」

さらに道を説く神父のような声音で続けた。

「猪野、この際まったく新しい仕事に挑戦してみる気はないか。弘朋社を離れて、だ」

一斗は意味が分からなかった。

コイツはとにかく全責任をオレに押し付ける気なのか。そんなことが納得できるわけがない。

谷脇は一斗の思いに構わず言った。

「実はな、アメリカで指折りのスポーツマーケティングの会社が、日本法人を設立しようとしている。その初代ヘッドをやる人間を探しているんだ。本国の社長がちょっと知り合いでな。そいつが広告界のキャリアがあるヤツが欲しいと言っている」

そう言うと谷脇は、一冊のファイルをテーブルの上にぽんと置いた。濃いブルーの表紙に、重厚な金箔押しで「IST」とロゴが入っている。

「インターナショナル・スポーツ・トラスト。名前くらい知っているだろう」

そう言われてみると、その社名は聞いたことがある気がした。確か隣の女性化粧品チームが「東京レディスマラソン」をS社の冠《かんむり》で開催した時に、海外の選手の招聘《しょうへい》業務を委嘱していたのではなかったか。とすると、あれも谷脇との繋がりだった――？

だがスポーツビジネスなど自分には縁遠い世界と思いこんでいた。入社以来ほぼずっと、化粧品会社担当の営業職としてやってきた。メディアの交渉や、クリエイティブの連中との駆け引きには手練《てだ》れになった。けれども、スポーツの仕事に直接関わったことなどない。簡単にできようわけもなかった。

「それは僕にその会社に出向しろってことですか？」

「いや、出向でもない」谷脇が答えた。

「弘朋社《ウチ》をきっぱり辞めて、その会社に入れと言ってるんだ。幸い今なら、早期退職制度の対象になる。退職金も割増しで出るぞ」

「なんで僕が会社を辞めなきゃいけないんですか！」

耐え切れず、尖った言葉が一斗の口を衝《つ》いて出た。もう限界だった。

「もう僕はこの会社ではお払い箱だって言うんですか」

「ああ、ハッキリ言えばな。でも……」谷脇が一拍置いて言った。

「オマエ、入社面接の時、言ってたじゃないか。スポーツに関わる仕事をしたい、と」

一斗は思わずハッとした。咄嗟に言葉が出なかった。谷脇が続けた。

「言うまでもないが、今スポーツビジネスの世界で圧倒的な力を持つのは連広だ」

それは一斗も嫌というほど解っていた。

「だからそうした仕事をしたいのなら、この周りにいるより専門の会社に行った方が思い切り腕を振るえるんだぞ」

この男はこうやって数々の部下を切り捨ててきたのだろう。自分の座を守るために。

けれども言われてみて初めて思い出した。一斗は弘朋社の面接で希望の職種を聞かれ、そう答えた記憶が微かにあった。

だが新人配属でその希望は無視されたと思っていた。圧倒的多数が就く営業職になり、そこから一七年間ひと筋でやってきた。出世や名誉の欲がまったくなかったとは言わないが、何より得意先のため、商品を成功させるために愚直に突っ走ってきた。決して器用なほうではないと自覚しつつも、自分なりに一生懸命頑張ってきたつもりだ。その結果、同期の中でもそこそこ高い評価を得ている自負はあった。

入社試験の何度目かの面接官が谷脇で、「スポーツに関係する仕事をしたい」と言った相手であることなどは、その間まるで意識になかった。

よくこの男は覚えていたな。人事は記憶力だっていうけど、ダテに局長を張ってるわけじゃないってことか。

「猪野、オマエに良かれと思って言っているんだ」

谷脇は諄々《じゅんじゅん》と説く口調で言った。

「今回の失敗は不運な面もある。だけどな、もう一度言っておく。事がこれだけ大きくなった以上、もうこの会社にオマエの居場所はないんだ。あったとしても、警備員か、社員食堂の皿洗いくらいだろう。まあオマエが会社の株を買い占めて自ら取締役にでもなるなら別だがね」

理不尽な話の上にそう薄ら笑いを浮かべて嘯《うそぶ》く谷脇に、噴き上がる反発の言葉が多すぎ、どれから言うか一斗は迷った。

──絶対におかしい。こんな仕打ちをなぜオレが受けなければならないんだ。

だがその一方で、胸の底で違う思いがちらりと蠢《うごめ》き出しているのも感じた。

全米で指折りのスポーツマーケティング会社。その日本法人の初代ヘッドを探している──。

その言葉は、不思議な新鮮さをもって一斗の胸に響いた。

目の前の憎々しい男が言う通り、広告代理店の営業は黒子ではあるが仕事全体の中軸であることは間違いがない。そのことに自分は誇りを抱いてこれまでやってきた。S社という世間に注目される得意先で、クリエイターではないが「あのキャンペーンはオレが仕切ったのだ」と密かに胸を張れる仕事も残してきた。

とは言え一方で「クライアント・ファースト」の美名のもとに、得意先のためなら何でもやるという営業独特の毎日に、少し疲れていたのも事実だった。

局長室を出た一斗の胸は揺れていた。

本当にこの会社で自分の道がもうないのなら、いっそ新しいことに賭けてみるのも悪くないかもしれない。そして、谷脇を見返してやるのだ。温情でも掛けたつもりでいるクソ野郎を。思ってもみなかったような大きな仕事をやってのけて──。

そう考えると、谷脇の息のかかった話に乗る癪さを乗り超えて、新たな意欲の芽が吹いてくるのを感じた。

二日後、一斗は谷脇に導かれるまま転職を決意していた。

3

大地震に見舞われたロサンゼルスから帰って来て二か月。

一斗はISTジャパンのオフィスで、またテレビ画面を見つめていた。

アメリカのJ・ハワード大統領が「重大発表」をすると予告していた。翌月に迫った大統領選挙の決戦に向け、苦戦の予想を覆して再選を果たすには、何か大きなサプライズが必要と言われていた。

「あと四年、二〇二八年のオリンピックを絶対自分の手でやりたいんだろうな」

一斗が呟くと、隣でエイミーが肩をすくめて言った。

「えー、もう八〇歳超えたお爺ちゃんだよ。アメリカはもっと若いイケメンに引っ張ってもらわないと」

「うん、もしかするとそういう声に応えて、急遽、とんでもない大決断を発表するのかもしれない。『北』との国交樹立とか」

だが、大統領の発表はそうではなかった。

「開会予定まで四年を切った二〇二八年のロサンゼルス・オリンピック・パラリンピック大会の開催を返上する」

それがハワードの声明だった。

ハワードは苦渋に顔を歪ませて言った。

「ロサンゼルス市は周辺部を含め、歴史にない致命的被害を受けた。私は複数回、現地に入りその実情を見た。市当局は連邦政府と連携し復旧に全力で当たっているが、まだこれから膨大な時間がかかる。ここは市民生活の復活を最優先することが必要だ。断腸の思いでオリンピック開催の断念を世界オリンピック委員会《WOC》に伝えた」

ホワイトハウスの記者席が一斉にどよめいた。

「米国だけでなく世界のトップアスリートが集い、技と力を競うのを楽しみにしていた国民の皆さんには申し訳ない。けれどもロサンゼルスには、いまだに生活を立て直せず苦しむ市民が無数にいる。この決定はサントス市長、ゴードン・カリフォルニア州知事とも緊密に話し合って行ったものだ。国民の皆さんには私たちの決断を理解してもらえるものと信じている」

「へーっ！　ハワード、正気かあ？　何てもったいない」

いつの間にか傍に来ていた藤代雅紀《ふじしろまさき》が声を上げた。

藤代はこの秋に入ったばかりの新入社員だった。二六歳、生粋の日本人だが、エイミーとは逆に大学からアメリカに留学し、ハワイ大のロースクールを出て州の弁護士資格を取っている。

一斗がIST社の日本法人の最高経営責任者《CEO》の座に就いてから、ビジネスの一つの軸にすると決めたのが、日本人野球選手を米国のメジャーリーガーにすべく売り込む代理人業《エージェント》だった。代理人を務めるにはMLBが要求する資格が必要になる。法律だけでなく野球全般、球界の組織や歴史に関する幅広い知識が求められる。一斗はそれを猛勉強の末、一度目の受験で見事にパスした。

「いやー、人生であれほど勉強したことはなかったよ」

行きつけのバーで祝ってくれた弘朋社同期の佐久間に、一斗は語った。試験問題は当然英文だ。

過去問を読み込んで解答の練習をするには、何週間も徹夜の勉強が続いた。

一斗でも合格したように、ＭＬＢで代理人として交渉するのに米国の弁護士資格が必須なわけではない。だが弁護士資格を持っていれば、交渉上有利になる点は数々ある。

そこで一斗は、勉強中に知り合った藤代に猛烈なリクルート攻勢を掛けた。

藤代は、当時日本の大学院に籍を置いていた。ハワイ州と言えども米国の弁護士資格を得た以上、新入社員は「雑巾がけ」から始めさせられる日本の企業への就職など眼中になかった。

「まあ、アメリカの巨大ＩＴ企業なら入ってもいいかな」

「勝ち組になる」ことを公言して憚《はばか》らない藤代に薄っぺらさを感じなくはなかったが、そのわかりやすい強気も若さの特権と受け取った。何より目から鼻へ抜ける才気や、理路整然とした思考に自分にはないものを見て、一斗は藤代をＩＳＴ日本法人に招き入れた。

「ウチは日本にある会社だけど、本社はアメリカだ。キミの活躍の場があると約束する」

藤代としても同年輩の新卒社員の倍近くある年収での契約に不満はないはずだった。

今後はハワイだけでなく、本土の州の弁護士資格を取らせたい。そしてベアーズへの柳本移籍に続く第二、第三の案件にはぜひとも藤代を活用したいと目論《もくろ》んでいた。

雇ってみると、いくらか軽いところはあるが、その分裏表のない若者という好印象を抱いた。教養レベルは高く、頭のキレと判断力は仕事の中でも光っていた。長めの髪で、眼鏡を外すと涼しい目が現れ、少し薹《とう》が立ったアイドルに見えなくもない。社内ではハワイ時代の愛称である「マーク」と呼ばれている。

「確かに、これは予想していなかったな」

開催返上の発表を聞いて、一斗は信じられない思いで言った。

予定通りであれば一九八四年以来、四四年ぶりとなるはずだったロス五輪開催が、ここに消え失せたのだ。

「ロサンゼルスにとっては本当にオリンピックどころじゃないんだな」

一斗の脳裏に二か月前機内で目にした、巨大コロシアムが倒壊する映像が戻ってきた。

「でもLAにとって、オリンピックは特別な意味を持つはずですよね。それをギブアップ、返上するのはよほどの危機感なんですねえ」と藤代が呟いた。

「特別の意味って？」

エイミーが聞き返した。藤代がアメリカ育ちのエイミーに対していくらか得意げな顔で語り始めた。

「エイミー、八四年のLA大会はね。オリンピックの歴史上、画期的な大会だったんだ」

藤代は、ここ数十年のオリンピックの歴史を説明した。よく知っているなと感心しながら、一斗も聞き入った。

曰く——。

一九六四年の東京、六八年のメキシコシティで開催されたオリンピックは、それぞれ「敗戦国日本の復興を国際的に誇示する」「初めて発展途上国で開催」という特別の意義を世界に向け発信した大会だった。

だがそれ以降、五輪は政治と血腥《ちなまぐさ》い国際紛争の渦に巻き込まれる道を辿《たど》った。

七二年のミュンヘン大会では、イスラエルの選手がパレスチナ武装組織のテロで殺害されるという陰惨な事件が発生。「血塗られた五輪」の名を歴史に残した。

一九八〇年には初の共産圏開催としてモスクワ大会が行われた。だがその前年のソ連のアフガニスタン軍事介入に抗議して欧米や日本の西側諸国が揃ってボイコット、当時ソ連と対立関係にあった中国までが不参加を決めた。八〇年大会はソ連と東欧諸国の「お友だち運動会」と悪口を言われた。

政治の渦だけではなかった。規模が拡大し続ける大会は、開催都市に想定以上の経済的負担を強いるのが常になった。一九七六年のカナダ・モントリオール大会では、五輪開催で莫大な負債を抱えた市が財政破綻するという前代未聞の事態が起きた。

「もうオリンピックを世界最大のスポーツの祭典として続けていくのは無理なのではないか」

そういった声が関係者の間で広まった。以来、開催地として名乗りを上げることを躊躇する、あるいはいったん招致を表明しても引っ込める都市が相次いだ。

八四年に開催が決まったロサンゼルス大会も、これまでのやり方では大赤字になり、結果として市民に税金で大きな負担を被せることになるのが必至だった。誘致に疑問を唱えたり、公然と反対デモをしたりする市民団体が現れ、開催が危ぶまれ始めた。

「そこへ手を挙げたのが、ペーター・ユビタスだったんだな」

その先は一斗も、弘朋社に入社してから聞いた知識として持っていた。

西海岸で巨大ショッピングモールを複数経営していた実業家のユビタスは、「私が新しい形でLA五輪を実現する。キーワードは、民営化だ」と宣言したのだった。

「はい。ユビタスは、『五輪を民間のビジネスとして経営する』という斬新なコンセプトを掲げて、ロス大会の組織委員長に就きました。それまで国や開催都市の支出に頼っていた予算の大半を、企業スポンサーを付けることで賄《まかな》うシステムをつくり上げたんですね」

「そうだ」若い藤代に替わって、一斗が先を話した。

「そしてその構想には強力なパートナーがいた。それまで五輪に『放送権の分配』で関わってきた日本の広告代理店・連広だった」

連広はユビタスにスポンサー獲得を一任され、その活動に死力を尽くした。連広が賢かったのは、ロサンゼルスで開かれる大会であるにもかかわらず、スポンサーを米国企業に絞らなかったことだ。当時、ジャパンマネーが世界での投資先を血眼で探していた。

クルマのトモダ、フィルムのフソー写真、時計のセイミツなどが、米企業を差し置いて「一業種一社」のスポンサーの座を獲得した。そのスポンサー料は合計数百億円に及んだと伝えられる。すなわちオリンピックの民営化とは、ユビタスと連広のタッグによる商業化、広告ビジネス化だった。その傾向は、回を追うごとに顕著になっていく。

ロス以前・ロス以後、と呼ばれる区別が近代五輪の歴史に刻まれた。

「LAにとってオリンピックは特別な意味を持つ」と藤代が言ったのはそうした理由だった。その名誉ある立場を、次回に関しロサンゼルスと米国は放棄しようとしている。

一斗はふと思った。

ロス五輪がなくなったら、今後、野球の種目はどうなるのだろう――。

二〇二〇年開催予定がコロナ禍で一年延期された東京大会では、野球が正式種目として取り上げられた。そして日本代表「侍ジャパン」が堂々、金メダルの栄光に輝いた。二年後に開催されたＷＢＣでも、日本はアメリカを破って優勝し、日本選手の注目度は否応なく高まった。その中心となった大物選手は投打の二刀流で大活躍し、メジャーでも何度もＭＶＰに輝くなど大旋風を巻き起こした。

一斗のＩＳＴジャパンのビジネスにとっては強いフォローの風が吹いていたのだ。

ところがつい先日閉幕したパリ五輪では、野球は一転して除外されてしまった。ヨーロッパでの野球人気の低さが影響したと見えた。せっかく人気の高まった「侍ジャパン」、日本選手の注目度に冷水を浴びせられるのは一斗の仕事上は辛い。

そうした理由からも、二八年予定のロス大会で野球が復活すると内定していることに、一斗は大きな期待を掛けていたのだった。

ロスの大地震は、ウチのビジネスに何重にも悪影響を及ぼすことになるかもしれない――。

得体の知れない不安が一斗の胸を襲った。

4

ロサンゼルスが二〇二八年の開催を返上したら、大会そのものが中止になるのか。それともどこか別の都市で開かれるのか。誰もがその疑問を持った。

だがロサンゼルスの代わりを急遽引き受けようという奇特な都市は現れなかった。

「それはそうですよね」藤代が一斗に言った。

「もう開催まで、四年しかないんだから。その間に競技場を建設したり、実施体制を整えたりするなんてムリでしょう」

「そうだな。予算を立てて議会を通して、なんてやっていたらすぐに時間は経っちゃうからな」

「第一、オリンピック自体が、いま疫病神《やくびょうがみ》みたいなもんだし」

藤代が言う意味は、痛いほど一斗には分かった。

この二〇二四年において、「オリンピック」はあらゆる面で逆風のただ中にあった。

三年前に一年遅れで開催された東京大会は、誘致段階における海外のＷＯＣ委員に対する派手な買収攻勢が暴露され、米仏両国の検察当局から捜査対象とされた。

大会組織本部が立ち上がってからも、公式エンブレムの盗作騒ぎ、各部門の責任者がジェンダー差別の言動で何人も辞任するなど、ご難続きだった。さらにスポンサー利権を巡って、元連広役員で実質的に組織本部のボスだった人物が逮捕された。そして競技実施をめぐる業界ぐるみの談合と連鎖し、「呪われた五輪」とまで呼ばれるようになってしまったのである。

談合容疑では、連広だけでなく一斗の古巣である弘朋社からも逮捕・起訴者が出るなど、業界全体が白い眼で見られるようになっていた。

「ウチは連広が独占禁止法で訴追されることがないよう、お願いされて付き合ってあげただけなのに。しかも指示したのは組織本部の側なんだから、これは完全に官製談合だよ」

弘朋社同期の佐久間は「必要悪だ」と嘆いて見せたが、世間の広告代理店に対する風当たりは厳しいままだった。

そうした影響を受け、札幌市が一九七二年以来五八年ぶりに冬季大会を二〇三〇年に再誘致する活動を白紙に戻さざるを得なくなった。連広はＡ級戦犯扱いされて当然だった。

さらにその余波は、日本国内だけでなく世界に広がった。

ただでさえ、二〇二八年のロサンゼルスと次に内定している三二年ブリスベン大会の後には、もう手を挙げるところがないのではないか。そうした悲観的な見方が流れる中で、突然の代替開催など引き受けようという都市は出てこないほうが自然だった。

だが、ハワード政権は「代替《オルタナティブ》開催」の都市を探し出す執念を見せていた。

何しろこれまで中止になった夏季五輪と言えば、一九一六年のベルリン、四〇年の東京、四四年のロンドンしかない。いずれも二度の世界大戦下で、スポーツの祭典どころではなかったのだ。それだけでなく、戦火を交える国民同士が競技の場で相見《あいまみ》えることで、不測の事態が起きかねない状況下での決断だった。

今回のロス地震は、大災害と言っても米国内の一州の話だ。

まずはアメリカの中で、代替開催する都市を探す動きが報じられた。

「それはそうだよね。アメリカは広いんだから、地震に関係なく開催できるトコなんかいくらでもあるはずだよ」

藤代が言った。実際アメリカでは、一九九六年にアトランタで、また古くは一世紀以上前の一九〇四年にセントルイスで夏季オリンピックが開かれた実績がある。

だが藤代の言葉に代表される大方の見方にそぐわず、米国内で「替わり」の開催都市を模索するハワードの試みは早々に暗礁に乗り上げた。

理由は大きく二つ挙げられた。

一つは、オリンピック全体の総元締めである世界《W》オリンピック《O》委員会《C》が強い難色を示したことだった。

「オリンピックはあくまで都市が開くものであり、アメリカの国内オリンピック委員会がそのように国内でたらいまわしする私物化は許されない」というのだった。

また代替地候補とするなら本命になりそうだったアトランタの市長が、「開催の意思はない」と言明したことも大きな理由になった。

「財政上の理由にしてるけど、政治的判断ですね。これは」

市長の発表をネットニュースで見た藤代が言い切った。

「政治的判断って、どういうことだ？」

一斗が聞くと、藤代が説明してみせた。

「アトランタが州都のジョージア州は、典型的なレッドステート、つまり共和党が圧倒的に強い州なんですよ。大統領選挙はデニスでもう決まりと言われている」

藤代は、前回の大統領選挙で民主党のハワードに敗れたものの「次」で返り咲きを狙っている前大統領の名を挙げた。四年前の選挙ではハワードがごく僅差で勝利したが、「投票集計に不正があり無効」と、デニス陣営は選挙結果を認めない訴訟を起こしている。

「ハワードの助けになるようなことは一切しないってわけか」

「そういうことです」

前大統領が現大統領の足を引っ張るべく、後ろで糸を引いているというのだ。

「ここでハワードに恩を売るって発想はないのかなあ、デニスには。引き受けたら全米で人気もガンと上がると思うんだけどな」

藤代は肩をすくめて見せた。

オリンピックが政治的な性格をもつことは理解しているつもりだったが、そこまで露骨に政争の具になるものか、と一斗は小さく嘆息した。

そうした結果、ハワードも苦渋の決断をしなくてはならなくなった。

「わが合衆国に替わって開催してくれる都市はないか」と世界に呼び掛けざるを得なかったのだ。それでもどこの国の都市でもいいというわけではない。世界が「新冷戦」と呼ばれる不穏な情勢にある中、対立する国に借りをつくるようなことは絶対に避けたかった。

何とかアメリカの意を汲んで代替開催してくれる都市を友好国の中で探し出すことは、世界に冠たるスポーツ大国の沽券《こけん》にかかわる大命題になった。

アメリカが出した答えは、誰も予想していなかったものだった。

『ハワード大統領、日本・樫木《かしき》首相に東京での五輪代替開催を要請か』

突然そうしたスクープが流れたのだ。

仕事のあと、渋谷・道玄坂の串焼き屋でエイミー、藤代との三人で飲んでいた一斗は、壁のテレビに流れたその速報を見て、持っていたグラスを思わず落としそうになった。

「何だって⁉」

「悪い冗談としか思えませんね」

藤代が呆然として言った。

汚濁にまみれた東京開催はほんの三年前だ。どこを突《つつ》けば、再び開催などという可能性が出てくるのか――。

けれどもそれからの一週間に畳み掛けるように流れた続報は、「信じられない」「あり得ない」という反応を「いや、無理だろう」という程度に徐々に変えていくものだった。

まず当の樫木壱郎《いちろう》総理大臣が、要請があったことを官邸の「囲み取材」で認めたのだ。

「ハワード大統領から直接、電話がありました。日米両国民の友情の証《あかし》として今回の窮地を救ってほしい、と」

樫木は歴代の民自党首相の中でも、米国に対する忠誠度が最も高い部類に属していた。一年前に就任すると、二日後「最も早く訪米した首相」の記録を更新してハワード大統領と会談、「ジョン」「イチ」と呼び合う信頼関係を築いたのだった。

さらにロサンゼルスの大地震に際しては、即日、見舞いのメッセージを発し、「今度は我々がトモダチ作戦を実施する番だ」と宣言した。東日本大震災の時に米国が軍を挙げて差し伸べた救援への返礼を約した。

そうした関係を踏まえて、ハワード大統領も要請してきたのかもしれない。だがそのハワードの耳にも、東京大会の幾多の醜聞はさすがに入っていたはずだ。それにも拘わらず日本政府に言ってくるということは、ある程度の成算があってとしか思えなかった。

樫木は続けて明らかにした。

「その後、WOCのモルゲン会長からもメッセージがありました」

記者たちはひと言も聞き漏らすまいと緊張しながら、樫木にマイクを寄せた。

「トウキョウは二〇二一年のオリンピックのために、たいへん立派な国立競技場《ナショナルスタジアム》を新築しておきながら、残念ながら観客を入れることが叶わなかった。ここはアメリカに救いの手を差し伸べつつ、日本としても今度こそ完全な形で五輪を開催するのがよいのではないか、と」

「で、どう返答されたんですか」記者から質問が飛んだ。

「明確な回答はまだしていません」

　樫木はそう言って悩ましげな表情を見せた。

「種々の問題が存在していることはもちろん承知しています。条件が簡単に整うとは考えていません。何より、仮にも代替開催を受け容《い》れるとしたら、全決定過程において非常に高度な透明性が必要となるのは言うまでもありません」

「可能性はあるんですね」マイクを持った女性の記者が切り込んだ。

「どのような結論を出すにせよ、さまざまな立場の方から至急ご意見を聞き、東京都、日本オリンピック委員会《NOC》などとも緊密な意思疎通をする必要があると考えています」

　そう言った時の樫木の顔には、打って変わって引き受ける決意をした色が浮かんでいた。

「今度こそ完全な形での五輪」

　それが樫木にとって殺し文句となったに違いない。一斗はそう睨んだ。

　権力の座に就いた者は、前任者の所為を否定、あるいは超越することをまず考える。二〇二一年の不完全な開催は、前任総理の評価にケチをつけた格好になっていた。樫木としては、彼我の差を見せつける絶好の機会と捉えたことが想像できた。

　とは言え、今の世論の中でタブーでさえある五輪の再開催を決めるなど、とても正常な判断とは思えなかった。

「殿、ご乱心、ってやつだな」

いつの間にか高屋《たかや》博之《ひろゆき》が座に加わっていた。高屋はそうした古風な言い回しをよく使う。

「トノゴランシン？　何、それ？」

エイミーがきょとんとした顔で聞いたが、高屋は笑って答えなかった。説明するのも面倒と思ったのかもしれない。

高屋は元弘朋社のセールス《S》プロモーション《P》担当の部長職で、年齢も一斗より一〇歳上の五二歳だった。柔道四段、身長一八〇センチを超え一〇〇キロはありそうな体格。岩を思わせる顔の典型的な体育会系社員で、そのパワハラ被害にあったという若い部下が自殺未遂事件を起こしてしまった。責任を問われて諭旨《ゆし》免職となりブラブラしていたところを、一斗がＩＳＴジャパンに誘ったのだ。

一斗は弘朋社勤務中から高屋とは面識があった。その時の印象は確かに強面《こわもて》ではあったが、陰湿なパワハラをするような人物とは見えなかった。

同期の佐久間を通じて聞いてもらったところ、やはり「被害者」の家族の強硬な訴えに会社が焦って反応した結果らしいということが分かった。

「あれをパワハラと言われちゃ、若い社員の指導なんてできやしないよ」

「ちょっと言葉はキツかったけど、高屋のおっさん、ホントは後輩思いのいいヒトなのに」

そうした同情的な声が周囲に多いことも伝わってきた。それでも高屋は会社に反論することなく、潔く辞表を書いたのだという。

「自殺未遂をさせてしまったのは、何にせよオレの責任だ」と言い残して――。

それを聞いて一斗は、高屋をできたばかりのＩＳＴジャパンに引っ張ることに決めた。

その人間性もさることながら、高屋が持つ人脈が魅力だった。柔道を通じ、五輪メダリストから政界のスポーツ関連議員、警察幹部に至るまで独特な繋がりを持っていたのだった。

「給料は弘朋社時代の半分くらいしか出せませんが」という一斗に、高屋は感謝を隠さなかった。

「猪野ＣＥＯが危ない目に遭いそうになったら、オレが体を張って護る」

本気とも冗談ともつかないことを厳《いか》つい顔で言った。まさに恩義には忠実な体育会系らしい言い草だった。

酒席には必ずと言っていいほど後からでも顔を出すのも、その体質かもしれない。

「ハワードから言われたら、樫木は一も二もなく言うこと聞かなきゃならんさ。これまでの民自党総理の中でも樫木は飛び切りアメリカのイヌだからな」

「この時代にオリンピックって話でもですか？」

「そりゃそうさ。しかも今は台湾有事なんてキナ臭い雰囲気がある。北朝鮮も毎月のように核搭載可能なミサイルをぶっ放してくる。自衛隊だけじゃ日本を守れっこないから、アメリカに頼るしかない。そんな時に、よろしくって迫られたらイチコロさ」

確かにそんな気もした。

「ただアメリカに無理やり押し切られたって形には意地でもしたくないだろうな。アメリカに貸しを作った、それで日本にも得があったってことにしないと」

「日本に得がありますかね」

「そうだな、少なくともマイナス一〇〇をゼロにするくらいはできるんじゃないか」

「というと？」

「今日本は、国際スポーツ界で最悪の目で見られてるだろ？　五輪誘致時の買収に、組織本部の汚職、あげくの果てに談合だ。ドーピング天国のロシアより汚いと思われているかもしれない。それを『まともな形でやれた』っていう実績ができたら、どうにかプラマイゼロには戻るだろう」

それでも今の世論を考えたら、樫木の決定を非難する声は身内の民自党からさえいっきに噴き出すだろう。支持率がいっこうに上がらない樫木政権が倒れる原因にすらなるのではないか。

やはり「狂気の沙汰」だ。

一斗は呆れたまま画面の樫木の顔を眺め続けた。

5

間もなく思ってもみなかったことが起きた。

その狂気の沙汰が、一斗自身に降りかかってきたのだ。

二〇二四年も押し詰まった一二月、一斗は弘朋社の谷脇から呼び出しを受けた。

二度と顔を見たくない相手だったが、さりとて無視するわけにもいかなかった。

谷脇は一斗が退社した後、一躍常務取締役に昇進していた。瞬く間にS社への広告売り上げをV字回復させ、さらに家電メーカーH社の業績を業界トップにのし上げるキャンペーンを実行した功績を評価されたのだ。その二社の扱いにおいては売り上げで連広を越える「越連《えつれん》」という語まで飛び出した。

経済誌は「乱世に強い辣腕リーダー」と谷脇を持ち上げ、次の社長候補の一角に名が挙がるようになっていた。

今さらアイツがオレに何の用だろう——。

一斗は訝《いぶか》りながら、在社中はほとんど入ったことのなかった麹町タワー最上階、役員室に向かった。

「ISTジャパンの猪野と申します。谷脇常務に呼ばれて参りました」

役員室受付で、冷たい切れ長の目に見覚えのある女性秘書に告げた。

秘書はツンとした無表情で「お待ちしておりました。ご案内いたします」と先に立って歩き出した。

確か一緒に飲んだことがある。オレの顔も覚えているはずだ。もう少し愛想があってもよさそうなのに——。

胸の中でそう舌打ちしながら一斗はピンヒールの秘書の後に従った。

「久しぶりだな。元気そうじゃないか」

谷脇は、立派なデスクに磨き上げた革靴の踵を上げた格好で言った。その脇には、漆黒の大きな獅子の彫像が来訪者に吠えかかる姿勢で置かれていた。

まるでヤクザの事務所だな——。

冬だというのに相変わらずゴルフ焼けした谷脇の顔。不自然なほどに黒く艶のある髪は染めているのだろう。光沢感のあるスーツ、ネクタイはしていない。襟の尖った濃いブルーのシャツを第二ボタンまで開け、ゴールドのチェーンを覗かせている。

こんなヤツの下で働いていたとは、と嘆かわしく思いながら一斗は答えた。

「何とかやっています」

「どうだ。望んで行ったスポーツの仕事は順調か」

ドスの利いた声で聞かれ、一斗は答える言葉に窮した。

誰も心から望んで行ったわけじゃないぜ。アンタのせいでこうなったんだ――。

恨めしさが募った。

ISTジャパンを立ち上げて二年近く。

折しも、初めての大型案件になるはずの柳本充のベアーズ移籍は、怖れていた通り震災のせいで白紙に還《かえ》ってしまっていた。

帰国後、一斗が取り急ぎ柳本にサインさせた英文契約書を航空便で発送したところ、「受領を保留する」というメールが担当者から届いた。地震の直後、安否を尋ねたメールにはまったく答えて来なかった担当者が、その時ばかりは迅速なレスポンスだった。

「手続きは完了しているので受領を要求する」旨、一斗は即刻メールを返した。けれども相手は受け取りを拒否、結局クーリングオフ条項を盾に契約の無効を通告してきたのだ。

理由は、「急激な球団の経営状況の変化」とあった。争ってはみたものの、結局その結論を呑まざるを得なくなった。

「なかなか思った通りには進みません」

絞り出すように答えた一斗に、谷脇は慰めるような微笑を浮かべながら言った。

「まあそう初めから順風満帆とはいかないさ。これから、これから」

柳本の件を知っているのだろうか。あくまで見下す態度の言葉にムカつきながら一斗が思いを巡らせていると、谷脇は真顔に戻って言った。

「きょう来てもらったのは、ほかでもない。オマエの会社に願ってもない仕事をやろうと思ってな」

「……何ですか」

「話す前に言っておく。この話を聞いたら、もう断ることはできない。いいか」

さらに谷脇は続けた。

「それくらい重要な、超機密事項だ。世界規模のビッグビジネスになる。オマエには荷が重いかもしれないが、大チャンスであることは間違いない。どうだ」

一斗は答えに詰まった。もちろんチャンスが欲しいのはやまやまだが、自分を放り出した谷脇がどんなよい機会をくれるというのかは想像できなかった。危ない案件を押し付けられて会社がさらに窮地に陥ることも、谷脇のこれまでの遣《や》り口ならありそうだ。何しろ自分の得になる向き以外には決して動かない奴なのだ。

加えてそのような脅迫めいた言い方をされるのも、気分がよくなかった。

「アーネスト・ウィンストンからの話だ」

谷脇は戸惑う一斗の返事を待たずに言った。つまり最初から、受けるかどうかの判断を聞く気は谷脇にないとわかった。

アーネスト・ウィンストン。

それは、一斗が日本法人のＣＥＯを務めることになった米国のスポーツマーケティング会社・

ＩＳＴの本社トップの名だった。一斗にとって組織上、上司に当たる。とは言え会ったのは入社面接での一度きり。その後はせいぜい各国法人の責任者が出席する、月二回のオンライン会議で顔を合わせるくらいだった。

一斗が日本法人のＣＥＯに就くと決める前に俄《にわ》か勉強したところでは、ＩＳＴは一九八〇年代に米国で生まれた会社だった。創業者が、「スポーツはテレビや雑誌、新聞を凌駕する世界的なメディアになる」という発想に基づいて設立したのだった。

「スポーツマーケティング」という概念を世界で初めて打ち立てたのもＩＳＴだった。日本市場では一時連広と提携しようとしたこともあったが、「広告スポンサーをつける」ことにばかり腐心し、アスリートやチームの価値を高めることに興味を示さない連広の姿勢に反発して、早々に袂《たもと》を分かったという。その後、第二位の弘朋社と接近した時期もあるが、結果的に広告代理店とは違う次元《レイヤー》でビジネスを拡大させてきた。

そのＩＳＴの三代目社長、ウィンストンと一斗を繋いだのが谷脇だった。

「新しく作る日本法人のヘッドを探している」そう谷脇が言った主語は、ウィンストンだったのだ。谷脇とウィンストンはもともと互いに見知ってはいたが、Ｓ社の東京レディスマラソンの仕事で繋がりを強め、それ以来ゴルフや酒食を共にする関係なのだという。

「ウチの社長が、何を常務に言ってきたのですか」

言葉にむっとしたトーンが加わるのを一斗は抑えられなかった。いくら谷脇が十年来の付き合いと言っても、いまＩＳＴでウィンストンと直接の上下関係にあるのは自分だ。現在の立場になるきっかけを作った紹介者には違いないが、話に谷脇が介在するのは筋が通らないと感じた。

「二八年のオリンピックを東京で代替開催する方向で、国が動いてるのは承知しているな」

谷脇は一斗の眼をじろりと見て言った。

「ええ。もちろん聞いてはいます。でもそんなこと、とてもできないと思いますけど」

「できるようにしなきゃならないんだ」

「……」

「それをウィンストンはお前に要求している」

「えっ」一斗は谷脇がいったい何を言っているのかわからなかった。

――東京でまたオリンピックができるようにすることをオレに？

「P・U・ジュニアは知っているな」

谷脇が新しい名前を出した。それは一斗も最近、新聞で何度か見たことがあるものだった。

ペーター・ユビタス・ジュニア。

一九八四年のロサンゼルス・オリンピックを「新しい方式」を導入することで成功させた、伝説の組織本部委員長、ペーター・ユビタスの息子だ。その人物が来る二〇二八年に予定されていた再度のロス大会において、組織委員長に就任していたのだ。ジュニアと付くのは、母のジニーが夫と同じファーストネームを、委員長就任の年に生まれた次男に付けてしまったからだった。

元はシリコンバレーのITベンチャー、オムニクス社の社長を務めていたが、二八年の五輪開催が決まると、父親に続いて組織委員長に自ら名乗りを上げた。

「伝説の委員長」に比べると小粒なのは仕方ない。だがオリンピックに向けられる視線が世界的に冷淡さを増す中で、アメリカ国民が「夢よもう一度」の期待を掛けたのもまた自然の流れだった。

　けれども、そのロス大会自体が開催返上となった今、ユピタス・ジュニアの委員長の地位も宙に浮いているはずだ。

「二八年予定のロス大会の組織委員長だった人物ですね」

「だった、じゃない。ジュニアはまだ委員長だ」

「えっ、ロスで開かれない以上、ジュニアも外《はず》れたのではないですか」

「外れていない」谷脇が首を振った。

「モルゲンWOC会長は、ユピタス・ジュニアが委員長を続けることを条件に、ハワード大統領が泣きついた開催返上を許したんだ」

　一斗は頭がこんがらがってきた。ロサンゼルスで開かれないことになったのに、そこでの組織委員長がそのままとはどういうことなのか。

「モルゲンにとっては、二八年のロス・オリンピックを八四年以上の成功に導くことが、自分の花道としてどうしても必要だった」

「……会長の任期は二〇二五年まではなかったでしたっけ」

　おぼろげな記憶を辿って一斗は言った。

「WOC会長はその気になれば続けられる。いやしくもスポーツ屋のトップなのに、そんなことも知らんのか。前任の会長も一二年やっているんだぞ」

「それが、ユピタス・ジュニアとどう結び付くのですか」

「まだわからんか。頭の悪い奴だな」

まったくもう少し普通の喋り方はできないのか。ムッとした一斗に、谷脇も苛立った声で言った。

「ジュニアも父親と同じビジネスマンだ。その経営感覚にモルゲンは賭けていたんだ。東京大会の如く老害の政治家や役人崩れがアタマをやって、費用が無限に膨らむのは絶対にいかんと考えたからだ」

もしそうだとしたら、モルゲン会長のどの口がそんなことを言えたのだろう。費用を膨大にした責任はモルゲン本人にもたっぷりある。

コロナ禍で日本国民が買物にすら満足に出られなかった時期に、プライベートジェットで来日、豪奢なホテルを泊り歩いた挙句、五輪開催中も銀座を闊歩までして、「ぼったくり男爵」と仇名されたのはモルゲンだ。わざわざ出かけて行った広島では「浪費のために来るな」「ヒロシマを利用するな」と反対デモに迎えられたりもした。

東京大会開催をめぐるさまざまな不祥事が明るみに出た後も、「素晴らしい形で大会が開催されることを信じる」と白々しく言っただけで、警告ひとつ発することはなかった。

谷脇もそこは同じ記憶を前提にして言っているようだった。

「自分がオリンピックに致命的な傷を負わせた張本人として後世に名を残さないためには、八四年のロスが実現した民営化のメリットをもう一度世界に見せるしかなかったのさ」

「それを、東京で？」

いまだに一斗は話が信じられなかった。

「ああ。それで、モルゲン、ハワード、樫木の三者が握ったんだ。『トウキョウは無観客で五輪を開催した施設がそっくりそのまま残っている。費用節約のためにもこれをリユースしない手はない』とな」

確かに樫木は記者会見でそのようなことを匂わせていた。

「日本人の大好きな、過去へのリベンジにもなる。とは言え、やり方が問題だ。連広も、わが弘朋社も、例の談合騒ぎの後遺症で公共業務の発注は停止中だ。仮にそれが解けたとしても、あの東京の不明朗さを繰り返すことは世間が許さない」

谷脇は「わが」と社名に付けたものの、東京大会の汚辱に関してはどこか他人ごとのような口ぶりだった。

「そこで委員長に留まることを要求されたユビタス・ジュニアは、エージェンシーじゃなく、まったく違う集団を組織本部にハメこんで、実務をやらせることを考えた」

「それが……」

一斗にもようやく話の行先が見えてきた。

「そうだ。IST社だ。スポーツマーケティングのプロにがっちり委託すれば、広告代理店のようなドンブリ勘定は排除できるだろう、と」

谷脇はまた余所事《よそごと》のような言い方をした。

「でもISTはアメリカの会社ですよ。日本法人は、常勤社員は僕を入れて四人しかいません。組織本部の業務を受けるなんて、とても……」

「もちろん人員の補強は必要だろう。現場はイベント会社に再委託することも当然あり得る」

「再委託」という言葉に一斗の神経がぴくりと動いた。下請けに継ぐ「孫請《まごう》け」だ。前回、連広をはじめとする広告代理店が何重にも委託を繰り返し、マージンの額が正味の実施費用の何倍にもなった。その実態を厳しく批判されたのと同じことになる。

要はISTに弘朋社の隠れ蓑をやらせようということか？　そしてほとぼりが冷めたころに再び介入し、おいしいところを持っていく。結局、自分たちが利益を貪ることしかコイツの頭にはない――。

「それでもスポーツマーケティングのプロ集団がやることで、『アスリート・ファースト』は前より正面切って標榜できるだろう。東京大会の『スケール・ファースト』とは変わってな」

谷脇は二〇二〇大会に際して東京都知事が繰り返したキーワードを引用した。酷暑の中で走らせ、病原菌だらけの海で泳がせてどこがアスリート・ファーストか、と当時さんざん非難された言葉だ。

「ウィンストンも、これを機に日本法人を抜本的に強化する。本社から支援は惜しまない、と言っている」

「人を送る、という意味ですか」

そうであれば、新たに派遣されて来る米本社の幹部がおそらくは日本法人の代表に就く。自分はお払い箱になる可能性が大きい。

まだ二年弱だが、日本でISTの名を売りビジネスをできるようにするために必死に駆けずり回った自分の日々は何だったのか。

「心配するな。日本法人のCEOはカズトに続けさせるとウィンストンは断言している」

一斗の胸中を見透かしたように谷脇が言った。

「今までのオマエの努力をウィンストンはそれなりに買っている。何よりもヤツはリアリストだ。ビジネスの現地化が大事、『郷に入っては郷に従え』が正しいということを知っている」

一瞬だけほっとしたものの、それならなぜウィンストンは自分に直接言って来なかったのだろう、という思いが再び一斗の胸で頭をもたげた。谷脇の言葉をひとまず信じるにしても、グローバル企業が体制強化を考えるなら、どう動くか。自分など使い捨ての駒に過ぎないことは分かっているつもりだ。

「もし、できませんと言ったらどうなるんですか」

一斗は迷いながらも聞いた。谷脇は再び語気を荒らげて答えた。

「同じことを何度も言わせるな！　まったくどこまで阿呆野郎なんだ。断る選択肢はオマエにはないと言ったろ」

一斗を睨みつけて言った口吻を急に和らげて谷脇は続けた。今度は新米社員に嚙んで含めるような口ぶりだった。

「まあ、びっくりしているのはわかる。だがな、これはやるしかないんだ。日本のスポーツビジネスを世界に認めさせるためにも、オレたちが歯を食いしばってやってきたことをちゃんと評価させるためにもな」

オレたちがやってきたこと。初めて谷脇が自分ごとらしい言い方をした。

アンタは他人に責任を押し付けてばかりで、何の苦労もしてないだろうに――。

心の中で毒づいた一斗に、谷脇は続けて意外な言葉を吐いた。

「樫木総理からも『よろしく』と言われている」

突然、日本の最高権力者の言葉を谷脇が口にしたことに、一斗は驚いた。そう言えば谷脇は樫木首相と同郷で、何かと支援し合う間柄と聞いたことがある。

本来、民自党政権と弘朋社の縁は薄い。「一位は一位と、二位は二位と」ということなのか、民自党の政党広告扱いはほとんど連広が独占している。逆に弘朋社は十数年前に短期間政権を担った以外は「最大野党」に甘んじている民衆党の扱いを取っている。

そうした中で、谷脇は民自党の実力者と太いパイプを持つ社内に稀有の存在だった。

先日の総理の囲み会見の後、政府やNOCの方針といったものが公《おおやけ》に出たことはなかった。だが樫木と目の前の谷脇との間では、内々に話が進んでいたのだ。それは「さらに上に行く」野心を隠さない谷脇にとって、決して背くことのできない指令であるのに違いない。

「心配することはない」谷脇がまた言った。

「弘朋社としても、オマエの会社を全面的にバックアップする。場合によっては出資もし、合弁会社にしてもいいと思っている」

その言葉は一斗に隠れ蓑をさらに確信させた。谷脇はISTジャパンをISTの日本出先というより、国内のスポーツ専門集団として自らの手駒にしようと狙っている——。

「ふざけるな、追い出しておいて」と思う一方で、心を動かす響きがなかったわけではなかった。正直なところ、柳本の移籍が消えた今、一斗の会社は苦しかった。地方のスポーツ大会の企画やPRに首を突っ込んで小金を稼ぐのが精々、というのが実情だった。

このままではエイミーと藤代、それに高屋の給料がいつ払えなくなってもおかしくない。現在自分も含めた人件費は、アメリカの本社が出した日本法人の資本金を担保に、銀行から借りた金で賄っている。実質的に資本金を食いつぶしている状態だった。

会社が苦境にある足もとを見て言ってきたように思えるのも、一斗の頭を悩ませた。小なりといえども、企業経営者の責任感らしきものが、一斗の中に生まれていた。

谷脇が提示した見返りは確かに甘い蜜だ。そうなったら会社の仕事は激増し安定もするだろう。だがＩＳＴジャパンに弘朋社が出資するとなれば、それは系列化にほかならない。今回はＩＳＴの日本法人として組織本部の業務をいくばくか担うにしても、客観的に見れば代理店が元請けになってさまざまな会社に孫請け、曾孫《ひまご》請けさせた旧態と変わらない。激しい批判を浴びるのは必定だし、唾棄すべきと感じてきた行為に自ら手を染めることになる。

そんなことやっていいのか――。

踏ん切りのつかない思いのまま、一斗は言った。

「お話はわかりました。断れない、ということも理解はしました」

いったん言葉を切って、小さく咳払いして一斗は続けた。

「でもあまりに急なことで、自分の中でとても整理ができていません。二、三日時間をください。その上でちゃんとお返事させていただきます」

「わかった」

谷脇は唇を僅かに歪めて微笑した後、一斗に突き刺すような視線を向けて言った。

「繰り返すが、オマエに断る道はない。断ればオマエは、スポーツ界だけじゃなく広告業界の周りにもいられなくなると思え。何しろ樫木総理肝いりのミッションなんだからな」

一斗は曖昧に頷いて谷脇の個室を辞した。

6

その夜一斗は、今度は四谷荒木町のバー「こくている」で、三人の社員とグラスを傾けていた。

「夜の会議は原則、店で飲みながらやる」

それが日本法人を設立して最初に一斗が決めた「社是」だった。

「知らない人間が集まるのだから、コミュニケーションが早くできるように」ということを表向きの理由にしていた。だがエイミーには瞬時に、「自分が一分でも早く飲みたいからでしょ」と見破られた。

そのエイミーや藤代は一斗ほどでないにしろ酒を好んで飲むが、これからはドライな若い社員が増えていくだろう。そうすると、飲み屋で会議はますますできなくなるかもしれない。下手をすれば、「アルハラ会社」などと責められてしまう可能性もある。

それでも一斗は、できる限りこの方式は続けたいと思っていた。今のところ飲む社員ばかりでよかった、というのが本音だった。

もともと一斗は若い時から、「名は体を表す。斗酒《としゅ》猶《なお》辞せず、だ」と冷やかされる酒好きだった。一斗《かずと》の読みを変えて「イット」と周囲に呼ばれていたほどだった。

学生時代は、先輩のアパートで飲み明かし「一人で一升は呑めないが、二人で三升は呑める」という伝説を作ったことがあった。就職してからは、二日酔いになりやすい日本酒は避け、バーボンを飲むことが多くなった。とは言えそれもロックで、バドワイザーの缶をチェイサーに置くような飲み方をしてきた。

変わらないのは「酒の一滴、血の一滴」「呑むならとことん」という自分の中に刻み込んだスローガンと、酔うとつい大言壮語し、往々にして自分に重圧を掛ける結果を招くことだった。けれども飲んで打ち合わせをするというのは、一斗に言わせれば二四時間、三六五日仕事のことを考えていることの裏返しだった。

オンとオフをはっきり分けられる人間のほうが優秀で、いい仕事をできるという考え方は、頭では分かっている。だが自分に当てはめることはできなかった。一瞬でも目の前の仕事から考えを逸《そ》らすことは、隙をつくり負けに直結する。それが一斗の感覚だった。同僚に負け、ライバルの連広に負け、人生に負ける――。

今では狭い思いにとらわれ過ぎていたと思い返すことができる。

とは言え弘朋社に在社した最後の頃に喧《かまびす》しく言われるようになった「働き方改革」は、一斗にとっては、オフィスにいる時間を中途半端に短くし、集中力を下げる意味しか持たなかった。もうひとつ、仕事後に仲間と必ず飲むという習慣は、「仕事は決してひとりでできるものではない」という信念の表れでもあった。

上司であっても、部下であっても、同僚であっても、そして社外のスタッフであっても「本当の意思の疎通は会議室ではできない」というのが一斗の信条だった。時にはクライアントの担当者であっても、個人的に誘い出す。安くて気の置けない店に自分の財布で連れて行く。それが公式な接待などよりはるかに人間同士の理解を深め、仕事をスムーズにすることを一斗は身をもって学んでいた。

そうした行動の結果、平日夕食を家で食べたことは新婚旅行から帰って以来、一度もない。それでもどんなに夜遅く、あるいは朝方に帰っても、娘の美生《みお》を保育園に送っていくことだけは欠かさず毎日していた。それが一斗にとって家庭を持っていることの、ただひとつの証だった。妻からは始終不満をぶつけられていたが、そんな結婚生活をおかしいと思っていなかった。そしてある日、いきなり妻から離婚届を突き付けられたのだ。

今は仕事が終わって帰るマンションには、誰も待っていない。現在のところISTジャパンが飲む社員ばかりでよかったというには、そうした理由も確かにあった。

谷脇からされた話を社員に伝えるその夜は、さすがに居酒屋というわけには行かなかった。五〇年以上続くこのバーが好都合なのは、奥のボックスに入ってしまえば周囲に声が漏れないことだ。この店を使うことが、しばらく多くなるかもしれないと一斗は感じていた。

一斗は谷脇からの言葉をかい摘んで話した。

話し終わらないうちに、高屋がいきなり怒鳴り声を上げた。テーブルをどんと叩くと、奥からでも店中に響き渡りそうな大声で言った。

「なんでそんな話を受けて来ちまったんだ！」

それほどに血相を変えた高屋を見たのは初めてだった。

テーブルが揺れてグラスが二つ倒れ、赤ワインが大量にこぼれた。慌てて台拭きを取りにエイミーが走る。椅子を蹴って立ち上がった高屋は、握った拳をぶるぶると震わせ一斗に迫った。

「あのなあ、ウチみたいなちっぽけな素人《しろうと》集団にできるわけないだろう。それは谷脇がIST本社との間の便利なパシリとしてだけ猪野を利用しようとしてるってことだ。ハメられて潰されるのがオチだ」

　普段は一斗をCEOと呼ぶ高屋が珍しく「猪野」と呼び捨てにした。高屋は弘朋社での入社年次はむしろ谷脇に近いから、そうしても不思議ではない。だが高屋は後からそれに気づいたのか言い直した。

「CEOがこの会社に拾ってくれたことは感謝してるよ。でもスポーツの世界に関してはオレのほうが少しは先輩だ。だから言わせてもらう」

　高屋は、グラスにワインをどぼどぼと注ぎ足していっきに飲んだ。

「弘朋社時代に小さな柔道の大会をやったことがある。それだって一つのチームが何か月もかかりっきりで、ようやくこなしたんだ。どれだけ業務が次から次へと発生すると思う？　永遠に終わらないんじゃないかって、気が遠くなりそうだった」

　高屋はそう語って、珍しく遠い眼をすると、吐き捨てるように言った。

「なのにオリンピック全体の組織本部業務なんて」

　藤代も「ありえない」という風に首を振った。

「絶対、ドン・キホーテになりますよ。大きな代理店っていう風車に立ち向かう……それか、小《ち》っこい歯車の一つにされて、いいようにあしらわれるに決まってる」

　その言葉に引っ張られて、一斗のなかで芽吹きつつあった秘かな決意が、ぽろりと口をついて出た。

「いや、オレは弘朋社の下で動くつもりはないよ」

　数秒の沈黙があった。高屋がワイングラスを置いて、一斗の顔をじっと見た。

一斗はそれほどはっきり言い切ったことに自分でも驚いていた。谷脇に対する意地が言わせているると、その時はまだ感じていた。

エイミーがテーブルにこぼれたワインを拭きとった後、台拭きを細い鼻に当て「いい香り」と呟いて笑わせた。ピリピリしていた場をいくらか和ませるエイミーの巧《たく》まざる技だった。

けれども、エイミーはすぐに真顔に戻って言った。

「ISTの本社も、それは許すつもりないと思う」

「弘朋社が入るってことをか」

「そう」

エイミーは三人を見回して続けた。

「ユビタス・ジュニアは、LAでそのままオリンピックが行われたとしたら、やっぱりISTに組織本部を任せてたんじゃないかな」

「うん？　なぜだ？」

エイミーの思わぬ冷静な言葉に、三人が耳を傾ける態勢になった。

「ほら見て。ユビタスとウィンストンはカルテックの同級生なの」

エイミーがタブレットの画面を見せた。二人の最終学歴がそれぞれのサイトに出ていた。

「ホントだ」藤代が覗き込んだ。「すげえな」

「カルテック？　何だ、それ」一斗が聞くとエイミーが、

「キャリフォーニア・インスティテュート・オヴ・テクノロズィ」と巻き舌の発音で答えた。

「カズト、知らないの」

「ああ。マサチューセッツ工科大学《MIT》なら知ってるけどな」

日本でも有名なエリート校の名前を出して一斗が言った。それに答えて、

「今やＭＩＴよりカルテックの方が優秀ってことになってるんですよ」と藤代。

「そう、私のボーイフレンドはみんなカルテック目指してた」とエイミー。

「ちょっとこの写真を見てください」

藤代がエイミーから奪い取ったタブレットで一枚の写真を出した。晴れた空の下、キャンパスで男女の学生が揃いのＴシャツ姿で写っている。胸には紅《あか》く大きな「ＭＩＴ」の文字があった。女子学生の胸にある三文字は押し上げられて、眼を惹く角度で斜めになっている。

「ああ、カルテックのキャンパスショップで売ってる制服ね」とエイミーが笑った。

「制服？　どういうことだ？」一斗が思わず聞いた。

揃って着るシャツにライバル校の名前が入っているなんて——。

藤代がもう一枚の写真を見せた。同じ学生たちが今度はＴシャツの背中を見せている。

そこには別の文字があった。

Because not everyone can go to Caltech.

「誰もがカルテックに行けるわけじゃないから……か。で、しかたなくＭＩＴへって？」

「ウン、ＭＩＴをモロに見下しちゃってるわけ」

「なるほど、それだけのプライドがある、と」

アメリカの若者にとってＴシャツはメッセージボードのようなものだ。

「それにカルテックは卒業生の結束力もすごく強いの。だからジュニアが同窓のウィンストンに

声を掛けたんだと思う。卒業の年次まで同じときたら、もう最強のはず」

エイミーが得心したように言った。

「でも一転して、五輪は東京で開催ってことになった。それでもウィンストンはビジネスを手放したくない。だから作りたての日本法人を使い倒そうとしている。そういうことか」

一斗にもストーリーが呑み込めてきた。エイミーが頷いて言った。

「だから谷脇サンってヒトが、私たちを家来みたいに使おうとしてもムリってこと。それに日本の広告代理店が五輪でやった悪行は、ユビタス・ジュニアの耳にも当然届いてる。となれば、絶対使おうなんて思わない」

「なるほどな」

あくまでグローバル企業ISTの一部門として、その流儀で仕事をするのがISTジャパンの唯一の道というわけだ。それは一種、清々《すがすが》しい発見だった。

「今年中にISTジャパンは一〇〇人くらいの会社に拡大されるのかもしれないな」

呟きが一斗の口から洩れた。

「そしたら、創業メンバーのこの四人は役員ですね」藤代が嬉しそうに言う。

「これ以上忙しくなるのはゴメンだけど、取締役《ボードメンバー》ってのは悪くないな」

「そうか、あくまでISTの一員としてやるってことなら……」

高屋が落ち着いた口調に戻って言った。完全否定から、いくらか思い直したようだった。

「可能性はなくもないかもしれないな。本社はいろいろノウハウも持っているだろうからな」

一斗の中では、まだほんのかけらに過ぎなかった思いがアルコールの力を借りてか、熱を帯び形を成し始めていた。

「そうだ。オレたちはまだ生まれたばかりの赤ん坊だけど、これから成長する可能性だけは無限にあるんだ」

言ってすぐ「イカン、あの癖が始まった」と思った。酒が入るとつい大きく出てしまう。だがついてしまった勢いはもう止められなかった。

「谷脇の野郎になんか負けてなるもんか。ＩＳＴの専門性を駆使したら何ができるか、アイツらとの差を見せつけてやるんだ」

藤代が声を合わせた。

「そうそう、何ならこっちが向こうを使い倒してやる。代理店を自在に操るプロ集団って、めちゃカッコいいじゃないですか」

さっきまで、大風車に向かうドン・キホーテなどと言っていたのが嘘のように、藤代ははしゃいでいた。野望に属するようなことを平気で語っている。

「よし、柔よく剛を制す、でいくか」

今度は、柔道の格言を引いて、高屋が言った。身体の小さな選手でも、相手の力を利用して大きな選手を投げ飛ばすこともできる、という意味と一斗は理解していた。

「アメリカ本社の奴らもどんどん来やがれだ。オレたちがこき使ってやろう」

高屋はそう言った途端、「しまった」という表情をして頭を掻いた。

「だけどそうなったら会話はほとんど英語ってことになるな。勘弁してくれ、オマエらと違ってオレは英語、からっきしダメなんだ」

高屋がさっきの怒声を忘れたかのように情けない声を出したので、全員が笑った。

一斗は改めて悟った。これはＩＳＴのトップ、ウィンストンから下された「大命」なのだ。東京のためでも、日本のためでもない。世界のスポーツのためだ。そしてオリンピックという最大の象徴を汚辱の中から再生し、継承するための――。

そうとあれば、自分たちはやるしかない。それが谷脇という古ダヌキの思惑に真っ向から反するやり方でも。そして谷脇やその周辺に正面から戦いを挑むことになっても。

後は走りながら考えるよりない。

藤代が屈託ない声で言った。

「ボス、カンパイしましょうよ。今日はウチの会社が大化けする記念の日ですから」

一斗はその提案に乗ることにした。

「そうだな、イッチョやるか」

全員のグラスにエイミーが赤ワインを注《つ》ぎ直した。瞬時にボトルが空いた。すぐさまもう一本追加され、それもたちまち空になった。

その夜が明るく酒を飲める最後になるとは、四人の誰も思っていなかった。

第二章　混沌

1

翌日早くも一斗は、再び弘朋社の役員室で谷脇と向かい合っていた。威圧的な態度は、前の日と寸分変わらない。

「私なりに考え、他のメンバーとも相談して、ともかく挑戦させていただくことにしました」

谷脇が黙って頷いた。もともと「断る選択肢はない」と言っていた顔に、満足そうな色が広がった。

「ひとつ伺っていいでしょうか」

「何だ」

「常務はいつかこういう日が来ることを期して、私をＩＳＴジャパンの代表に就けたのですか」

硬い口調になっていた。何もメリットがなくて、さらに上を目指す男が動くわけがない。

「それは想像に任せる。だけどロサンゼルスの大地震なんて予想できるわけがないだろうが」

谷脇は薄い笑みを浮かべて言った。だがその眼は笑っていなかった。

ロサンゼルスのオリンピックの返上は棚ボタだろうが、まさに願ってもないチャンスとして谷脇が飛びついたのは間違いない。そして絶対に逃さないつもりだ。一斗は意を決して聞いた。

「今回はともかくＩＳＴを表に出すけれど、実は影武者をやらせて、弘朋社が後ろにいようってことですか」

「さあな。まあその読みは悪くないかもしれん。ウチにいた時より、少しは賢くなったか」

馬鹿な奴だ、と前日罵ったばかりの口が言った。まさか、面接で「スポーツに関わる仕事をしたい」と言った一斗をこの日のために採っておいたことまであるのか、という気がふとした。

「いずれにせよハッキリしているのは、二〇二〇《ニイマルニイマル》のあの悪夢を繰り返すわけには絶対いかないってことだ」

谷脇は外国製の煙草に火をつけて言った。強い匂いが一斗の鼻を突いた。

社内は全面禁煙のはずなのに——。

見るとデスクには堂々とガラスの灰皿が置かれてあり、そこにうず高く吸殻《すいがら》が積み上がっていた。空気清浄機が懸命にうなり声を上げていることに、一斗は矛盾を感じた。

「いいか、国民の大半が賛同できるやり方を開発しないことには、日本のスポーツビジネスに将来はない。オマエに課せられた使命はこの上なく大きいんだ」

殊勝な言葉ではぐらかされた。だが相手を小馬鹿にしたその態度ではっきりわかったのは、谷脇が今後スポーツビジネスに自ら深く関わっていく野心を抱いていることだった。

連広が一貫して牛耳るのに唯々諾々と従って、「おこぼれ」を頂戴してきた弘朋社内の関係者もこの機に一掃してしまう。そして自身がスキームを主導し、今後の社業発展の柱としていく。

その後はあわよくば業界首位の連広に肉薄することまで見据えているのではないか。

「ともかく今回は、ウチは表に出ない。こうして会っていることも極秘だ」

「今回は」という言葉が語るに落ちた。やはり次回以降は、「弘朋社―IST」という軸をオリンピックに打ち立て、主役の座を連広から奪うことを谷脇は狙っている。それも、本気で。

もし今回失敗しても、ISTに責任を取らせて切るだけのことだ。自分には何のリスクもない。何しろ谷脇は、時の首相と繫がっているのだから。

そのために今回は、「どうやるか」より「どう見せるか」に最大のエネルギーを割いている。

とは言え一斗には今、谷脇の策略に立ち向かう手立てを考える余裕はなかった。

盛り上がった一夜が明け、酔いが醒めると、再び話が無謀としか思えなくなっていた。いったいどうやったら実現性をわずかでも高められるのか、想像がつかなかった。

言葉に詰まった一斗に谷脇が言った。

「まずはウィンストンと、ユビタス・ジュニアに会いに行くことだ。その上でどうやったらISTジャパンが組織本部の業務を引き受けられるか考えて、しっかりプレゼンするんだな」

自分と違う狙いをもつ相手から指図されるのは悔しかったが、確かにその通りだと思った。

そのためには、まず五輪の組織本部とは何なのか、どんな役割があり、どれほどの実務を担うのかをつぶさに知らねばならない。

その上で、東京で代替開催するに際しての根本となる方針を打ち立て、ふさわしい組織を構想する。そしてユビタス委員長に直接ぶつける。認められなかったら、それまでということだ。

「わかってるだろうが、この話はまだ政府でも正式決定していないことになっている。決して外に漏れないようにな。細心の注意を払ってやれ」

「わかりました。ユビタスに会いに行くのはいつ頃と考えればいいですか」

「時間はない。ナルハヤだ。来週でもいい」

予想していたことではあったが、あまりの性急さに一斗は慄《おのの》いた。心と頭の準備が間に合うだろうか。だが時間がない仕事は、代理店勤務中から慣れ切ったことだ。

自分はもう抗《あらが》いようのない急流の中にいる。しかもそこには、二つの渦が逆向きに巻いている。ひとつ間違えばその渦に挟まれ、いとも簡単に押し潰されてしまいそうだ。どうやって自分の進む道を拵《こしら》えていったらよいのか――。

谷脇から振られた話で動くのは本意ではないが、ウチの会社がスポーツビジネスでいっきにのし上がるのにまたとないチャンスであることは確かだ。ここはうまく振る舞って成功に持っていくしかない。

弘朋社のオフィスタワーを出る一斗の頭の中で、その思いが鳴り響いていた。


事務所に戻った一斗は、まず五輪の組織本部について徹底的に調べることから始めた。

藤代にネットや図書館でこれまでの大会の資料を集めさせたところ、驚くべき事実が分かった。六四年の東京や、七二年の札幌冬季オリンピックでは、組織本部は僅か数十人、それが八四年のロサンゼルスではいきなり三〇〇人規模になっている。

「そこからは膨張の一途ですよ。驚きましたね、二〇二〇東京大会では最大なんと七〇〇〇人の職員が組織本部にいたそうです。バブルですよ」

「七〇〇〇人？　どうやってそんなに集めたんだ」

「まず主催の東京都や、国の省庁からの出向ですね」

藤代はメモに眼を落としながら言った。濃いブルー、細身のスーツをぴたりと着こなす体型を一斗は羨ましく思った。

「この人たちが組織本部のいろいろな部門で『長』の付く立場になってたみたいです」

そう言って「東京大会組織本部構成図」とタイトルの付いた図表を広げて見せた。

名誉会長、会長、事務総長、副事務総長と重ねた階層の下に、多くの部局の名がある。大会運営局、国際局、輸送局といった業務内容がそれなりに想像できるセクションのほかに、イノベーション推進室、街づくり・持続可能性委員会など、五輪で何をやるのかと首を傾げるようなものもあった。意地悪く見れば、ポストを増やすために部署を作ったと見えなくもない。

「そうした人たちは窓際族、それもスポーツやイベントの素人ばかりだから、戦力にはなりません」

「お飾りってことか」

「まあそんなところでしょうね」

そう言えば事務総長に就いた人物からして、中央官庁の元事務次官だった。キャリアは極めていても、「なぜあの人が」という疑問には、「某・元総理の強い意向」という答えが囁かれただけだった。そのことが目を覆うばかりのガバナンスの低さと無縁だったとは思えなかった。

「次にスポンサー企業からの出向です。これもいかに自分の会社に利益を引っ張るかしか考えてなかったでしょう」

「ひどいもんだな」

「三番目に、有期の雇用契約で雇われているスタッフがいます。この人たちは、大きな国際スポーツ大会があるたび、その実行組織を渡り歩いているいわば傭兵です。でも言い換えれば、彼らこそ専門性を持つプロですね」

「それが実戦力か」

「そうですね。この人たちがいなければ、とても大会の運営はできないでしょう」

実質的にそのグループの人員が、組織本部の本質と言ってもいいのかもしれない。

「最後に、連広やその関連会社からの出向です。これが最盛期は一〇〇〇人くらいいたらしくて……」

「一〇〇〇人！」

思わず一斗は声を上げた。それだけでちょっとした広告代理店に肩を並べる規模だ。

「大きなお金が動く部分は、この連中が完全に握ってたらしいです」

それが悪評の高かった東京大会の組織本部の実態か――。

一斗はため息をついた。

「実は組織本部の業務の中味については、三番目の直傭《ちょくよう》の立場でいた知り合いから聞き出そうとしたんですけど……みんな口が固くて。ここまでがやっとでした」

「そうか」

「守秘義務があるからっていうのは理解できるけど……。ちなみに僕が思うに、この中でホントに必要だったと言えるのは……」そう言って藤代は図の中を指さした。

「大会運営局、ゲームズ・デリバリー室、マーケティング局、それにセレモニー室くらいですね」

「ゲームズ・デリバリーって何だ？」

「デリバリーっていう言い方が分かりにくいんですが、さまざまな競技を運営する責任部門ってことのようです。そこに各競技を統括する『スポーツ《S》ディレクター《D》』という職があって」

「でも実際には、各競技の運営は別の会社がやっているんだろう」

「まあそうですけどね」

その方針づくりと監督だけが役割の組織本部に七〇〇〇人！　壮大な無駄と言うしかない。

「セレモニー室は、開会式、閉会式を独立のイベントとして成り立たせる担当です。海外からの賓客の接遇や、聖火の取り扱いも含まれます」

「マーケティング局って言うのは？」

「これが、オリンピックをビジネスとして成立させるためのいわば営業部門なんです。放送権とか、キャラクター販売権とか、カネにしていくところです。必要ではあったんですけど」

「……連広に乗っ取られていた？」

「まあそういうことのようです。しかもですね」と言って、藤代はある新聞記事の切り抜きを一斗に見せた。

「連広は社員を出向させて自社にビジネスを引っ張るだけじゃなくて、その出向者への報酬も組織本部に要求していたんですよ。それが一人一日、三五万円！」

「一日三五万？　月に、の間違いじゃないのか」

「いえ」藤代は一斗に記事のある行を示した。

「新聞社が組織本部に情報公開請求をして得た事実のようです」

呆れるよりなかった。連広は組織本部から自社へ儲け仕事を引っ張る役目をしていた社員の人件費までも、組織本部側に払わせていたというのだ。しかも年にすれば一人一億ほどにもなる額を。

そうした組織本部の実態は誰がチェックするのか。もう一度組織構成図を見て驚いた。事務総長の直下に「監査室」があった。事務局を監査するのがその役割ならば、当然外部に独立していなければならない。中にあっては公正な監査など望めない。おそらくはその監査室の実権も連広が握っていたのだろう。

まさに連広は組織本部を食い物にしていたとしか言いようがなかった。

谷脇ですら「あれは欲のかき過ぎだ。だからボロが出た」と漏らしていたのを思い出した。

「マーク、それじゃこうしてくれ」

一斗は気を取り直して藤代に言った。いつの間にか、その呼び方が一斗にとっても普通になっていた。

「自分でホントに必要だと思う部署だけで、組織本部の構成を考えてみてくれないか」

「わかりました。……でもその前に、競技種目をどうすべきか考える方が先決じゃないですか。二〇二〇大会みたいな、バカみたいに多い数はどう考えても要らないと思うんです」

もっともな指摘だった。現に今年開催されたパリ大会では、競技がわずかながら削減された。その方向をさらに進める必要があるだろう。

「言う通りだ。まず、やるならどんな大会がいいのかっていう根本から考えるしかないな」

そう言ったのはよいが、一斗も藤代もその後、口をつぐんでしまった。

「どんな大会がよいか根本から考える」

それがいかに重い命題か、すぐに察しがついたからだった。

2

ここは自分たちだけで閉じて悩んでいるより、誰かに知恵を借りたほうがいいと一斗は考えた。

――さて、誰がよいだろうか。

しばらく思案した後、一斗はある人物に相談することにした。

葉山早百合《はやまさゆり》。かつて「天才柔道少女」と称され、国民的スターとなった五輪金メダリストだ。

初めて葉山が世界の舞台に躍り出た日のことを、一斗はよく覚えていた。

おかっぱ頭で、美少女と呼ばれるにふさわしいくりくりとした目。自分より少しだけ年上ではあったが、どこかまだあどけなさの残る中学生だった。それでいながら体格ではるかに上回る欧米の選手を、次々に「一本」でなぎ倒していく。その姿に実況のアナウンサーが思わず叫んだ。

「女三四郎《おんなさんしろう》だ！」

以後、葉山はそのニックネームで日本中から呼ばれるようになった。

国民栄誉賞を手にし引退してからは、その人気に目をつけた当時の与党・民自党の幹事長に口説かれ、国会議員を一期だけ務めた。だが「スポーツの政治利用」と批判されたのを嫌ってか、その後は表舞台に立つことはほとんどなくなっていた。現在は後進の指導と育児に専念していると聞く。

ＮＯＣの委員は務めていたが、二〇二〇東京大会の組織本部には入らず、むしろ批判的なスタンスを取っていた。そうした近況が、時おりの新聞への寄稿などから伝わってきていた。

体育大学で先輩に当たる高屋を通じて、一斗は葉山早百合を紹介してもらった。高屋も「こくている」で激論の末盛り上がった夜の後は、半信半疑といった態度ながらも「自分にできる協力はする」と言ってくれていた。

予想した通り葉山は、広告代理店出身者がアプローチしてきたことに警戒の色を露わにした。

「私に何をお望みなのでしょうか。金権五輪の再現ならご協力する意思はありません」と高屋にメッセージを託してきた。

一斗は高屋から聞いた葉山の連絡先に初めはメール、次いで電話し、「何とか会って欲しい」と頼み込んだ。

「私は代理店の人間ではありません。東京での五輪代替開催を政府が検討していることはご存じと思いますが、まったく新しい形での開催方法を私がいる会社が求められているのです」

「まったく新しい形ってどういうことですか」

「それは……何をおいてもコストをかけず、透明性を高めてというのが柱になると思われますが……電話やメールでは詳しくお話しすることができません」

葉山が警戒の壁をさらに高めたのが無言のうちに伝わってきた。一斗は逆に一歩踏み込んだ。

「葉山さんが新聞などで主張されていたことには沿う方向と思います。何とか一度お会いして相談に乗っていただけませんか」

　断られてからが勝負だ、というのは代理店に入ってから繰り返し叩き込まれた営業のイロハだ。断られたら、もっと強い説得材料を探して再び口説きに行くだけのこと、と信じている。

「オリンピックを本来のあるべき姿に戻すために、お知恵を貸して欲しいのです」

　オリンピアンでメダリストでもある葉山の、現状を憂える心情に訴えたつもりだった。果たせるかな、電話の向こうで心が微かに動いた感触があった。

「……では、お会いするだけはしましょう。でも、お力になれるかは約束できません。お話を伺ってから考えます」

「もちろんそれで結構です」

　慎重な構えを崩さない葉山に、四日後、自宅のある千葉市内のホテルで面会する約束を取り付けて、一斗は電話を切った。


　約束の日、一斗は間を繋いだ高屋に同行してもらうつもりだった。だが高屋は首を横に振った。

「オレは行かない方がいいんじゃないかな」

　なぜか、と訝る一斗に高屋は淡々と語った。

「柔道界っていうのは、ＣＥＯが思ってるよりずっと封建的な世界なんだ。サユリが電話に出たのも、実は柔道において先輩のオレが頼んだからであって、気が進まなくても断れなかったんだと思う」

「えっ、そうなんですか」

五輪のメダリスト、国民的スターで国会議員までやった葉山にしてそうなのか。驚きが思わず言葉に籠った。

「ああ、それに男と女って違いもある。同じ段位を持ってても、ハッキリ言って男女じゃ地位は雲泥の差なんだよ」

「知りませんでした」

「だからな、オレが出張って行くと、何だか威圧して無理やり言うことを聞かせるみたいな感じになっちゃう気がする。ＣＥＯが一人で行って、率直に想いの丈《たけ》をぶつけた方が心が通じると思うな」

そう言う高屋の表情に、威張るような風は見えなかった。むしろ深い配慮が見えた。やはり高屋がパワハラで弘朋社を追われたのは、会社側の過剰反応だったのではないか。周囲が言う通り、熱心に指導する思いが余ってということだったのかもしれない。この世代にはよくあることだ。

一斗は高屋に同情する気持ちになりつつ、その言葉に従うことにした。


ホテルのラウンジで向かい合った葉山早百合は、かつて美少女柔道家として写真誌やスポーツ紙を賑わせた頃と較べると、年齢相応の成熟した美しさを身につけていた。顔立ちはほっそりとし、スーツが似合う体型になっている。髪はセミロングで、きちんとメイクもしていた。

一斗は「あくまでまだ水面下の動きなので、ご内密に」とした上で、これまでの経緯を話した。ただし弘朋社の谷脇から話が来たことは省いた。それを明らかにすると、これまでの連広が仕切っていた体制と同じと受け取られる気がした。事実を言わないことにちくりと胸が痛まないではなかったが、自分の熱意を前面に出すことで、その後ろめたさを覆ったつもりだった。

それはまた自身が「弘朋社の尖兵として動くつもりはない」と決めたのを確認することにもなった。

「二〇二〇《ニイゼロニイゼロ》大会の最大の被害者はアスリートなのです」

ひと通り説明を聞いた葉山は、一斗にそう切り出した。大会の数字の読み方も公式なものにしていた。

「政治的なことや法律的な問題を言うつもりはありません。お世話になった方々が批判の対象になるような動きをされたことは本当に残念ですが……」

そう言えば葉山が国会に出た時の与党・民自党の幹事長は、現在の樫木首相の「親分」に当たる林巌幸《はやしいつゆき》だった。二〇二〇大会でも陰であれこれ動いたと噂される人物だ。議員時代、党内で同じ派閥に属することになった葉山は、最近の言動を捉えて「恩人を批判するな」と陰で圧力を掛けられているのかもしれない。

その分、五輪メダリストとしての意識のほうが、今の発言には強く表れているような気がした。

「アスリートが最大の被害者だ」という視点は、そう言えば自分を含めあまり世間では持たれていないと一斗は気づいた。

「二〇二〇大会が完全に中止ではなく一年延期で行われたこと自体は、アスリートにとって最悪の不幸をもたらさずに済んだと思っています」

葉山は言った。慎重な言葉の選び方にも、指導者としての経験が表れていた。

「もちろん一年ずれただけでも、選手たちはコンディションや能力をピークに持っていく調整に苦労していました。でももし完全に中止になって次は四年後までなしとなっていたら、辛さはその比ではなかったでしょう。選手生命の中で出場の機会を失う選手も続出したと思います」

開催に批判的な発言をメディアで行っていた葉山の言葉としては、少し意外に感じた。だが葉山の真意は、その次にあった。

「問題は、代表選考に向けて、あるいは出場が決まったあと本番に向けて一生懸命努力しているアスリートたちが、まるで五輪に絡む不正の片棒を担いでいるような見方をされたことです。コロナの恐怖に怯えながらの練習中に暴言を吐かれ、悔し涙を流す選手を私は見てきました」

「確かに……でも実際始まってみたら、メディアはいつもの五輪以上に盛り上がりを演出していましたよね」

「はい。『感動をありがとう』の連発ほど気持ちの悪いものはありませんでした。選手たちは観客に感動を押し付けるために必死に走り、跳んでいるんじゃありません。あくまで自分の限界に挑戦するために頑張っているのに……あたかもコロナと戦う尖兵のような扱いもされたのです」

一斗は、やはり拝み倒しても葉山に会ってよかったと思った。

そうなのだ。ロサンゼルスの震災は気の毒だが、開催返上を奇貨として東京が出直しでやるとしたら、その核心は今度こそ「アスリート・ファースト」を貫くことだ。

二〇二〇大会でも何度も主催者側の知事らの口から発せられたその語は、実際には飾り言葉にしかならなかった。実態を反映しないどころか、腐臭と汚濁にまみれた実像から目を背けさせる狙いで用いられた。今度はそれを繰り返すわけにはいかない――。

「葉山さん、どうでしょう」

一斗は熱を込めて語る五輪メダリストの話の切れ目を待って言った。

「東京二〇二〇はオリンピックの歴史に大きな汚点を残してしまいました。このままでは日本という国が、あるいはそのスポーツ界が、ずっと世界からその眼で見られることになります」

葉山が目を光らせた。その鋭さは「女三四郎」の強い内面が衰えていないことを感じさせた。

「東京は自浄作用を世界に見せるしかないのです。そのために、今度の大会を東京で開くことには意義があると私は思っています」

「ひとつ聞かせてください」葉山が熱く語る一斗の眼を見て言った。

「あなたはそれを誰のためにやろうと言うのですか。会社のため？　それとも自分のために？」

一瞬迷ったが、一斗は思ったまま答えるしかなかった。

「どちらもないとは言いません。私はアスリートではなく、仕事をする立場で携《たずさ》わることになりますから。でも……強いて言えば、スポーツの未来のためにです」

「スポーツの未来？」葉山の目がまたきらりと光った。

「猪野さんの思う『スポーツの未来』って何ですか」

「それは……」

改めて聞かれると言葉に困った。それでも一斗は思い浮かんだことを素直に言った。

「人間が自分の努力で、能力を極めていくことです。これは人間にしかできません。そしてその努力は国も民族も超えて称え合える。同じ人間どうしとして……。互いに競い合って記録を塗り替えることで、人類の存在価値も未来に向かって高められていくのです。その象徴として、オリンピックは発明されたのだと思います。いま争いの絶えない世界だからこそ、スポーツに込められた意義を未来に向かって続けていくべきなのではないでしょうか」

言い終えて、何と口幅《くちはば》ったいことを言ってしまったんだろう、とすぐに恥じる気になった。

だがその気恥ずかしさを覆《くつがえ》してくれたのは、葉山のひと言だった。

「猪野さん。あなたには今日初めて会ったけれど、高屋さんがおっしゃる通りの方のようですね」

「高屋は何と言ったのですか、私のことを」

「向こう見ずで、走り出したら止まらないヤツだ、とおっしゃっていました」

葉山は小さく笑った。この何年間か、メディアを通して見ることのなかった葉山の笑顔だった。

「でもそんな向こう見ずなところがないと、汚れてしまったオリンピックは変えられないのかもしれませんね」

葉山が笑みを消して静かに言った。

「あなたが人生を賭けてもう一度オリンピックの清らかな火を灯そうと言うなら、ほんの微力ですが、私の力をお貸しするのにはやぶさかでありません。東京が本当にあなたの言う自浄作用を行う能力を持っているのか、見てみたいとも思います」

「やった！」

思わず大きな声が出て、ラウンジの客が何人か一斗のほうを見た。構わず一斗は葉山早百合の手を握った。

「ぜひお願いします。アスリートの魂で、我々をよきオリンピックへと引っ張ってください」

握った手に力を込めながら、一斗は「ＣＥＯが一人で行ったほうが気持ちが通じる」と助言してくれた高屋に感謝していた。

3

翌週、一斗はエイミーと共にニューヨークへ立った。

まず米本社代表のアーネスト・ウィンストンに会い、その足でユビタス・ジュニアのもとを訪ねるためだった。ＩＳＴジャパンなりの構想を練って提案するのは数週間、いや数か月先になるだろうが、まずは現状の認識を揃えておく必要があったからだ。

ユピタスがふだん居住しているのはロスの海側、サンタモニカで、津波の被害をもろに受けた。そのために現在はニューヨークの東、ロングアイランドの別邸に滞在していると聞いていた。

マンハッタンから二時間。ウィンストンのリムジンで向かった海沿いの高級住宅地、ハンプトンの瀟洒《しょうしゃ》な街並みに、アメリカの景観は見慣れているはずのエイミーも目を見張った。

「億万長者《ビリオネア》しか住んでないって感じね」

ウィンストンが笑って言った。

「今度の仕事でカズトが成功すれば、キミもこんなところに住めるさ」

ウィンストンは一斗とエイミーが仕事だけの関係ではないと睨んでいるようだった。

図星と言えなくもなかった。

一斗の中に、ロサンゼルス地震の前日、出張の最後にエイミーと過ごした夜が甦った。

柳本充のＭＬＢ契約をほぼ満点の出来で果たせたことを、二人でシャンパンを抜いて祝った。

エイミーがいなければその結果はあり得なかった。英語力だけではない。そこにいるだけで自分の気持ちを強くしてくれる不思議な力がエイミーにはある。その認識が一斗の中でますます強まりつつあった。もはや仕事の相棒だけに閉じ込めておくことはできなくなっていた。

その夜、一斗はエイミーに「女性として傍にいて欲しい」と気持ちをぶつけた。エイミーもそれを素直に受け止めてくれたと見え、二人で初めて熱い夜を過ごした。

けれどもそれでエイミーを長く自分だけのものにできると思うほど、一斗は自信過剰ではなかった。

そのことを思いだし、くすぐったい気持ちがしたのと同時に、やはりオリンピックに関わることは大金を掴む意味しかウィンストンにはないのだろうか、と感じずにいられなかった。

初めて会ったユビタス・ジュニアは、写真で見た父、ペーター・ユビタスに驚くほどよく似ていた。年齢は自分より少しだけ上、四〇代半ばというところか。そして体格が父より肥満気味で、髪がやや薄いのを除けば、生き写しと言ってよいほどだった。

そのせいで以後、「ユビタス」と彼を呼ぶことに一斗の中で違和感がなくなった。

びっくりしたのは、ユビタスが流暢な日本語を話すことだった。広大な庭に面したテラスで、妻を紹介して言った。

「ボクのオクサン、サキだよ」

「初めまして、猪野さん、ヨコザワさん。沙紀《さき》です」

にっこり笑った妻は『セックス・アンド・ザ・シティ』に出てくるようなNY風のメイクと髪

型こそしていたが、まごうことなき日本人だった。

その後、二人のなれそめを聞いた。

ロサンゼルス・オリンピックを見事に成功させた父に憧れて成長したユビタスは、自身も大学時代、水泳選手として活躍した。父の威光も手伝って、二〇〇一年日本の福岡で開かれたワールド水泳の代表選手に選ばれた。その大会での成績は振るわなかったが、「ボクはメダルよりもはるかに価値のあるものを手に入れた。それがサキだ」とユビタスは妻の肩を抱いて言った。

沙紀は大分県の出身で、博多の女子大に通っている間にワールド水泳の会場で選手の世話をするアルバイトをした。そこでユビタスに見初《みそ》められ、大学卒業後ロサンゼルスに呼び寄せられて、二人は結婚したのだと言う。

「年に一回はウチの実家のある大分にも一緒に帰ってくれて、最近は九州じゅうの御朱印を集めるのにハマってるんですよ」

沙紀がアップルシードルをサーブしながら笑って言った。

「去年は高千穂《たかちほ》神社と宇佐《うさ》神宮でいただきました」

ユビタスはなかなかの親日家というわけだ。それで日本での代替開催でも委員長を続ける、としたのか。一斗は合点が行った。

そもそも二〇二八ロス大会の組織委員長に自ら名乗りを上げたのも、近年のオリンピックで「商業化イコール悪」だとされ、父がその元凶のように言われるのを我慢できなかったからだと聞いた。

そうして摑んだチャンスだからこそ、ロスが大災害に見舞われてもユビタスは簡単に放り出すわけにはいかないのだろう。

ふと思いついて一斗は、まだウィンストンにも打ち明けていないことを口に出した。

「実は東京での開催方法を急ぎ検討する上で、相談に乗ってもらっている人がいます」

「ホウ、誰かな？」

「ご存じでしょうか。柔道の女子メダリスト、葉山早百合さんです」

「オウ！」とユビタスが目を丸くした。

「オンナサンシロウだね。もちろん知っているよ。彼女がロサンゼルスに柔道を教えに来た時、会ったこともある」

「そうでしたか。葉山さんはＮＯＣの委員でもありますが、二〇二〇東京大会には批判的でした。だからまったく新しいオリンピックの形を考えるのに力になってほしい、とお願いしたんです」

「なるほど、サユリは旧《ふる》い体質のスポーツ界や政治家とは距離を置いていると聞いた。彼女が力を貸してくれるなら、百人力だ」

そうした日本語の言い回しも知っているのか、と一斗は感心した。

「組織本部《ヘッドクオーター》の副委員長《バイスチエア》としてサユリを迎えよう」

そこまで賛同してくれるとは――。

ウィンストンが微妙に眉をしかめたように見えた。葉山早百合と接触していることを聞かされていなかったのが愉快でないのか、日本人の登場人物が増えるのを懸念したのかと想像したが、深くは考えないことにした。

一斗は、今回日本を立つ前に葉山と交わしたメールを思い出した。

ＮＯＣ委員の中にも葉山と気脈を通じる人物は複数いる。これまでは権力者の手前、批判的な立場を取れなかったが、新しい形の五輪を目指すなら賛成すると言ってくれているという。その上で「とにかく、シンプル・イズ・ベストを考えるのがいいと思う」と葉山は最初のアドバイスをくれていた。高屋の助言に続いて、自分はツイていると一斗は実感した。

「いいプランを早く作ってプレゼンしてくれ。楽しみに待っているよ」

ユビタスはそう言って、一斗の肩を厚い手で叩いた。

ふだんは飲みつけないアップルシードルが、その午後は思いがけなく美味しく喉を通り過ぎていった。

4

だが、帆に順風を受けて進んでいる、と感じられたのは、そこまでだった。

帰国して、いよいよ東京代替開催のコンセプト作りに取り組もうとした矢先、事件は起きた。

翌日からの集中的な作業に備えて、一斗は珍しく外で飲まず早めに帰宅した。ゆっくり風呂に入って汗を流し、楽しみに取っておいたワイルド・ターキー・ライのボトルを開けた。風呂上がりなのでハイボールにし、まさに口を付けようとした時、スマホの画面が着信を示した。

「ボス、ニュース見てますか」

届いてくる藤代の声が震えていた。

「いや。どのチャンネル？」

「テレビ東朝です。『ニュースライナー10《テン》』で」

「ちょっと待ってくれ。マーク」

テレビのスイッチを入れた。

メインキャスターの遊佐克己《ゆさかつみ》の顔が現れる。新聞記者出身、「民放報道の良心」と称される著名な人物だ。長めの白髪に落ち着いたグレーのスーツ。ふだんは穏やかな表情で、月曜から金曜まで番組の顔として内外のニュースを伝えている。

その遊佐が、局アナでアシスタントを務める田代世理子《たしろよりこ》と共にいつになく厳しい表情で映っていた。

画面の下の方に文字があった。

『五輪の東京開催　すでに政府決定　準備も極秘スタート済み』

遊佐がアップになり、バリトンの声が続いた。

「総理が『検討中で結論は未定』としていた二〇二八年のロサンゼルス・オリンピックの東京代替開催が、すでに政府内で確定していることが明らかになりました」

スクープを告げる遊佐の声音は、怒りと不信を隠さないものだった。一斗は二〇年近く前に個人的な関わりで会話した時の遊佐を思い出した。いま初老と言うにふさわしい年齢になったにも関わらず、遊佐の声にはその時と変わらぬ力があった。

「それだけでなく、組織本部の原型となるチームが活動開始に向け、水面下で準備を始めていることが判りました。国はこの重大な事実を国民に隠していたことになります」

田代が隣から補って言った。

「遊佐さん、どうしてこの重要な決定が秘密にされていたのでしょうか」

「それはいま開催決定を発表したら、とても賛同を得られないからでしょう。国民の中には、二〇二〇東京大会の苦い記憶が深く濃くあります」

「それでもいつかは発表しなくてはなりませんよね。なぜ先延ばしを？」

「おそらく遠からず、衆議院の解散・総選挙が予想されているからではないでしょうか。選挙の前に国民の反発を買う決定をしたら、与党の大敗に繫がる可能性が大きくなります」

田代が理解したと言うように頷いた。肝になる情報は遊佐が伝え、田代はそれがスムーズに進む流れを作る。そうした役割分担ができている。

田代世理子はコケティッシュな顔立ちで、テレビ東朝の女性アナの中ではもともと報道よりバラエティ番組に多く登場する役回りだった。それを遊佐がメインキャスター就任時に「キミは報道に軸足を置くべきだ」と言って抜擢したと伝えられていた。いまはその大御所ジャーナリストに付いて薫陶を受けているといったところのようだ。

「ではどうして今、その事実が明らかになったのですか」

「こちらをご覧ください」

遊佐が言うと一枚の写真が画面に現れた。それを見て、一斗は心臓が止まるかと思った。

「先日、あるホテルのラウンジで撮られた写真です」

写真は望遠で撮られていたが、観葉植物の奥に葉山早百合の顔がはっきりと映っていた。背中を見せて向かい合う人物の顔は見えないが、一斗はそれが自分であることがすぐ分かった。

「おわかりと思いますが、こちらに向いている方はかつてのオリンピック女子柔道メダリスト、葉山早百合さんです。葉山さんはＮＯＣの委員ですが、二〇二〇東京五輪に際しては組織本部と距離を置き、強行開催には批判的な言動を取ってこられました」

「この番組でも辛口のコメントをいただいたことがありますね」田代が補足した。

そう言えばそうだったと、一斗は思い出した。

「向かい合っている男性……。こちらはどなたなのでしょう」

「それが問題です。普通の人物なら、葉山さんが誰に会おうと何も問題はありません。ニュースで取り上げることでもないでしょう。ところが……」

「誰なのですか？」と問う目を田代が遊佐に向けた。

「取材した記者によると、あるスポーツ関連の外資系企業、その日本法人責任者だそうです」

一斗は慄然《りつぜん》とした。自分のことを知っている人間がいて、行動を見張っている。いったい誰が？　何の目的で監視し、このような写真を撮って暴露までするのか。

「スポーツ関連の……。でもそれなら葉山さんが会っても特に不思議ではない気もしますが」

「ところがそれだけではないのです。この人物はその翌週、アメリカに出張しました。そこで会ったのはペーター・ユビタス・ジュニア氏でした」

「ユビタス・ジュニアと言えば、開催を返上したロサンゼルス・オリンピックの組織委員長を、父親に続いてしていた人ですね」

「そうです。ところがアメリカ大統領が日本に代替開催を要請した後も、彼は委員長を続ける構えを見せていました。先週行われた面会には、この写真の男性が所属するスポーツ関連企業のアメリカ人トップも同席していました」

一斗は驚きを超えて、恐怖を感じた。自分がウィンストンと共にロングアイランドのユビタスの私邸を訪れたことまで知られているのだ。その事実を知っているのは、ISTジャパンの社員と現地での集まりに出席した当人たち、そしてリムジンのドライバーくらいしか思いつかない。

そうだ、もう一人いた――。

一斗は思い出した。弘朋社の谷脇常務に、渡米してユビタスに挨拶する日程は行きがかり上、報告していた。だが谷脇にしろ、他の関係者にしろ、今の段階でそうした会談の設定について明らかにすることの利があるとは思えなかった。

「この二つの事実を合わせて考えると、東京開催に向けての実務を、その外資系スポーツ企業が受託しようとしている構図が見えてきます」

遊佐の熱弁は続いた。

「つまり東京での代替開催はもはや『検討中』などでなく確定事項であり、すでに具体的な動きが日米両国をまたいで起きているということになります」

それまで田代の質問に答えるスタイルだった遊佐が、カメラ目線になって言った。

「もちろん私たちは、こうした状況証拠だけで東京での五輪再開催が決定済みと判断したわけではありません。政府関係者やNOC周辺への裏付け取材を複数回行い、確証を得て報道すると決めました」

一斗はハッとした。NOC周辺――。

葉山早百合には、組織委員長であるユビタス・ジュニアに近々会うことを明かしていた。

もしや、と思い当たることがあった。葉山早百合は、二〇代後半で人気サッカー選手と結婚し、

「国民的アスリートカップル」と祭り上げられた。だがその後離婚し、現在はシングルマザーとして二人の子を育てている。その葉山が一年ほど前、『女三四郎に新たな恋!?』という見出しで週刊誌に取り上げられたことがあった。

おそらくはその後も葉山を追っていた記者が偶然捕まえた「密会」相手が一斗だった。そして改めて葉山を直撃取材して摑んだのが、色気も何もない五輪開催に繋がる事実だった――。

それでも葉山から漏れたとは考えたくなかった。では、葉山と気脈を通じていて同調する構えを見せたという他の委員か？

「こうした隠し撮りのような写真を使うことには、私は正直言って抵抗がありました」

民放報道の良心らしく、遊佐が苦しげな表情を見せて語った。

「けれども政府が極めて重要な事項を国民に秘匿しているという場合には、報道機関はその使命を果たさねばなりません。今回この独自スクープを行うことについては、スタッフ内でも議論がありました。最終的に判断したのは私です」

報道機関の使命か。ご立派なもんだな――。

一斗は胸の中で悪態をついた。

遊佐が『ニュースライナー10』、通称『NL10』のメインキャスターになってからは、一斗は自然にテレビ東朝にチャンネルを合わせるようになっていた。ある縁がかつてあったという理由だけでなく、民放にあっても遊佐の報道姿勢は、世俗の金の流れや利権とは一線も二線も画す厳正中立なジャーナリストの矜持を貫くもので、一斗はこれまで基本的に共感を抱いてきた。大企業や政府与党をバッサリと斬る遊佐のトークは痛快で、しばしば一視聴者として拍手を送ったものだった。

　だが今度ばかりは違った。その姿勢に独善の匂いを強く感じた。続いて遊佐は、二〇二〇大会をめぐって取り沙汰された数々の汚点をおさらいして見せた。

　いつの間にか藤代からの電話は切れていた。


　一斗が『NL10』の報道を見てショックを受けたのは、自分の行動が写真付きで全国放送されるという初めての経験のせいばかりではなかった。

　それを報じた遊佐克己が、一斗にとってただ画面で見るだけの人物ではなかったためだった。

　一斗が弘朋社の入社試験を受けようとした時に、大学の就職課の担当者はせせら笑って言った。

「ウチくらいの大学でキミみたいに留年までしてる学生、エントリーシート《ES》で即落ちだよ。一次面接にすら辿り着けっこない」

　一斗は大学四年間、勉学にはまるで勤《いそ》しまず、アメリカンフットボールに没頭していた。そのため単位が足りず、同級生が皆卒業し就職していくのを横目に、留年を余儀なくされていた。

「よほどのコネでもありゃ別だがね。ま、そうだったら最初からこんなトコ来てないだろ」

「あの、コネって例えば……どんなことですか」

「そりゃ親がどこかの大企業の役員とか宣伝部長とかさ。あるいは有名タレントだとか」

「ウチの親はただのしがないサラリーマンです」

「うーん、じゃ誰かそういうお偉いさんで紹介者になってもらえるヒトいないか、せいぜい探してみるんだな。代理店の入社試験は何たって紹介者がモノを言うから」

就職課員にそう言われて一斗は、血眼になって紹介者として書類に書けるような人物を探した。以前にも一度、そうした伝手《つて》を得ようとして軽はずみな動きをし、苦い目に遭ったことがあった。今回、唯一思い出したのが高校時代、文化講演会に講師として来校したＯＢの東朝新聞記者、遊佐克己だった。

広告業界そのもののヒトじゃないけど、マスコミならどこかで繋がっているかもしれない――。藁をも摑む思いで一斗は、遊佐が講演で話した内容など一片も覚えていないにもかかわらず、新聞社宛てに手紙を書いた。遊佐に同窓のよしみで紹介者になってほしいと頼み込んだのだった。

一週間経っても、遊佐からの返事はなかった。一斗は思い余って直接行動に出た。

夜、東朝新聞本社の前に立って遊佐の出待ちをしたのだ。その日、遊佐がそこにいる保証はなかった。またいたとしても取材先に会社のハイヤーででも向かわれたら、話しかけるチャンスなどない。無謀な賭けだったが、そのくらいしか一斗には思いつく手段がなかった。

幸いにして遊佐は夜の比較的早い時刻に社の玄関に出てきた。ところが駆け寄って声を掛けようとする前に、遊佐はタクシーを拾ってどこかへ向かってしまった。

「やられた」

刑事ドラマのように、すぐさまタクシーで追いかけるような資力は一介の学生にはない。それでもひとまず相手の姿を確認できたことをよい兆しと捉える楽観性が一斗にはあった。

翌朝、一斗は再び東朝新聞社のビル前に立った。会社の特質から一斉の出勤ではないものの、何千人という社員が入口に向かってくる中で、再び遊佐のコート姿を発見できたのは僥倖以外の何ものでもなかった。

「遊佐さん、おはようございます。お手紙を出させていただいた城南台高校後輩の猪野です」

息を弾ませて言った一斗の顔を、遊佐はじっと見た。そして、仕事にかかる前に喫茶室で二杯コーヒーを飲むというルーティンに一斗を付き合わせてくれた。

「学生にしては、いい度胸じゃないか。猪野くん……か。その名の通り猪突猛進で、広告代理店の営業とか案外向いているかもな」

極めて忙しい身ながら、意外にも一斗の訴えを聞いた遊佐は、そう言って紹介者になることを引き受けてくれたのだった。

それが作用したのか、一斗は超狭き門を潜《くぐ》り抜け、弘朋社への入社を果たした。それから激しい業界競争の中、確かに猪突猛進に近い営業生活を送ってきたかもしれない。

遊佐には毎年手書きで年賀状を送っていた。『NL10』のメインキャスターに遊佐が就き、テレビ東朝に移籍した後も送り続けた。返事は相変わらず来なかったが、弘朋社を退社した際にも挨拶状に、

「縁あってスポーツ関係の仕事をすることになりました。何かの折にまたお世話になるかもしれません。その節はよろしくお願いいたします」と添え書きして出した。

不本意な理由での退社であることは書かないのが、紹介者に対する礼儀のような気がしていた。

それがこのような形で「世話」になるなんて――。

遊佐の方では自分のことなど忘れていると思っていた。けれども遊佐は今夜、葉山と対面したのが一斗であることを分かった上で、ニュースで取り上げている。

広告代理店出身者ということを番組で言わなかったのは、遊佐であっても民放で禄《ろく》を食《は》む人間

なのか。

の配慮だったのか。それとも、かつてささやかな面倒をみた高校の後輩に対する「武士の情け」

一斗の脳裏に、二〇二〇東京オリンピックに関して遊佐が発してきた数々の言句が甦ってきた。

遊佐は売り物である反骨の論調を、五輪に関してはさらに尖らせていた。

開催の前には海外の報道を積極的に引用し、「誘致はアフリカや中南米各国を中心とするWOC委員を大々的に買収することによって初めて成功を見た」と喝破した。

コロナ禍の下で大会を開催することには遊佐は猛反対を述べ立て、一年延期が決定されるひとつのきっかけを作ったと世間で見られていた。その延期された開催に対しても、再延期または中止を強く主張した。そして無観客で開催された後には、組織本部を裏で支配した連広の汚職について言葉を極めて批判していた。

その遊佐の姿勢からすれば、東京大会に関わった企業や人物の犯罪行為が解明不十分なままでまた五輪を開催する決定をするなど、決して許せないことに違いない。それに関わっているのが同窓の後輩であったとしても、監視を緩める方向になど働かないだろう。

少しでも先輩として尊敬の念を持った遊佐に、敵として対されることになるなんて――。

これからどうなるのだろうか。一斗は衝撃から立ち直れない頭の中で必死に考えようとした。

『東京開催はすでに確定　準備も極秘スタート済み』などと遊佐のニュースは報じたが、何もまだ具体的な動きはできていない。そんな内に早くも流れは潰されてしまうのか。

いや、それはあり得ない。あってはいけない。それがごく短い思考の後、一斗が出した結論だった。国も、そして会社も、アメリカと日本の両方ですでに走り出しているのだ。

そして一斗は、はたと思いついた。

葉山早百合に連絡しなくては――。

内密に会った映像がいきなり全国放送のニュースで流され、おそらくは激怒しているだろう。あるいはひどく狼狽しているか。

受け取った名刺の携帯番号に電話してみる。すでに夜一〇時を回っているが、構ってはいられなかった。相手はすぐに出た。

「葉山さん、猪野です。ニュースご覧になりましたか」

「見た、見た。もうびっくりしちゃったわよ」

葉山はいくらかアルコールが入っているのか、やや崩れた口調で言った。

「ご迷惑を掛けました。まさかカメラマンなんかに追われているとは思わなかったので」

「いや、それは……」葉山が含み笑いをしたように感じた。「こっちなの」

「え？」

「私、時々パパラッチに追われているのよ。だからそれ自体は驚かなかったんだけど」

「パパラッチ？」一斗は戸惑った声で聞いた。

「うーん、ほら。プライベートでちょっといろいろあって……」

やはりそうだったのか。葉山の「新たな恋」の相手とでも自分は思われたのか。

一瞬吹き出しそうになった一斗は、今の局面の重さからそれを自制した。

「まさか千葉まで追ってくるとはね。猪野さんにこそ迷惑掛けちゃったんじゃない？」

「いえ、それはないですけど」

今は独身の一斗にとって、そう報じられたところで不都合が巻き起こることはない。

「だけどテレビ東朝、よくオリンピックの話だと嗅ぎつけたわね」

「そのことでご不快な思いをさせてしまったのでは、と思って」

「いやそりゃ、驚いたことは驚いたわよォ」

葉山早百合は、べらんめえと言ってもいいような口ぶりだった。少しでなく、かなりアルコールが入っているのかもしれない。

「でもね、こう出ちゃったらもうしょうがないじゃない」

葉山は予想しなかった言葉を口にした。

「かえってよかったと考えましょうよ。『NL10』もまるきり嘘を言ってるわけじゃないし」

「と、おっしゃると?」

「もう『始め!』は掛かったのよ」

柔道の試合開始の合図に喩《たと》えて葉山は張りのある声で言った。

「一刻も早く、代替開催は確かに決定していることを政府に発表してもらうしかない。で、国民に『正しい決定だった』と納得させるのよ。私この後、樫木さんに電話するわ」

総理に電話、と聞いて一斗は驚いた。だが考えてみれば葉山が政界に出た時、誘いを掛けたのは、いま樫木が率いる派閥の当時の長だ。そして葉山は国民栄誉賞まで受けているのだから、現総理・樫木と直接電話で話す関係があってもおかしくはない。

少なくとも葉山は自分より、はるかに肝が据わっている。

それは女子柔道界で頂点を極めたキャリアの為せる業なのかもしれない。自分がニュースを見てただ慌てたことを一斗は恥じた。

「わかりました。ではぜひそうしてください」

葉山が言う通り、それ以外に現状の解決策はないように思われた。少なくとも国の側が否定すればするほど、報道の追及は厳しくなる。テレビ東朝だけでなく、すべての局や新聞が束になって迫ってくるのが目に見えている。

「明日また電話します。その上でもう一度お会いして善後策を相談しましょう」

「わかったわ。それじゃ」

おやすみなさい、と言って電話を切ろうとした寸前に、一斗はあることを付け加えた。

「ユビタス・ジュニアからのメッセージもありますので」

それは本来、自分の方の考えが多少ともまとまってから葉山に伝えようとしていたことだった。

スマホを置いて一斗は、葉山と話したことで、自分の動揺が急速に収まったのを感じた。むしろ気分は盛り上がっているに近かった。

ハイボールのグラスに氷を足してひと口含むと、一斗は今度は藤代にＬＩＮＥを送った。

「ニュース教えてくれて、サンキュー。今、葉山さんとは電話で話した」

「どう言ってましたか」すぐに返信があった。

「いや、さすがの傑物だな。落ち着いたもんだった。こっちが恥じ入ったよ」

「へえ。明日にでも詳しく聞かせてください」

ふと思い立って返信を書いた。

「マーク、これからウチへ来ないか。いいバーボンがあるぞ」

外で飲んでは来なかったが、どうせ一人でグラスを重ねる夜になる。

家族がいないのは自業自得の結果で、自由でもあったが、今の昂ぶった気分では早く寝られそうもない。明日からに備えて早めに休もうという気はどこかへ吹き飛んでいた。

決して寂しがっているわけじゃないぞ――。

自分にそう言い聞かせた。

だがＬＩＮＥには少しの間が空いた。同じくひとり暮らしで、家もわりと近所の藤代が、何か躊躇しているのか？

あるいは若い藤代のことだ。この時刻にも誰かと一緒にいるのか？

そう言えば二週間ほど前に帰りがけに「一杯飲んで行かないか」と誘った時、「ちょっと今日はヤボ用が……」と言って、退屈げでもない顔で断ったことがあった。

一斗はがっかりしかけたが、ほどなく特大の「ＯＫ」のスタンプとともに「行きます！」と返事が来た。

「よしッ」と声に出して一斗は頷いた。


小一時間ほどして藤代は一斗のマンションにやって来た。一人住まいなので、２ＤＫの間仕切りを取り払い、広めの１ＬＤＫとしている。そのリビングのソファで向かい合った。

「これからどうなるんでしょう」

Ｉ・Ｗ・ハーパー12年のロックをぐいっと飲んで藤代が聞いた。ワイルド・ターキー・ライは少し癖が強すぎると思い、一斗がそれを勧めたのだった。

「そうだな。とにかく表に出ちゃった以上、オレたちはますますやらないわけにいかなくなったことは確かだな」

「でも、遊佐さんはずいぶん辛口でしたね。まるでボスのことを敵視してるみたいで」

彼の立場からしたら敵なんだよ。出そうになった言葉を一斗はこらえた。今の段階では、遊佐と自分の馴れ初めは話さないでおく方がいいような気がしていた。

「ま、こうなったらボス、ドカンとやって有名になってやりましょうよ、日本にISTジャパンありって」

「そうは言っても、この間マークに考えてもらった実行組織を一から作っていくんだ。死ぬほど大変だぞ」

「死ぬほどなんてヤメてくださいよ。若い身空で社畜として命を落としたくなんかないですよ」

そう笑って言った後、藤代が聞いた。

「ボスはどうしてスポーツの仕事をしようと思ったんですか」

だしぬけに言われて、一斗は一瞬言葉に詰まった。だがそれは葉山早百合に、「あなたの考える『スポーツの未来』は何か」と問われた時から、頭の中をぐるぐると巡っていたことではあった。

入社面接で「スポーツに関する仕事をしたい」と言ったのは、希望職種を聞かれて成り行きで飛び出た答えだった。だがそれはただの気まぐれでもなかったのだ、と思い始めていた。

「オレはな、人間には生まれつき闘争本能があると思ってる」

何だか大きなことを言い出したな、という目で藤代が一斗を見た。

「他人と競うから人間の成長もあって、自分の存在意義も確かめていけるんだと思う」

「なるほど……」

「でもその本能をまかり間違ってデカい集団で発揮すると、民族や国の戦争になっちゃったりする。人間が存在意義を確認するのに殺し合いをするのは本末転倒だ」

「それはそうですね」藤代が頷いた。

「その闘争本能を人類のいいほうにだけ活かせるようにしたのが、スポーツだと思うんだ。頭を使う戦略と肉体の能力とを、定めたルールの中で競い合うようにして」

大学時代、熱中していたアメリカンフットボールのことを思い出しながら言った。当時はそんな理屈など考えることなく、ただゲームの面白さと厳しさの中に浸りこんでいただけだった。

だが、ひょんなことでスポーツビジネスに足を踏み入れるようになってから、人間にとってのスポーツの価値ということを考えるようになった。

「自分がプレーするだけでなく、そばで支えること、そして仕事としてそれをやることは、意義のあることだ。そう信じられるようになった。だから今こうして仕事にしているってことかな」

藤代はいったん頷いて言った。

「でも、僕はスポーツのいいところは、何より勝つ価値を体験できることだと思うんです。勝って称賛されれば、もっと頑張ろうって気になるじゃないですか」

「負けて、もっと頑張ろうじゃダメなのか」

「ダメとまでは言いませんけど……やっぱり勝利者にならないと。スポーツでも、仕事でも」

人生でも勝ち組になりたいとストレートに言う藤代らしい考え方だと思った。

「ところでボス、この間、広告代理店の下でやるつもりはないって断言してましたよね」

「ああ」一斗は答えた。その決意は一斗の中で日増しに堅くなっていた。

「今日の報道を聞いて連広や弘朋社はどう出てくるでしょうね。思いっきり潰しにくるってことはありませんか」

それは一斗も密かに感じていたことだった。

「ないことはない……かもな」

「下でやらないのなら、いっそ連広や弘朋社をウチの下につけちゃうってのはどうですか」

一斗は絶句した。この間、「使い倒す」と言ったのを、藤代はまだ本気で考えていたのか。辛うじて返した。

「そんなに甘い相手じゃないぞ。オレたちが凄い実績があるコンサルとかだったら別だけど、まだ生まれたばっかりのヨチヨチ会社なんだ。ヘタにそんなことしたら、すぐ呑み込まれちゃうさ。オマエも言っただろう。相手は大きな風車だって」

「でもボクらはユビタス・ジュニアとだって直接会ってるじゃないですか。元請け《プライム》はISTジャパンがやるってしっかり契約に書いておけば、怖くないと思うけど」

「法的にはそうかもしれないが、ビジネスには法律以外のこともあるんだ」

マークは連広や弘朋社の谷脇の怖さを知らないからそんなことを軽々に言うんだ、と口にしそうになって一斗は再び止めた。

まずは法秩序を信じ、それがちゃんと機能している領域で藤代には働いてもらうべきだ。そうでない部分を知るのは、これからたっぷり時間をかけてでいい。

「とにかく上でも下でも、オレは連広や弘朋社と組んで今度の仕事をやることはしない」

そう断言すると藤代は、残念なような納得がいかないような表情をちらりと見せ、黙った。

それからは仕事に関係のない雑談を、バーボンを飲みながら交わした。久しぶりに「呑むならとことん」の夜になるかと思われた。

「泊っていってもいいんだぞ」

ふとそう声をかけたのを、「いいえ、ウチでシャワーを浴びたいので」と理由をつけて、藤代は断った。

「タクシーを呼んで帰ります」

一斗は仕方なく藤代をマンションのドアで見送った。

5

翌朝、世間がビジネスアワーになったのを見計らって一斗が掛けた電話に、葉山早百合は出なかった。

「ただいま電話に出ることができません。ご用の方はメッセージをどうぞ」

アナウンスに従って名前と連絡を欲しい旨を残したが、午後まで待っても電話は来なかった。

もしや昨日、葉山早百合は酒のせいで気が大きくなっていただけなのか？　実は樫木総理に直接ものを言えるような関係などというのは、見栄を張ったくらいのことだったのか？

それもありそうな気がしてきた。

もうひとつ一斗を苛立たせたことがあった。

朝食を作るため、ちょうど切れていた卵を買いに近くのコンビニに行くと、レジ横に並ぶスポーツ紙が目に入った。

四紙のうち二紙に『28年五輪東京開催決まっていた』『東京２０２８五輪極秘決定』という見出しが派手に並んでいたのだ。そのうち一紙は『ＮＬ10』のテレビ東朝と同系列の東朝スポーツで、昨夜の遊佐のスクープ報道の後、それに倣《なら》って急遽トップ記事に仕立てたものと思われた。ラックから新聞を引っ張り出して記事を読もうとすると、店員に鋭い眼で睨まれた。仕方なく卵のパックとともに二紙ともレジ台に置いた。「この際、念のためだ」と東朝新聞も買うことにした。

マンションに帰り、朝食を作るのを後回しにして、全紙を開いた。

スポーツ紙二紙は、『ＮＬ10』の報道をそのままトレースしているだけの内容だった。東朝スポーツは系列の関係で入手できたのか、葉山早百合との密会写真をそのまま掲載していた。

問題は、東朝本紙だった。

トップでこそなかったが、やはり一面に『東京五輪再開催　すでに決定済み』という見出しがあった。さらに社説で『政府や東京都は二〇二〇東京大会の汚点がまだ解消されていないことを重々承知のはずだ。その上での決定というなら、直ちにそこに至る理由と経緯を国民に詳《つまび》らかにすべきだ。衆院解散、総選挙を行ってでも国民に信を問うべき大問題である』と主張していた。

その文章は、『ＮＬ10』で厳しい顔で報道した遊佐克己が書いたのではないかと勘繰りたくなるほど言葉遣いが酷似していた。

だが遊佐は、東朝新聞を退職しテレビ東朝に正式に移籍している身だ。ニュースキャスターに専念している以上、古巣とは言え新聞の社説に影響力を行使することなどあり得ない。それでも論調を共にする「門下生」が新聞社の論説委員あたりでいて、阿吽《あうん》の呼吸で主張を揃えたようなことはあるかもしれない。

「東朝お得意の『論調マーケティング』だよ」

『ＮＬ10』が鳴り物入りで始まった時、弘朋社のテレビ局にいた同期の佐久間重利はシニカルな笑みを浮かべて言った。

「『心は左に、財布は右に』ってな」

佐久間によれば、当時報道分野で他の民放局に後《おく》れを取っていたテレビ東朝は乾坤一擲《けんこんいってき》、捨て身の方針を打ち出した。政府与党や財界、大企業に対し民放としては異例なほど鋭く切先を向けると決めたのだ。

その具体化として始まったのが『ＮＬ10』だった。スポンサーからの広告費で経営が成り立つ民放局として、「そんな過激路線で大丈夫なのか」と危ぶむ声も社内では上がった。だが、何のことはない、その方針を持ち込んだ張本人はスポンサーを持ってくる広告代理店の最大手・連広だった。

「どの局も似たような、政府や大企業への配慮が見えるニュースを垂れ流しているからダメなんだ。一局くらい暴れん坊がいた方が、視聴者の幅広い嗜好に応えられるだろう」

当時の連広のテレビ局長はそう豪語し、後発キー局という弱い立場で不安顔だったテレビ東朝

の編成幹部を叱り飛ばした。その一方で、

「心配するな。CM枠は全部連広《ウチ》が買い切ってやる」と太っ腹を見せた。買い切りとは、枠の販売に連広が全責任をもつことだ。仮にスポンサーに売れなくても局側の売り上げ総額は保証される。局にとってそれほど有り難いことはない。

その替わりに注目の新番組の広告枠は、連広が独占販売となった。弘朋社以下の代理店は手を出せない。悔しい思いをしつつ、指を咥《くわ》えていた佐久間や他代理店を尻目に、『NL10』の番組提供を希望するスポンサーは連広に殺到した。初代キャスターに決まった瀬谷仁志《せやひとし》の人気が話題性に拍車をかけた。期待通り高視聴率でスタートした新ニュース番組に、

「仮に多少批判的な報道をされる可能性があっても、ぜひ提供につきたい。CMを入れたい」とする一流企業が引きも切らなかった。「視聴率が高い番組にCMを入れたい」のがスポンサー側の悲願なのだ。

以来、『NL10』はテレビ東朝の、そして連広の金城湯池となった。

その後、女性問題を週刊誌に報じられた瀬谷が降板し、替わってキャスターに就いたのが遊佐克己だった。東朝新聞の敏腕記者として『NL10』にもコメンテーターとしてたびたび登場していた実績を買われたのだった。

だが、企業としての東朝新聞やテレビ東朝が本当に社会の民主化、リベラル化を志向しているのかと言うと、必ずしもそうと言えない事件が現場では続発していた。

そもそも東朝新聞が、創刊時からビジネス本位で論調を決めていた歴史があったのだ。「左」に近い立場を取って見せたほうが、「右」の代表格の日本新聞、中央経済新報などと差別化でき、

都市のインテリ層を読者として獲得できると判断した。そして現在では『ＮＬ10』がテレビ東朝のその顔を担っている。

それを称して、佐久間は「心は左に、財布は右に」と皮肉ったのだった。「論調マーケティング」を体現したのは東朝側だったが、テレビで仕組んだのは連広だった。


その日、一斗は出勤するとエイミーにコンビニを回らせて、自分が求めた三紙以外の新聞を全て買って来させた。夕刊紙が駅売店に並ぶ昼になると、それも集めさせた。

けれども端から端まで目を皿のようにして探しても、当初の三紙以外に一行でもそのテーマの記事を書いている新聞はなかった。

それだけではなかった。その日一日、各テレビ局のバラエティ番組、ニュースを手分けしてすべて見たが、『ＮＬ10』に追随した局はなかった。『ＮＬ10』自体、その日は前日の報道を忘れたかのように別のリニア新幹線工事における談合疑惑のニュースに終始し、ひと言も続報を流さなかった。

奇妙なメディアの沈黙だった。

僅かにネットニュースが先行記事を再録する形で表示したが、間もなくそれも消えた。

一斗が咄嗟に考えたのは、報道管制が当局によって敷かれたのではないか、ということだった。誘拐事件発生時などのオフィシャルなものでなくとも、非公式に報道規制が行われることはある。政府が大手メディアに圧力を掛けるのだ。そのことは一斗も広告代理店に勤めていた時から薄々知っていた。

記者も取材先との貸し借りで仕事をしている。「今回報じたら、今後一切取材に応じない」と重要なネタ元に迫られれば、記者生命を賭してまでそれに抗うことはまずない。メディア側も、出入り禁止のリスクを冒してまで記者に取材を強制することはしない。

一斗の想像が当たっていれば、逆に国の側が苦しい立場にいると白状したようなものだ。だが政府やNOCといった側もその日、急遽何かコメントを発表するような動きはなかった。

葉山早百合からの連絡も相変わらずなかった。

夜になって、何回目かの電話をした時に、ようやく葉山は出た。昨日のべらんめえとは打って変わって、くぐもった声で言った。

「総理には電話しているのだけれど、出ていただけないの」と言った。

「もっとも昼間は国会でお忙しいだろうから、無理と分かっているのだけれど」

着信履歴は残っているはずだからもう少し待ってみる、という葉山に一斗は「わかりました」と答えるしかなかった。

けれども、昨夜葉山が口にした通り、むしろ既成事実として世に知らしめていく方針でこちらがいくのだとしたら——。

一斗はあることを思いついて、実行に移すかどうか考えた。それは、さらに劇薬となって、自分たちの仕事の進路を塞ぐ可能性もある行動だった。

三〇分ほど逡巡した後、一斗はまたスマホを手に取った。ホームページに「情報提供はこちらへ」とあった番号をタップした。

「はい、テレビ東朝報道局」とぶっきらぼうな声が出た。

「昨夜『ＮＬ10』で公開された写真に写っている者です。キャスターの遊佐さんも存じ上げています。お話ししたいことがあるので、ご連絡をいただきたいとお伝え願えませんか」

相手は一瞬、訝るような間を置いた後、明らかに興味を示して乗ってきた。

「ああ、昨日の五輪再誘致の件ですね。メッセージは遊佐キャスターに伝えますが……失礼ですがどちらの方ですか？　お名前は？」

番組は見ていたが、葉山と共に写っているのがどういう人間で、五輪の件にどう繋がるのかまで深くは情報共有されていないと見えた。無駄な相手にわざわざ教えるつもりは一斗にはなかった。

「イノと言えばわかると思います。携帯番号は……」

必要最小限の情報だけ渡すと、「遊佐さんにお伝えください」と念押しして電話を切った。


「遊佐です。しばらくだね」

電話が掛かって来たのは、日付が変わる直前だった。ニュースで聞くよりは少し声が低く感じるのは、逆にスタジオでは遊佐が声を張るようにしているからだろう。

あるいは『ＮＬ10』への出演を終えて、帰る車の中から携帯電話で掛けているせいかもしれない。

「ご無沙汰しています。こんな形でまたお話しすることになるとは思いませんでした」

「それはこちらもだが……」

「もうお判りのようですけれども、確かに私は今、二〇二八年のオリンピックを東京で代替開催する件に関わっています」

「そのようだね」

「でもまだ準備の準備のような段階で、何ひとつ決まってはいません。葉山早百合さんにも、基本方針づくりのために知恵を貸して欲しい、とお願いしただけです。ニュースで報じられたような情報は、どこからお知りになったのですか」

「それは言うわけにいかない。ニュースソースの秘匿はジャーナリストの基本だよ」

予想していた言葉ではあった。

「逆に、私のほうから聞きたいんだが……。君はいま、ＩＳＴとかいう外資系企業に入ってオリンピック準備に関わっているのだね」

弘朋社を辞めた時の挨拶状では、行き先の社名までは知らせていなかった。それでも『ＮＬ10』での報道からすると、その辺りのことはすべて調べ上げられているはずだ。

「でも君は弘朋社出身であることは間違いない。それは、ＩＳＴという会社が弘朋社の黒子になって動く、言い換えれば弘朋社が二〇二〇の時の連広に取って替わろうとしているだけなのじゃないか」

「そんなことはありません」思わずむっとした口調になった。

「何も違わないじゃないか」遊佐の語気が強まった。

「また同じ轍を踏もうとするなんて、君たちには反省というものはないのか」

挑発に乗ってはいけない。ちゃんと説明する意図で、こちらから申し入れた会話なのだからと自分に言い聞かせた。それでも、頭に血が上るのは止められなかった。

「だから、違うんですよ。ISTはアメリカが本社の国際企業です。スポーツマーケティングに関しては、連広や弘朋社などが到底太刀打ちできない専門性と実績を持っています」

「それならそれで、またおかしいじゃないか。日本国内でやる大会を、なぜアメリカの企業に委託しなくてはならない？」

「いえ、実際に動くのは私のいる日本法人、ISTジャパンになります」

そう言って一斗は、思わず遊佐の誘導尋問に乗ってしまったことに気がついた。

「でも君のその会社はまだ数人しかいないそうじゃないか。それじゃやっぱり弘朋社の手下として動くしか考えられないだろう。それとも何か？　無節操に手のひらを反《かえ》して、今度は連広の手先をやろうとでもいうのか」

「どちらもありません。まだ何も固まっていませんが、とにかく僕らはやるとしたら、まったく新しい形を打ち出すつもりです。そうでないと今度の五輪はできないと思っています」

「口で言うのは簡単だ」

遊佐は冷ややかに言った。

「広告代理店というのがどのくらいしたたかで横暴な存在かは、君がいちばんわかっているだろうに」

論調マーケティングという佐久間が言った言葉を一斗は思い出した。確かに正義や人の信念のありようまでビジネスにしてしまうのが広告代理店ではある。

「私はね、二〇二〇大会の前後から、連広の汚いやり口をずっと追いかけてきた。はっきり言って、取材したものの軽々と報じられないような犯罪行為のオンパレードだった」

それを言われると、一斗としても抗弁できない部分があった。規模は違えど一斗自身、一七年間代理店の営業をやってきた中で、とても自分の子供には話せない手段を使ったことは一度や二度ではない。このまま続けていては、人間として普通に備えている倫理観まで失ってしまうのではないかと危惧を覚えたことすらあった。

「要は、自分たちの利益のためなら何でもやるのが広告代理店だ。オリンピックでも、国全体のことやアスリートのことなどまったく考えていないことが痛いほどわかったよ」

「ですから、代理店の下でやるつもりはありません！」

遊佐の言葉の弾丸に抗しようとして、一斗の言い方も思わず激しくなった。

「私は代理店を辞めてきた人間です。あの力で押し通す仕事のやり方は決してしないと胸に誓って、今の会社を始めたんです」

なんとか分からせようとする一斗の口調にいくらか遊佐が気圧《けお》されたのか、ごくわずかな間があった。

一斗は自分の昂ぶりを努めて押さえ込んで言った。

「遊佐さん。しっかりとした方針ができたらお知らせしますから、その時にちゃんと取材していただけませんか。今度は隠し撮りなんかじゃなくて」

「わかった、楽しみにしていると言いたいところだが……」

硬い声のまま遊佐は言った。

「信じることなどできないね。君は代理店のいちばん汚れた部分に進んで手を貸そうとしているんだ」

「だから違うと言っているじゃないですか！」

我慢ならず怒鳴る声になったのを、遊佐の冷ややかな声が制した。

「私は君の紹介者になった時、推薦状に猪突猛進という言葉を書いた」

遊佐がそれを覚えていたことに一斗は驚いた。

「いいか。猪突猛進というのは、自分が正しいと信じたら脇目も振らず突き進む、ということだ。君が自分の今やっていることを正しいと信じているとは思えない。それでもやるのかね」

遊佐はさすがに、経験豊富な論客だった。攻めに隙がなくぐいぐいと追い詰めてくる。

「正しいと思わないことを平気でするのは、人間として最低の行為だ」

遊佐の言葉が一斗の胸に突き刺さった。脆《もろ》い部分に精確に照準を当ててきた。

自分は今しようとしていることに、本当に一〇〇パーセントの自信を持てているのか。

「君を同じ高校の後輩に持ったことを私は恥じるよ。推薦状を書いたことも後悔している。撤回したいくらいだ」

あまりの言われようだった。一斗は返す言葉を失いそうな中、ようやくひと言発した。

「私も……私も残念です。そんなことをおっしゃる遊佐さんに紹介者になっていただいたことを後悔しています」

けれどもその抗弁が遊佐に届いたとは思いにくかった。

「理解していただけないかもしれませんが、私は私の道を行かせていただきます。失礼します」

一斗は電話を切った。

悔しさに、握り締めたスマホにぽとりと音を立てて涙が落ちた。

6

東京でのロス五輪代替開催受け入れは、極めて異例な形で公式発表された。

年が明けて二〇二五年一月、WOCの臨時総会がスイス・ローザンヌの本部において招集された。それは本来、ロサンゼルスの開催返上をWOCとして正式に承認するのが目的の会議と報じられていた。

ところがその場で、代替開催地までも決定する議事が行われたのだ。

「今夜遅くのNHAニュースを見てください」

葉山早百合から午後にそう告げられていた一斗は、自宅のテレビでその映像を見ていた。葉山は立場上、情報を早くから摑み、知らせてきたのだった。

公共放送であるNHAだけで流れた本部からの中継は、ライブではなく要所を摘んで編集したものだった。

まず驚きの映像が流れた。代替開催の候補地として二つの都市名が並んで映し出されたのだ。

東京と北京だった。

大会開催地の決定は、二〇二〇大会誘致活動の反省からか、立候補都市がプレゼンテーションで支持を競い合う方式が廃止されていた。WOC内部に設置された「将来開催地委員会」が希望都市との対話を通じて開催地を決めるという、考えようによってはよりダークな方法になった。

WOCは今回、三年半後の開催地を即刻決めなくてはならない非常事態の中で「対案」を設ける必要に迫られた。その結果、アメリカが歓迎しないもうひとつの都市を候補に指名したのだった。中国も喜んでその指名を受け容れ、事実上立候補制が復活した形になった。

各国代表のWOC委員が入れ替わり発言する様子が映し出された。それぞれどちらの都市を支持するかを表明していた。

やがて採決の場面に移った。北京に一二、東京には一〇〇を超える数が表示された。圧倒的な勝利だった。一瞬、不機嫌そうな表情の中国代表の姿が映り、落胆した何人かの顔がそれに続いた。北京を支持する票を投じたのが、経済で中国の強い影響下にあるアフリカ諸国であることが如実に伝わってきた。

考えてみれば、確かに北京も開催できないことはなさそうだった。一七年前の夏季、三年前の冬季と二大会を開催した豪壮な施設がそのまま残っているのだ。それに日本と違って、かの国では国民の反発など気にする必要がない。ハードルははるかに低いだろう。

けれども大多数の国の委員は、「再び東京で開催」を支持したのだった。

間もなくニュースは『総理が緊急会見』という表題に変わった。

総理官邸の会見場に樫木首相と松神誠吾《まつかみせいご》NOC会長が並んで立った。政治家の中でもやや小柄な樫木は、日本体操界のレジェンドで往時の体軀が健在の松神と並ぶと、いっそう華奢《きやしや》に見えた。

「本日私は、二〇二八年のオリンピック大会を米国ロサンゼルス市に替わって東京で開催することを公式に発表いたします。これまでWOC、NOC、そして東京都など関係各方面と協議を重ねてきましたが、先ほどWOC臨時総会において正式決定がなされました」

一斉にフラッシュが焚かれ、樫木と松神が眩しそうに眼を細めた。

「なぜ今まで候補に手を上げたことを秘密にしていたのですか」

「そんなことで国民の理解が得られると思いますか」

矢継ぎ早に質問が飛んだ。

「ご質問は後ほど……」と制しようとする司会の官邸広報官を抑えて、樫木が発言した。

「こうした発表の順序となったことは遺憾です。ただＷＯＣとの間で、投票が終了するまでは対外的に公表しない申し合わせが為されており、止むを得ませんでした」

たちまち質問の矢が一斉に記者から発せられた。

「だから、なぜ公表しないと？」

「決定には『高度な透明性が要求される』と総理自身がおっしゃっていたではないですか。もう忘れたんですか」

「それはですね……」

いきなり答えに窮した樫木の隣から、松神がマイクに向かって言った。

「候補都市が先に明らかになることで、前回のような疑いをですね、仮にも持たれないようにするため……そのような方針になっておりました」

はっきり言葉にはしていないが「買収合戦が起きるのを防ぐために」と言っているようだった。だがいかにも苦しい言い訳だった。報道機関には明らかにしなくとも、各国の委員には事前に知らされているわけだから、その気になれば買収攻勢は起きて不思議ではない。

現に総会の映像で垣間見えたのは、中国が熱心なロビー活動という名の利益供与工作をアフリカ諸国に対して行ったと思われる姿だった。

納得しない記者のブーイングを無視して、樫木が発言に戻った。記者側からは透明な板にしか見えないプロンプターを見ながら続ける。

「今回の大会は、二〇二〇東京大会に関して発生したさまざまな問題の反省に立ち、まったく新しい、そして今後の五輪に規範を示すような方式で実施することになります」

「問題の反省に立ち」というところで、記者らから失笑が漏れた。

「いまこの形に反省がないじゃないか」そんな声が聞こえた。その中からまた質問が飛んだ。

「新しい方式って、具体的にどういうことなんですか」

樫木が隣の松神を見上げる視線を投げ、松神が再び答えを引き取った。

「改めて今後は透明性を第一義とするのが基本方針です。そして組織本部自身が主体性を備え、実行力を持つ形とします」

それもまた何とも抽象的な言い方だった。そして図らずもこれまでの組織本部は透明性が決定的に欠落し、主体性も実行力も乏しかったと自ら認めることになった。

流れをなんとか転じようと樫木が発言した。

「今回の決定に対して、アメリカのハワード大統領からメッセージが届きました」

誇らしげにも聞こえるその言葉に続き、二人の後方に設置されたモニターにハワードが映った。ホワイトハウスの執務室。星条旗とアメリカの国鳥・白頭鷲《はくとうわし》を図案化した大統領旗を背に、銀髪の第四六代合衆国大統領が語った。

「日本の皆さん、こんばんは《グッドイブニング》」

同時通訳の音声でなく、テロップが下に流れる。大統領の生の声をそのまま聞かせる効果を計

算した演出と見えた。日本時間に合わせた挨拶は、ハワードなりに日本国民に気を遣っていると
も感じられた。

「きょう私は親友であるイチ、プライム・ミニスター・カシキから素晴らしい報告を受け、心からの喜びを感じています。ロサンゼルスで開催できなくなった二〇二八年のオリンピック大会をトウキョウが肩代わりして実現してくれると」

ハワードは大袈裟に喜ぶポーズをした。

「イチだけでなく、NOC、トウキョウ・メトロポリタン、そして国民の皆さんの決断に感謝し、また敬意を表します。これこそ日米両国民の友情の証と言えるでしょう」

美辞を連ねた中で、いつの間にか開催が「国民の決断」にすり替えられていた。

「まだ全然そこまで行ってないぞ」一斗は思わず、画面に向かって独り言を吐いた。

「２０２８《トウエニイトウエニイエイト》トウキョウ・アゲイン！　大会の成功に合衆国は最大限の協力をすると約束します。そして大会が大成功することを、私はアメリカ国民を代表して祈念します。神のご加護を《ゴッドブレスユー》」

そうハワードは締めくくった。

ビデオ画面が閉じると、再び記者の質問が激しく飛び交った。

樫木はもうほとんど口を開かず、大半の質問には松神が答えた。その答えには一向に具体性が加わることがなかった。

そうした中、ひとつ向きの異なる質問がなされた。

「パラリンピックはどうするんですか。やはり東京で続けてやるんですか」

ロサンゼルスにおいては、オリンピックの後に開かれるはずだったパラリンピックも中止にな

っていた。

松神が一瞬困った顔をした後で、仕方なさそうに答えた。

「パラリンピックは、各国パラスポーツ協会の管轄で、日本にもＮＰＣという公益財団法人があります。二〇二八《ニイゼロニイハチ》パラリンピックに関しても、オリンピックと同様に東京で代替開催するか、私どもＮＯＣから内々に打診はしたのですが、残念ながら現在まで回答が来ておりません」

記者たちの間にまたさざめきが流れた。一九八八年のソウル大会以来ずっと、オリンピックとパラリンピックは同じ都市で続けて開催されている。「オリ・パラ」と並び称されるその歴史が今回は変わるのか。

「つまり、パラリンピックは今回行われないと？」同じ記者が畳み掛けた。

「繰り返しますが、パラリンピックは私たちの所管ではありませんので」

奥歯にものの挟まったような言い方だったが、日本のパラリンピック協会は代替開催する意志がないことが間接的に伝わってきた。

オリンピックとパラリンピックの連動は、いったん途絶えることになりそうだった。

一斗は思った。目の前にあるオリンピック以外はとても手を出せないが、パラリンピックはパラリンピックでまた別のふさわしい道が探せるといいのでは――。

それにしても、と一斗は考えた。

こんな騙し討ちのような形で五輪の代替開催が発表されたら、ますます国民は納得しないだろう。葉山早百合は樫木のこうしたやり方をすんなりと受け容れたのだろうか。

ずっしりと重い雲のようなものが胸の中に広がった。

一斗が懸念した通り、その夜から東京代替開催決定への異論・反論の嵐が日本中で吹き荒れることになった。

ハワード大統領からのメッセージで国民の反発を和らげようとした演出は、「国際的泣き落とし」と酷評された。WOCに関しても、抜き打ちで決定を呑み込ませようとした戦術はメディアの猛反発を呼び、逆効果しかもたらさなかった。

さらには「中国がやりたいって言うならやってもらえばいいじゃないか」という人気芸人のSNSでの発言がファンによって数十万回も再拡散され、「代替開催は北京に決定」とするフェイクニュースまで現れた。

表側に位置するメディアでも、東朝新聞とテレビ東朝は、反対論の急先鋒となった。

遊佐克己は『NL10』で、東京開催において「今後の五輪に規範を示す」と樫木首相がぶち上げたことを、「非現実的な夢想」「日本は世界に対し恥の上塗りをした」と言葉を極めて批判した。

ふだん言葉は厳しくとも口調は冷静さを保つことで、より批判の効力を高めてきた遊佐が、その件に関しては強烈な怒りをカメラに向かってストレートにぶつけていた。

それに合わせるように東朝の紙面にも『国民は決して納得しない』『東京大会の疑惑検証と両立せず』といった激しい論が躍った。

他の民放や新聞でも大勢は変わらなかった。唯一、政府・財界寄りの姿勢が顕著な日本新聞が「樫木首相の決断を高く評価する」と歯の浮くような阿諛《あゆ》追従を社説で掲載した以外は、一斉に決定を批判した。

国会にも議論は飛び火した。開会中の予算委員会で野党議員が、
「今ここで可否の採決をしてみろ、圧倒的に反対多数のはずだ」
と樫木を責め立てた。さらには、与党・民自党の古株議員にさえも、
「まっとうな手続きを無視した独断専行と言わざるを得ない」
と苦言を呈される始末だった。

予想したこととは言え、その反発の激烈さに一斗は暗澹たる気分になった。

こんな状態で自分たちは準備に着手し、進めていけるのか――。

『ＮＬ10』でスクープされた葉山の面会相手が一斗であったことは、それまでに古巣の弘朋社内でも知れ渡っていた。同期の佐久間からさえメールで、「去年のＬＡ出張ってホントはその件だったのか」と勘繰られた。

そして「今そこに手を出すって、空気を読めないってのはオマエのことを言うんだな」と呆れられた。元同期の痛烈な言葉は、一斗の胸を裂くように響いた。

ひとつ無気味に感じられたのは、かつて二〇二〇大会までの五輪を我がもの顔で仕切っていた連広の沈黙だった。

その後さまざまな国際スポーツ大会で、相変わらず影の主催者として振る舞っているにもかかわらず、代替開催の東京五輪に関しては、表面的に何の動きも見せていなかった。

そうした中で、一斗を励ます希少な材料となったのは、葉山早百合からのある働きかけだった。

葉山は「既成事実として早く世に知らしめてしまう」手段として、樫木の発表に同意したと明かした。

その上で、「猪野さんにぜひ会わせたい人がいます」と言って一斗を国立競技場に呼び出したのだった。

二〇二〇大会のために一五〇〇億円とも二〇〇〇億円とも言われる巨費を投じて、神宮外苑に建設された新しい国立競技場。そこに実際に足を運ぶのは、一斗は初めてだった。

六四年の東京大会の遺産《レガシー》をことさらに強調して見せる競技場の壁面や展示に、「それなら全面的に建て替える意味などなかったんじゃないか」と感じながら中へ入って行った。

前大会では無観客だった五階建てのスタンドを最上段まで上って、フィールド面を見下ろした。五輪閉会後もJリーグの試合やイベントで使われている矩形のピッチを、赤茶色のトラックが囲んでいる。旧国立競技場のアンツーカーから、全天候型で好タイムが出やすい高反発ゴム素材に変更したトラックはまだ真新しかった。スパイクを履く陸上競技が五輪閉会後に行われた回数は、ピッチに比べ圧倒的に少ないためだろう。

そのトラックで選手の一団がトレーニングしていた。二階席まで降りて眺めていると、単純なスタートダッシュの反復であっても飽きることがなかった。

その中で最も激しく練習を繰り返している選手の顔に見覚えがあった。

川端《かわばた》駿《しゅん》太《た》に間違いなかった。

川端駿太は、この二年ほどで陸上界に彗星の如く現れたスプリンターだった。

一〇〇メートルでは着々と記録を伸ばし、「日本記録を更新するのは時間の問題」と期待されていた。「一〇年に一度の天才ランナー」との呼び声まであった。

もうひとつ注目を浴びていたのは、四×一〇〇メートルリレーの選手としてだった。ランナーのスピードが最も乗って、世界レベルでは三七秒台の記録が頻出する人気種目だ。そこでも川端は次期日本代表チームの主力候補に挙げられていた。

二〇二〇大会の開催時は川端駿太はまだ高校生で、七歳上の兄、川端康太《こうた》がメンバーに選ばれたリレーチームには入っていなかった。だがそこからの成長がいかにも目覚ましかった。

その二〇二〇大会では、日本リレーチームを思わぬ「悲劇」が襲っていた。

予選、準決勝とチームは順調に勝ち上がって行き、決勝日を迎えた。

日本時間で金曜の夜、二三時前に行われたそのレースを、一斗は町中華のテレビで餃子をつつきながら見ていた。

「日本チームがメダルを獲る歴史的瞬間を見たい」

どの客もそう考え、深夜に近いにもかかわらず満席の客は誰一人帰ろうとしなかった。一斗の前に並んだビールの瓶も三本目になっていた。

長いセッティングの時間が終わって、ようやくスタートの刻限となった。

第一走者は好スタートを切った。このままスピードに乗ってバトンリレーを重ねていけば、じゅうぶんメダル圏内に入れる。その期待が高まって、一斗もビールのグラスを持った手を止めてテレビ画面に見入った。

ところが誰も思っていなかったことが起きた。第二走者だった川端康太が第三走者・牧口一生《まきぐちいっせい》へのバトンパスに失敗、無情にもバトンはトラックに落ちてしまったのだ。空しく転がっていくバトンを、後ろから走る別の国の選手が避けて飛び越していく。

日本の局が派遣したテレビカメラは、がっくりと肩を落とす川端と牧口を映し出した。

「何ということでしょう。チーム・ジャパン、思わぬミス……失格です」

それまでメダル獲得を煽り立てていた実況アナウンサーの声が空しく響いた。

日本で最有力視されていた競技でのメダルが、幻と消えた瞬間だった。

町中華のテレビは、川端を慰めるように肩を叩く最終走者《アンカー》でキャプテンの権藤晴義《ごんどうはるよし》の姿を映し出したが、世界では違う映像が流れていた。先頭を競う激烈な鍔迫《つばぜ》り合いの後に大方の予想を破って金メダルに輝いたイタリアの選手四人と、僅か〇・〇一秒差で二位に甘んじ、悔し涙にくれるイギリスの選手たちが当然ながらクローズアップされていた。

「何だよ、バトンひとつまともに繋げねえのか」

「日本の陸上なんて所詮こんなもんだろ。ああ、長いこと見続けて損した」

口々に白けた言葉を吐いて、満席だった客は店を出て行った。

一斗もぬるくなったビールと餃子を残し、半分放心状態で立ち上がった。

その日から三年あまり。

川端駿太は二〇二四年のパリ大会で、兄・康太に替わってリレー代表の枠に入ることが有力視されていたが、まずは一〇〇メートルに全力を集中することになった。さらに研鑽を重ねて、二八年のロサンゼルス大会でこそ日本のエースとなることが期待されていた。

葉山から「トラックに降りてきてください」とＬＩＮＥでメッセージがあった。見ると入場口近くに白いジャージ姿の葉山がいた。トラック面を傷つけないよう、一斗は革靴をこの日のために奮発した厚底のランニングシューズに履き替えて中に入った。

葉山に紹介され、一斗は川端駿太に名刺を差し出した。

傍で並んでみると、駿太は長身の上に脚が長く、ランニングショーツに包まれた股が一斗の臍《へそ》の高さにあった。思わず一歩距離を置きそうになった一斗に、駿太は挨拶もそこそこにいきなり聞いた。

「ＩＳＴさんが東京の組織本部をやってくれるんですか」

「ウチの会社をご存じなのですか」

「はい。ジャマイカの選手から聞きました。『シュンタも世界で活躍したいなら、ＩＳＴ社と契約してマネジメントを受けた方がいい』と」

中米の陸上王国の選手が言った社名は、もちろんアメリカ本社のものに違いなかった。

「私たちは日本の出先《ブランチ》で、東京での開催をお手伝いする準備を始めたばかりなのです」

「絶対にやってください」

川端はきっぱりと言い切ったあと、一転目を伏せて言った。

「実は僕、パリ大会のあと新しいコーチについたばかりなんです」

さっきトラックでのスタートダッシュ練習で、ストップウォッチを手にしていたのがその新任のコーチなのだろう。川端は今の記録の伸びにも満足せず、もう一段飛躍するために新コーチの指導を受けることにしたのだろうか。

「新しいコーチは最新の科学的なアプローチで練習を支えてくれます」

川端は微かに汗の匂いを漂わせながら言った。

「でもまだ僕はちょっと慣れないところがあって……。二八年に向けてはじっくり鍛え上げて、絶対に最高の結果を出したいんです」

「そうですか。ぜひ頑張っていただきたいです」

一斗は自分の口にした言葉の陳腐さに吐き気を覚えた。アスリートの最先端にいる川端駿太に響くのは、そんな使い古された言葉ではないはずだ。

「リレーではバトンを繋いで堂々優勝し、兄の無念を晴らしたいのです。それを期待されているのもひしひしと感じています」

川端は再び一斗の眼を真っすぐに見て言った。

「ロサンゼルス大会がやれなくなると聞いた時、僕は愕然としました。目指していたものが急に目の前から消えて無くなってしまったんです」

その心情は一斗にもよく解った。気づくと話に引き込まれていた。

「でも替わりに東京で思い切り走れるなら……兄の無念をこの東京で晴らせるなら、こんなに嬉しいことはありません」

一度消えかかっていたものが、生き還った。しかも自分の地元《ホーム》という有利な環境で。その願ってもない幸運を最大限活かしたい欲は競技者として当然あるだろう。

一斗は自身のように仕事でなく、スポーツの競争そのものとしてオリンピックに向かう若者の素直な言葉に触れて、曇りが晴れた気がした。

「私たちも全力を尽くします」

そう言って握った手を、川端は強く握り返してきた。

「成功させてください。必ず」

葉山はその後も、さまざまな競技の選手に一斗を引き合わせた。彼らから口を揃えて聞かされたのは、

「金儲けに利用されるのはもう絶対にイヤだ」ということだった。ある女子体操選手は、「私たちは広告代理店のやり方も儲け方も分からないけれど、競技以外の雑音に振り回されるのはマジ、ゴメンです」と語った。

そして「本当にアスリート・ファーストでのオリンピックになるなら、多少反対があろうとモノともせずやって欲しい」と真顔で言い添えたのだった。

「わかったでしょう？　アスリートたちはみんな純粋に競技をやりたいだけなんです」

葉山は「力を貸すのはやぶさかでない」と言った日から、ずっとそれを伝えたかったのだと、一斗は悟った。アスリートのその気持ちを、シンプルに大会実現のエネルギーに変えていくのだ。

「猪野さん、いい？　ちょっと世間から厳しい声が上がったくらいで落ち込んでる暇なんかないの。あなたの真っすぐな気持ちのまま進むのよ」

葉山に言われるまでもなく、迷いはもうなかった。

やるしかない。アスリートはもちろんだが、仕事としてやる以上、観客も含めそこにいるすべての人が納得し、心を満たせる方法で。

反対論や数々の障害を乗り越えていくことこそが、自分にとって最大の「競技」であり、果たすべき務めなのだ。それは広告主に評価されることが最大の目標だった広告代理店の営業では望めない仕事だった。

そして川端駿太が、一斗に期待を訴えた選手たちすべてが、表彰台に立つ姿をこの目で見たい

――。

それが今や偽らざる気持ちだった。

一斗の胸にある炬火《トーチ》に、紅々《あかあか》とした炎が燃え立っていた。

7

史上初の代替開催となる二〇二八年の東京大会に向けては、その後も異例づくしが続いた。

日本国民にまず「えっ」と言わせたのは、国内五回目となるオリンピック開催の司令塔となる組織委員長が、外国人のままだったことだ。

「米国ハワード大統領とＷＯＣモルゲン会長の強い希望」を容れる形で、松神ＮＯＣ会長はペーター・ユビタス・ジュニアの委員長就任を改めて発表した。

「ワタシはこれからの四年間、日本にホネを埋めます」

ユビタスがやや珍妙な日本語表現で、組織本部のミッションを自ら主導する決意を語った。

そうは言っても、司令塔の下で開催に向け準備に邁進する実働部隊は、「国産」で早急に固める必要が明らかにあった。ユビタスと松神は共同で記者会見し、組織本部の実務を中心的に担う企業を公募すると発表した。

「何だって！　公募？　話が違うじゃないか」

一斗はその会見を聞いてバットで頭を殴られたような気がした。

谷脇から最初に聞いた話では、ＩＳＴジャパンは唯一の業務委託先候補で、ユビタス委員長にプレゼンすればそれで事は進んでいくはずだった。ユビタスとISTトップのウィンストンの間では、ロングアイランドの別邸において話がついている。一斗は眼の前で見ていたのだ。

それが根幹から引っくり返っている。今までのあれこれはいったい何だったのか。

持って行きどころのない憤怒をひとまず鎮めることに繋がったのは、葉山早百合が電話で言ったひと言だった。

「猪野さん、でもね、落ち着いて考えてみて」葉山は言った。

「二〇二〇大会を巡って出てきた種々の問題は、連広一社が初めから業務を独占していたことに起因するのは間違いないでしょう?」

「それはそうですが……」

「そうであるならば、少なくとも当初の段階では公募という手続きをとることが、必要だと思うの。比較対象があって、それに比して優れていると認められることは欠かせないのよ」

さらには、「あなただってもし自分が内側で関わっていない一般国民だったら、そう思うはずよ」と言われると、反論することはできなかった。

納得はできないが、透明性を何よりも重んじるのが新しい五輪の根幹とNOC会長が宣言した以上、以前のまま進めるというわけには行かないのだと呑み込むしかなかった。

何より、ユビタス自身がその形を主導する側に回ってしまっているのだから――。

公募の締め切りは、二か月後の四月末となっていた。

選定基準は「大会開催の基本コンセプトと実施計画、そして予算」の三項目とだけ発表された。

応募者となる資格は、「スポーツマーケティングあるいはスポーツマネジメントに専門能力を有する企業または団体」とされた。言外に連広や弘朋社など総合広告代理店を排除していると読めた。

「公募に応じた候補社名、提案内容を含め、選考の過程は公開する」

ユビタスはそう明言した。それも近年のオリンピックではまったく例のないことだった。

一斗は自分に言い聞かせた。

他の競合社が現れたところで、IST《ウチ》が本命であることに変わりないはずだ。堂々と戦って勝てばいいだけのことだ――。

「僕たちに決まっていたんじゃないんですか。なんで一介の候補として提案しなきゃいけないんですか」

自分と同様、不満を露わにする藤代にも同じことを言ってなだめようとした。

「どっちにしたってコンセプトと計画の立案、費用の算定は超特急でやらなきゃならなかったんだ。二か月って期限を切られた方がやりやすいじゃないか」

励ましてはみたものの、一斗にとって「競技」の難度は明らかに高くなった。反対論との戦いだけでなく、同じゴールを目指す競合相手との戦いも加わったのだから当然だった。

形式的なことと信じていても競合となった以上、組織委員長であるユビタスと直接コミュニケーションを取ることは、もはや望めなくなった。企画する過程で意思の疎通が叶わないのは困ったものだが、それはこれから名乗り出る他社も同じだ。むしろ最初の段階でユビタスと会話し、その人となりや思考過程を多少なりとも掴んでいる分、明らかに有利なのだと考えるよりなかった。

「まずはコンセプトの設定だ」

一斗は三人の社員に号令をかけ、準備期間の最初の日々を集中してそれに充てることにした。毎朝各自が案を持ち寄り、午前中ブレーンストーミングを行う。互いに感想や評価を言い、問題点を指摘し合った。近年の五輪の歴史や本来の理想像に照らしながらすべての案を検討していく。年齢やキャリアに関係なく、対等に意見を言い合うことを最初に確認していた。

議論がひと通り出尽くすと、ランチを取りながら欠け落ちている点や掘り下げるべき項目を確認し、翌朝までまた各自が考える。

そうした繰り返しをまる一週間続けた。白熱した議論によって方向性が収斂していく充実感がある一方、一斗は大きな課題も認識していた。

「スタッフの決定的な不足」だった。

四〇代になったばかりの自分と、まだ駆け出しと言っていいエイミーと藤代。それにベテランであってもドメスティックなビジネスしか知らない高屋。バランスが悪すぎるだけでなく、知見が圧倒的に欠乏していた。

コンセプトという抽象度の高い議論では、それでもまだ何とかなる気がした。だがそれを具体的な各論に落としていく過程、そして何よりも予算の数字に置き換える作業には手も足も出なかった。このままでは提案に現実性を持たせることがとてもできない。

「ダメだ、これじゃ」

一斗はコンセプトの議論と並行して新しいスタッフ、それも即戦力の採用に着手した。財務に詳しい者、建設や土木工事に明るい者、スポーツイベントの実施経験が豊富な者――。

欲しい人材を書き出して転職エージェントに依頼すると、即日リストが上がってきた。その中からこれはと思う候補者を抽出し、面接の手配をする。欲しい人材は当然ながら現職で忙しく勤務中だ。面接は必然的に深夜や早朝に行うことが多くなった。

「あの『斗酒猶辞せず』のイットCEOが、夜も飲まずに仕事してるってか」

かつての武勇伝を知る高屋からそう冷やかされるほどだった。

一週間で三〇人ほどと面接し、そのうち五名の採用を内定した。二か月の準備期間中に戦力として機能してもらうためには、遅くとも翌月の頭には入社させなくてはならない。

だが一般に現在の勤務先を退職するには、最低一か月の予告期間が必要だ。その条件に合わず、五名のうち四名が内定辞退を連絡してきた。すんなりと採用できたのは今関英作《いまぜきえいさく》という外資系銀行に勤める三〇代半ばの社員だけだった。今関はすでに現勤務先を辞める前提で転職活動をしており、一斗の面接を受ける前から退職を会社に申し出ていたのだった。

大手ゼネコンに勤務していた別の男は、施設関係の費用積算を担当させようと一斗が期待を掛けた応募者だったが、採用のタイミングが合わないと聞くと一斗に言ってきた。

「それならその仕事は今の会社でやらせていただきますよ。発注してもらえませんか」

最初からそのつもりで「営業活動」として応募して来たのだと一斗は気づいた。

連広がさんざん世論に叩かれた下請け・孫請け構造も、初めはこうしたことから始まったのかもしれない。

同じ過ちを繰り返すわけには行かなかった。辞退を言ってきた内定者に、「転職できるまでの間、会社の仕事が終わった後でいいから個人として手伝ってくれないか」と頼み込んだ。

現職の会社から猛烈な引き止めに遭い、「とても無理です」と慎重に断ってきた内定者もいた。だがその外は、以前よりは会社が副業に寛容になり、しかも「もう転職を決めたなら」ということで大目に見られたことで助かった。

結果として、即戦力五人の強化はなんとか果たすことができた。それでも、提案までの追い込みに向けて、さらに増員を図らなければならないのは自明だった。

提案に向けた作業を進める中で、一斗のチームが早い段階で気づいたことがあった。

NOCが組織委員長ユビタスと連名で発表した「公募書《RFP》」にあった選考基準は、まず基本コンセプト、それを反映した実施計画、最後に具体的な数字に落とし込んだ予算となっていた。

一斗らも最初はその順で考えようとブレストを開始した。だがある時、通常は聞き役に回ることの多い高屋がぼそりと言ったのだった。

「これさ、実は予算こそコンセプトなんとちゃうか」

「え、先にいくらって決めちゃうってことですか」一斗が思わず聞き返した。

「いや、そうじゃなくて、予算についてどう考えるかっていうポリシーだな。それこそが今度のオリンピックのあり様《よう》を決める第一歩のような気がする」

言われてみれば、もっともだった。予算が無原則に膨張した二〇二〇年大会の反省に立ち反面教師とするなら、いかに予算にタガを嵌めるかこそ、最初に決めておくべきだという気がした。

「なるほど。もともと東京が候補に挙げられた理由も、既存の施設を活用できるってことでしたからね」藤代が頷いて言った。

「じゃ、費用ゼロでもできちゃうってこと?」

エイミーがきょとんとした顔で言うと、藤代が答えた。

「さすがにそれは無理だよ。いくらすでにある施設だって、整備や開催中の清掃とかに費用は掛かるからね。その人件費は確実に必要だし、選手や観客を会場に運ぶ交通手段だって準備しなきゃならない」

「そもそも二〇二〇年大会って、いくら費用が掛かってたんだっけ」

一斗が聞くと、藤代が手元のファイルを繰りながら答えた。

「ええと……当初七〇〇〇億円余りだった予算が、終わってみたら一兆七〇〇〇億円にまで膨れ上がってます」

「ぽんと一兆円増えて二・五倍か」

「国民一人当たり一万四〇〇〇円かあ」エイミーが言った。暗算の早さに一斗は舌を巻いた。

「私なんかほとんど見てなかったのにな」

「新国立競技場を始めとする施設の整備建設費だけで三〇〇〇億円くらい使ってます」

「で、それを全部国が出したと?」

「いいえ、オリンピックの主催はあくまで都市ですから、国はむしろ少ないです。東京都が四割弱、組織本部も同じくらい、残りを国が負担って感じです」

「組織本部が四割って、そんな財源どこにあったんだ?」高屋が口を挟んだ。

「それが企業のスポンサー料や、放送権収入ってことでしょう」

一斗が答えた。組織本部と言えばそうだが、実態は連広が稼いできた中から高額のマージンを抜いて残りを充てたということだろう。

「それを今度も稼がなきゃいけないってことか」

藤代が話を戻した。

「さっきの建設費が無くなるだけで二割は減りますよ」

「二割減か……それじゃ国民はとても納得しないな」高屋が唸る。

「しかもこれ、無観客でやった費用ですからね。今度は当然、観客をたっぷり入れてやるとなると、警備ひとつとっても大変な金額が掛かります」

「でもその分、チケット収入があるだろう。二〇二〇はそれが事実上ゼロだったけどさ」

「あ、そうか」藤代が頭を搔いた。

「どっちが得か損かわからなくなってきたな」

「どちらにしろ、スポンサー料は、今度は絶対厳しいでしょうね」

二〇二〇大会では、企業数、金額とも史上最大のスポンサーがついた。けれども一年延期の上にコロナ下で強行開催したことで、大多数のスポンサー企業は本来の意図とかけ離れた対応を取らざるを得なくなった。世論の反駁を恐れたためだった。

せっかくスポンサー費用を払っておきながら、オリンピックのシンボルや選手の映像をCMに活用することを自粛したのだ。結果として投資に対するメリットはまったく得られなくなった。何のためにスポンサーについたのか、という醒めた感想と後悔を企業が一様に抱いたのは当然だった。

しかも開催後に、連広OBの組織本部理事が、自分への賄賂と引き換えに、特定の企業のスポンサー料をダンピングしていたことが明るみに出た。定められた額を真正直に払っていたスポンサー企業が激怒したのは当然だった。

「連広を裁判で訴える」

「もう二度とオリンピックのスポンサーには就かない」

そうした苛烈な反応が、ふだんは大人しいと目される日本の超一流企業の中で渦巻いた。

「下手すると二〇二八には一社もスポンサーが付かないってこともあり得るな」

高屋が言うと、重い沈黙が会議室を襲った。

大会ごとの協賛とは別にグローバルスポンサーという長期の大型枠はある。けれども、そのスポンサー料はＷＯＣに入ってしまうので一大会の収支には基本的に関係ない。

沈黙を破ったのは、エイミーだった。

「クラファンをやりませんか」

「クラファン？　何だ、それ」高屋が聞き返した。

「ファンクラブか？」

「違いますよ」エイミーがプッと吹き出した。それでも高屋に対しては一応、丁寧な口をきく。

「クラウドファンディングです。ある目的を掲げてネット上でやる募金活動のこと」

エイミーが手にしたタブレットをスワイプして、高屋に見せる。

「例えばこんなのがあります。『イヌワシの還《かえ》る森に』。宮城県の南三陸町《みなみさんりくちょう》でＮＰＯが行っているもので……」

エイミーが趣旨を読み上げた。

「町の鳥でありながら絶滅危惧種となっているイヌワシが近年見られなくなった。原因のひとつは震災後、経済効率が優先されるあまり山林が荒廃する事態になってしまったことだ。真の復興のシンボルとして、イヌワシも共に棲息できる山の環境を取り戻す。そのための基金を設立する、とあります」

目標額一五〇〇万円のうち現在一二七八万円集まっていると、グラフとともに表示されていた。

「スポーツに近いところだと、こんなのも」

高屋につられて、藤代と一斗が覗き込んだ。

そこには北陸地方のサッカーJ3チームが、強力な選手を呼んでまずはJ2に昇格するための資金を集めるとあった。目標額はひと桁違う二億円となっていた。

「これ、寄付すると何かいいことあるのか」高屋が聞く。

「ありますよ。ほら」と言ってエイミーが見せたサイトの下の方には、「五万円以上の出資で主催試合のチケット一〇枚提供」と書いてあった。

「なるほど、それを応用するか」

高屋が頷きながらも、「まだケタが三つは違うな」と呟いた。その姿を見てエイミーが言った。

「これやってる会社に、大学時代の友だちがいるんです。もしよかったら、やり方を説明しに来てもらうのはどうでしょう」

「頼めるのか」一斗が膝を乗り出した。

「ウン、たぶん」エイミーがスマホを持って外に出た。

自分にはまるでなかった発想と、動きの速さ。一斗はエイミーに日々新たな才を発見する思いだった。

戻って来たエイミーが、「明日のランチタイムに来てくれます」と言った。

翌日やって来たエイミーの友人というのは、坂城友理奈《さかきゆりな》という女性だった。オフィスカジュアルの胸が大きめに開いたニットに軽快なシャツジャケットを重ねていた。

「株式会社キザシ」という社名と「CFプロジェクトマネージャー」と肩書の入った名刺を一斗らに渡した。CFはクラウドファンディングの略だろうと一斗は読んだ。

「このJ3の件は、正確には寄付じゃないんです」友理奈はそう説明を始めた。

「一般が対象のクラウドファンディングには、『寄付型』と『購入型』があります。謝意がどんな形で返されるかによって違うんです」

「というと?」一斗が興味をそそられて聞いた。

「名誉とか、著名人からの感謝メッセージとか、謝礼が抽象的なものなのが『寄付型』です。それに対して、金銭に換算できる対価が与えられるのが『購入型』です」

「ほう」

「このJ3の例は、謝礼がチケットという、価値を金額に置き換えられるものなので、典型的な『購入型』なんです」

「寄付型ってのは、お寺や神社の修繕に寄進すると瓦《かわら》に名前入れてくれる、あんなモンだな」

高屋が言うと、友理奈が「そうそう」と笑いながら頷いた。

「でもそれだとあまり得した気分になれんかもな。寄付型に応える人って、何が目的なんだ」

「名誉だけじゃ足りないんですか。高屋さん、ホント脂《アブラ》っこいんだから」

藤代が茶々を入れた。友理奈が説明を続けた。

「メリットがないわけじゃないんですよ。確定申告で所得控除が受けられるのは寄付型だけですから」

「なるほど、節税対策か。それならわかる」

そのあたりは高屋にもピンとくるようだった。

「もしオリンピック開催の財源に導入するとすると、どっちをやればいいんだろう」

観戦チケットに結びつけるなら当然「購入型」になるな、と思いながら一斗が聞いた。一方で、高屋が言うように所得控除に魅力を感じて動く層もありそうだ。

友理奈はあっさりと答えた。

「両方やればいいいんじゃないですか」

「両方？」

「ええ。例えばユビタス委員長からの個人宛て感謝状のような、値段のつかないものを謝礼にするなら『寄付型』でいけると思います。競技観戦のチケットを一種の報酬として受け取るなら、『購入型』になります」

友理奈の説明は分かりやすかった。

「それなら、ボランティアをやる権利を得られるってしたらどうなるだろう」

高屋が乗ってきた。

「ボランティアをやる……権利？」

エイミーと藤代が揃って驚きの声を上げた。

「ああ。二〇二〇大会ではボランティアが無報酬だったことがエラく叩かれただろう。人数が足りなくて後から慌ててかき集めたアルバイトは、ちゃんと時給でもらっていたのに」

高屋が話したことは一斗も覚えていた。交通費は自腹、食事すらろくに出なかった腹いせに、配られたユニフォームやＩＤカードをフリマアプリに出して現金化する不心得者のボランティアが続出した。

「あれさ、ボランティアが労働で、しなきゃいけないミッションがあるって感覚だから不満が噴出したと思うんだよな」

「そうですね」一斗が頷く。

「だから、働けば当然報酬があるべきという感覚を逆転して、寄付した人間だけがボランティアをできる、その栄誉ある権利を得るって意味づけにしたらどうかな。より自発的に大会運営に関わってるって意識になると思うんだよな」

「それ、すごく面白いです」友理奈が目を輝かせて言った。

「本来、オリンピックってそれくらい価値のあるものだったはずですよね。スポーツの祭典を心から愛する人たちが支えるわけですから」

その本来の姿でなくしてしまったのは誰なのか。あるべき姿を取り戻すために、自分たちは頑張るのだ。その思いを共有できたことで、一斗は友理奈に来てもらってよかったと感謝した。

「坂城さん、クラウドファンディングでの資金調達、僕らは本気で検討してみたいと思います」

もしかしたら、スポンサー料に依存せずとも大会が運営可能になる奇跡を起こせるかもしれない。そんな壮大な妄想まで、一斗の中で生まれていた。

「これからもこのチームに知恵を貸してもらえませんか」

「もちろんです。よろこんで！」友理奈が嬉しそうな声を上げた。

「こちらでもちょっと仕組みを考えてみます。ぜひお手伝いさせてください」

用意したサンドイッチを冷めたコーヒーで流し込む友理奈を見ながら一斗は、仕事の協力とはそもそもこういう共感があってこそ始まるものではないかと感じていた。

8

「とにかく今回はスポンサー収入が多く望めないはずだから」

数日後の夜、また繰り出した「こくている」で一斗は言った。

「大会の実施スタイルそのものについて、思い切った変革をしないとダメだと思うんだ」

「聖域なき改革ってヤツだな」

何代か前の政権が掲げたスローガンを高屋が言った。昭和オヤジの得意技がその晩も健在だった。

「明日からは、競技の中身について考えよう」

一斗がそう言って乾杯をすると、その後は気分転換に関係ない恋愛論《コイバナ》に興じた。高屋が最後に、

「結局、男女のことは本人以外どうしようもないんだよ」と、悟りの如くまとめたのには、まだ二〇代の藤代やエイミーも驚きながら素直に耳を傾けた。

「何だか百戦錬磨っぽい高屋さんが言うと妙に納得しちゃうなあ」

「いや、オレは弘朋社を辞めた時、女房に出て行かれたんだ」

一斗は自分と共通の過去が高屋にもあったことを初めて知った。

「糟糠《そうこう》の妻だったたんだけど、愛想尽かされたんだな」

「ソウコウノツマ？」

エイミーがいつもの如くきょとんとした顔をした。

「尽くしてくれたってことだよ。奥さんが」藤代が解説した。

「ああ。子供も連れて出て行かれて初めて、自分がいかに会社だけでなく家でも横暴だったか目が醒めた。気がついたら、女房の実家に行って手を突いてたよ。戻って来てくれって。このオレがそんなことをするとはな」

高屋が巨体を折り畳んでいる姿を想像して一斗は微笑ましく思った。

今の表情から見ると、高屋の奥さんは戻ってくれたのだろう。落ち着いた家庭も取り戻していると見えることに、一斗はかすかな羨ましさも覚えた。


翌朝のブレストでは、藤代が一番に口を開いた。

「考えたんですけど、オリンピックはオリンピックでしかできないものをやればいいんだと思います」

「というと？」一斗が聞き返した。

「テニスとか、ゴルフとかには、オリンピック以上に権威のある国際大会がありますよね。そういう競技はそっちに任せればいい。オリンピックでわざわざやる必要なんてないんじゃないかと」

確かにテニスはウィンブルドン、すなわち全英を始めとする四大オープンがある。男子に限って言えば、国別対抗戦のデビス・カップも一二〇年の伝統と格式のある大会だ。ゴルフも男子はマスターズを筆頭に全米・全英オープンなどの四大大会があり、女子も世界的に注目されるのは五大メジャーだ。たまさか二〇二〇東京オリンピックでは八月の灼熱地獄の中、男女とも日本選手が活躍して国内で視聴率を稼いだが、世界での注目度はそれほど高くなかった。

「それはオレも思ってた」すかさず合いの手を入れたのは高屋だった。

「ほかにもラグビーはワールドカップがあるし、野球もＷＢＣがある」

どちらの大会も直近に日本国内で開催され、国中が興奮に燃え上がった。その分、オリンピックでの観戦価値は相対的に下がったと思われた。

「もっと馬術とか、レスリングとか、ほかでは見られないようなマイナーな競技にこそオリンピックは徹するべきなんじゃないですか」

馬術やレスリングの選手が聞いたら怒り出しそうな言葉だったが、一理あるなと一斗は思った。ただしその考えに従えば、野球もやらなくていい競技の中に入る。ＩＳＴジャパンの業務の柱に据えようと考えていた日本選手のメジャー売り込みの都合では、辛いものがなくはない。

「それから、今は何となく流行ってるけど、どうせ長くは続かないだろうっていう競技も、オリンピックでは取り上げなくていいと思うんです」

藤代は言い切った。若い藤代が、今人気が集まっているスポーツを中心に考えていないことを

言うに決まってますよ。だけどオリンピックの永続性とか普遍性とかを重視したら、この際競技

「そりゃやってるご本人たちは、種目が多いほうがチャンスも増えるだろうし、全部必要だって

いったい何か国の何人の選手が戦いに参加したのだろう。

うことに一斗はまず驚きを感じた。当然それぞれに金・銀・銅のメダルが授与されたはずだが、

そしてそれぞれに男女の別があり、計二二種目。それだけの数が東京大会で実際に行われたとい

BMX、マウンテンバイク、ロード、トラックの四分野にわたって一一種目が設けられている。

新たに藤代が示したのは、自転車競技を構成する各種目の表だった。

で体重別の階級が設けられるのは仕方ないけど……例えばこれを見てください」

「それから、各競技の中にある種目数もはっきり言って多すぎると思います。柔道やレスリング

わるなど「新しもの好き」の傾向はますます強まっていると言えた。

昨年行われたパリ大会では、野球、ソフトボール、空手が除外されていたが、ブレイキンが加

スポーツクライミングなどだった。

れていた。さらに「今流行ってるけど長くは続かない」に当てはまったのは、スケートボード、

×3バスケットボールやビーチバレーといった、伝統競技からの派生スポーツがバッサリと斬ら

その半分ほどに、文字の上から赤いマーカーが引かれている。さっき挙げた競技のほかに、3

の競技名を並べた新聞記事のコピーだった。

藤代は一枚の紙を会議室のテーブルの上に広げて見せた。二〇二〇東京大会で行われた四二種

「そういう考えで、やらなくてもいい競技を選んでみると、こんな風になりました」

一斗は面白いと思った。

の数は思い切って削減すべきだと思います」

高屋が深く頷いた。

「うん。オリンピックは時代にシッポを振るようなことはしなくていい。むしろそうしたことから最も遠い存在であるべきだってことだな」

一斗は考えた。そのスポーツに生きているアスリートからしたら「何を素人が勝手なことを」というところだろう。けれども、そうした素人の目こそ、藤代も言うように今後オリンピックが生きていく道を模索するためには必要な気が一斗はした。

「たしかに今回の大会は一種の非常事態だからな。逆に大胆にメスを入れるにはいい機会なのかもしれない」

一斗の言葉に、高屋が今度は首を傾げて言った。

「まあ理屈はその通りだと思うがな。だけど現実にはどうだろう。五輪の競技種目は最終的にWOCの承認が必要なはずだ。いまマークが挙げた競技の出身やその競技が強い国の委員は、廃止に猛烈に反対するんじゃないかな」

「いかに代替開催だからって言っても確かな説得材料は必要ってことか」と一斗が受けた。

「それはそうでしょうね」藤代も珍しく慎重に答えた。

「でも、逆にこうは考えられないでしょうか。今回はどう見たって予算の削減は避けられない。それなら競技を絞ったほうが伝統的な競技の実施が確保できる。そちらの側が支持に回るとは」

なるほど、という顔を高屋がした。一斗も、種目の選定はあくまで「適正規模」を主眼に行われるべきだが、場合によってはそうした競技間の都合も利用しなくてはならないかもしれないと思った。

規模が縮小しても、価値が縮小する五輪にしては決してならない。そのためにどうするかが最大の難題だった。

その話題とは別に、気づいたことがもうひとつあった。

いつもは遠慮なく発言するエイミーが、今朝の藤代の意見には時おり頷くだけで口を挟まないでいる。ということは、それは事前に二人で相談した考えなのではないか——。

だが昨夜「こくている」で解散してから、それほど長い時間は流れていない。

一斗は、はたとある思いに至った。

そう言えばこの頃、二人が一緒に朝オフィスに現れることが何度かあった。出勤の途上で一緒になったような素振りをしていたが、実はそうではないのでは——。

葉山との「密会」がスクープされた夜、「泊っていけ」と一斗は言ったが、藤代は帰ることにこだわった。あれは私生活を乱されたくない、ということだったのか。

それから前夜、高屋が「男女のことは……」と話した時にも、藤代がエイミーのことを見つめていたような気がした。

思えばロサンゼルスの最終夜以後、そうしたことは自分とエイミーに起きていない。

若い二人が惹かれ合っている。それを自然で微笑ましいことと感じながらも、一斗は別な感情を抱いていた。

嫉妬している、オレは——。

そう気づいて取り乱しそうになるのを必死に抑えた。

自分の中でエイミーが占める大きさを初めて認識した気がした。そして「もうあのようなことは還ってこないのだ」という事実をただちに直視できずにいた。

一方で、エイミーの心を摑んだ藤代を誉めてやりたい気分もどこかにあるのを、一斗は不思議に思った。

「予算を削るためには、種目の数を減らすことも大事だけど」

一斗の惑う心をブレストに引き戻したのは、そのエイミーの言葉だった。

「選手の滞在費用をできるだけ少なく抑えることが必要なんじゃない？」

それもその通りだった。二〇二〇大会では東京の臨海部に大規模な五〇階建ての集合住宅が二〇棟以上も建設され「選手村」を形作った。それが終了後は、高級マンションとして分譲され、都の開催予算を補塡する形になっている。

「そうだなあ。あの豪勢な選手村はもう億ションとして販売しちゃってるからなあ。今さらもう一度空けろとも言えないし」

高屋が言うと、すかさずエイミーが言葉を継いだ。

「ね、大学のキャンパスとかで空いたトコないかなあ」

「そうそう、いま少子化で大学どんどん潰れてるでしょ」

藤代がすぐ受けた。やはり二人で話を交わしてから来たと思われた。

確かに定員割れが続いて募集を停止、閉学に追い込まれる大学のニュースは近頃よく目にしていた。他の大学でも、一時期郊外でブームとなったキャンパスを閉じ、山手線《やまのてせん》内に回帰する動きが目立っている。

「でも空いたキャンパスって、都心から離れた田舎に多いんだ。それが閉鎖の原因だったりもする。人の輸送は大変で、とても選手村に使うことはできないと思う」

一斗が指摘すると、エイミーは「そっかあ」と残念そうな顔をした。エイミーが帰国子女として通った大学は港区の一等地にあった。近年、箱根駅伝を始めスポーツでの活躍もあり、人気は上昇している。潰れる大学などというのは想像の外にしかないだろう。

「あそこはどうなっているのかな」と問い掛けたのは高屋だった。

「あそことは？」

「代々木のオリンピック青少年センターさ。もともと六四年の東京オリンピック選手村として作られたのを跡地利用してきたんだ」

藤代がタブレット端末で検索した。

「正確には国立オリンピック青少年総合センターですね」

「そう。新しい競技場も当然、目と鼻の先だ。今はさすがに老朽化しているだろうけど、最低限の整備をして最後のお務めを果たしてもらうにはいいんじゃないか」

「ふーん。いまどういうことになってるのか調べてみますよ」と藤代が目を輝かせた。

「あと、役員をどう扱うかもあるな」

一斗が新たな問題を提起した。

「オリンピックには、選手、観客のほかに何千人というWOCや各国のオリンピック委員会の役員が海外からやって来る。選手と違って相部屋というわけにはいかないだろうし」

高屋が受けた。

「二〇二〇大会ではかなりの出費が東京に押し付けられそうになって、ＷＯＣに泣きついて負担してもらったんだ。いま東京はホテルがめちゃくちゃ高いから、もうそんなわけにはいかないだろう」

少しの時間、沈黙があった。それを破ったのは、さっきの残念そうな口調から立ち直ったエイミーだった。

「それこそ、この間のユリナの話を活かせないかな」

クラウドファンディングを手掛ける企業から来て説明をしてくれた坂城友理奈のことだった。

「クラファンで寄付するお礼として、役員をホームステイさせる権利を得るってことにするの」

それはまさに逆転の発想だった。エイミーがまた固定観念を吹き飛ばすクリーンヒットを放ったのだ。

普通は、外国人をホームステイさせるのは負担であるのが当たり前だ。世話する手間もかかるし、食事や送迎などもろもろの費用も、海外からの賓客となればバカにならないだろう。そのボランティアの負担という意識を「重要な客を迎えられる特権」というプラスの価値に置き換えようというのだ。

「それ、いいと思う。サッカーのワールドカップでも、各国チームのキャンプ地に進んで立候補した都市はたくさんありましたよね」

藤代が絶妙のアシストパスを出した。

「日本人は『おもてなし』が大好きだから、希望の家庭が殺到するかも」

「海外の役員と一緒に過ごしてる写真をインスタにアップＯＫとかしたらゼッタイうけるよね」

エイミーは自分の両親なら本気でホームステイ先に立候補するだろう、とまで声を弾ませて言った。

「役員と並んで特別席で観戦もできるとかにしたら超人気になるよ」

「ウン、購入型との組み合わせにしたらダブルで稼げそうだ」と藤代が言い添える。

一斗も思った。一般家庭へのホームステイは、警備面などから一定の決めごとは必要になるだろうが、可能性としては十分ありそうだ。

「あとひとつ絶対人気を集めそうなモノがあるぞ」

高屋がニヤリと笑みを浮かべながら言った。

「オレが関係者じゃなかったら、真っ先に応募したいような役だ」

「何ですか」

「聖火リレーに参加する権利さ」

「なるほど！」全員が頷いた。聖火リレーはまさにオリンピックを象徴する、聖なるセレモニーだ。今回やろうとするクラファンの返礼として、これほどふさわしいものはないだろう。

予算を革命的に緊縮しなくてはならないという縛りが、かえって斬新なアイデアを生んでいる面白さがあった。

藤代とエイミーの会話が弾んでいるのはもちろん、高屋もいい感じで肩の力が抜けている。そうした時の方が優れたアイデアが出やすいのは当然だ。

このまま課題をひとつひとつ片付けていけば、案外ゴールまでまっしぐらに突き進めるのではないか。

そんな根拠のない希望までも、一斗は心の隅に抱き始めていた。

9

四月になって年度が替わり、ＩＳＴジャパンにも新しい顔が入って来た。

連休前の提案日までひと月を切っている。歓迎会をゆっくり開く暇もなく、新メンバーも入社のその日から、アイデアのまとめと企画書への落とし込みに没頭させられることになった。

ハワード大統領のメッセージまで仕込んで総理が発表した開催決定から三か月近く経っても、まだ「オリンピックなどいらない」という声は世間に消えなかった。メディアによっては、「いまからでも返上を」と主張し続けているものもあった。

そうしたある日、一本の電話が一斗に入った。

「ご無沙汰しています。サキです」

一瞬、誰だったか思い出せなかった。程なくユビタス・ジュニアの妻、沙紀だと気づいた。

「今週末、私の大分の実家で法事があります。主人がそこで猪野さんにお会いできないか、と言っているのですが」

沙紀が電話の向こうから伝えてきた言葉に、一斗は戸惑った。

組織本部への開催プラン提案は、形式的であるとしても競合《コンペ》になった。そうなった以上、組織委員長であるユビタスとは当日まで接触できないと信じ込んでいた。

他にどういう企業が提案に手を挙げていて、競合相手となるのか。一斗なりに探ってみたが、一向に情報は得られなかった。だがその相手も含め、競合の当事者が審査側との事前接触を禁じられるのはいわば不文律だ。ＲＦＰにも「事務手続き以外の質問には答えられない」とあった。それが向こうから接触を仕掛けてきたというのは、どういうことだろう。

咄嗟に考えたのは、公正の原則を崩してでも、ユビタス側が聞きたいこと、あるいは伝えたいことのいずれかがある、ということだった。

「わかりました。参ります」一斗は答えた。

週末の土曜、一斗は大分県日田市《ひた》にある寺の本堂にいた。

城のように周囲に石垣と掘割を配した立派な寺だった。沙紀の伯父の三回忌だという。もちろんその人物に一斗は面識がなかったが、かつては市の教育長も務めたという名士の法事には、広い本堂を埋め尽くす人が集まっていた。

二列目の端に沙紀と夫であるユビタスの黒服の姿が見えた。沙紀が著名な外国人と結婚したことは故郷の町でも知られているのだろう。半分は沙紀に、半分は青い眼の夫に阿《おもね》るように挨拶する参列者を少なからず見た。

それに比べ、一斗の顔を知っている者などこの町にはいない。ひとりでやって来た一斗は法事の後に、江戸時代から天領として栄えた旧い街並みをそぞろ歩いてみた。

ゆったりと曲がる路地に沿って、白壁と濃灰色の瓦屋根が続く凜とした風景。提案準備に明け暮れる東京の日々で積もった心の垢が、いくらか洗い落とされる思いがした。

だが、一斗の心は本堂で沙紀から囁かれた「夕方の屋形船を貸し切ってある。ペーターがそこで話したいと言っている」という言葉に向いていた。

日田では、市内中心部を流れる三隈川《みくまがわ》に浮かぶ屋形船を「遊船《ゆうせん》」と呼ぶ。その中で宴席を設けられるようになっているのだった。

陽が落ちて、水面《みなも》に灯りが映るその船に乗り込むと、すでにユビタスと沙紀が待っていた。二人とも昼間の黒服からラフな服装に着替えていた。ちょっと見には、日本ブームと円安に乗ってやって来た外国人観光客としか映らないだろう。実際、ユビタスは「日田は有名なアニメの聖地だからね。来られてハッピーだよ」と顔を綻ばせていた。

外形は屋形船だが、中はフローリングにテーブルを並べたレストラン風になっている。

桟橋を離れると、船頭の外には三人の姿を目にする者はいなくなった。この鄙《ひな》びた町にあっても、共にいるところを見られてはならない。そうした注意を働かせていると一斗は理解した。

沙紀が夫と一斗のグラスに、地元の工場から出荷し立てだというビールを注いだ。

「ここ日田の天然水でつくった名産品なんですよ」

三人で乾杯をすると、沙紀はそっと傍を離れて行った。

「困ったことになった」

ユビタスは一口ビールを喉に流し込むと言った。船の灯りの中でもその表情には翳りがあるように見えた。何が起こったのか。一斗はビールグラスを置いて身構えた。

「もうひとつ、提案してくるところが決まった」

ああ、そういうことか、と思った。

だが、それは当然想定していたはずだ。むしろ競争相手が現れず、入札不調となったほうが後々不都合なのではないか。あくまで競争があって、本命であるわが方が勝つ。すでに一斗はそう心に誓っていた。

さりとてそれを明かすことが今回、遊船での会談をわざわざ設定した目的と判ったので、ひとまず話を合わせることにした。

「それはどこですか」

「いちばんマズイところだ」

どうまずいのか、と聞く前にユビタスが言った。

「普通に考えると、カズトのところよりそっちに実行役をやらせろ、と日本国民は思うだろう」

ドキリとした。そんな強敵があり得るのか――。

連広や弘朋社など、実力のある広告代理店は今回、排除されている。「スポーツマーケティングあるいはマネジメントに専門能力を有する企業」と公募書に明記されていた。日本にはまだオリンピックの開催実務を丸ごと引き受けられるような、大規模なスポーツ専門企業は育っていない。それが一斗の認識だった。だからこそＩＳＴが日本法人を増強すれば、第一人者としてこの市場で成功し得ると踏んでいるのだ。

ところが次にユビタスが言った言葉は、一斗を驚倒させるに十分だった。

「ＮＨＡとセントラルテレビが組んで来たんだよ」

「えっ」

放送業界で強力なライバルのはずの二局が組んだ？　しかも公共放送ＮＨＡと民放キー局の最大手に属するセントラルテレビ、とは……。

けれども考えようによっては、あり得ないことではなさそうだった。

セントラルテレビは民放テレビ局の中で最も早く、ＮＨＡと同じ年に放送を開始した。その歴史を共同で誇示するために、二局は一年前から、「テレビ放送開始七〇周年」と銘打つコラボイベントを行っていた。公共放送と民放の壁を乗り越えて、双方の看板アナがスタジオに出演し合った。

プライドの高い両局だからこそ、互いに敬意《リスペクト》を払って成立したコラボレーションと見えた。その縁が続いていて、国が「アメリカとの友情の証」としたオリンピックの代替開催を支える側に率先して回る。それは公共放送であれ民放であれ、政府の免許事業である体質を考えるとあり得ることだ。

しかもＮＨＡもセントラルテレビも、オリンピックほどではないにしろ、大きなスポーツイベントを実質的に仕切ってきた経験は豊富にある。放映すれば確実に視聴率が取れるスポーツイベントは、放送局のドル箱だった。しかもセントラルテレビはもともと母体になった日本新聞とともにプロ野球の最人気球団を持っており、スポーツ界にも大きな影響力を有している。

「それは、二社で放送を独占するという狙いなんでしょうか」

「当然そうだろう」

これまでオリンピックの日本国内における放送権は、ＮＨＡと民放連が作ったジャパンコンソーシアムが一括して買い上げ、それを各局に分配していた。その歴史を無視し、今回は両局が他局を排除して自分たちだけで独占しようとしているというのだ。

オリンピックの開催まではあれこれ文句を言っても、実際に競技が行われれば熱中して視るに違いない国民にとっては、その組み合わせであっても何の問題もないだろう。どこの馬の骨ともわからぬ外資の日本法人などより、よほど信頼できるかもしれない。一斗自身、そうした形で対抗馬が現れるとは、まるで予想していなかった。

「困ったことになった」とユビタスが言ったのは、その意味だったのだ。

ユビタスからまた意外な言葉が発せられた。

「カズト、今度の二〇二八《ニイゼロニイハチ》トウキョウでは、テレビ放送権の販売は最小限に抑えるつもりだ」

唖然として一斗が聞き返した。

「なぜですか？　それでは収入が激減してしまうじゃないですか」

ただでさえスポンサー収入が厳しいと判っているところへ、それは二重の痛手になる。とても「そうですか」と受け容れられるものではなかった。何よりユビタス自身、父に次いでオリンピックをビジネスとして成立させることを最重視しているはずだ。

その顔を見てユビタスがまた言った。

「カズト、ボクの本職を知っているかい？　こう見えてもシリコンバレーの経営者だよ」

その言葉の意味を理解するには、それから何往復かの会話が必要だった。


二時間後、一斗は日田市内のホテルにいた。

部屋に入ると一斗はスマホを手に取った。電話を掛けた相手は高屋だった。休日ではあるが体育会系の高屋なら出てくれると思っただけではなかった。この新しい状況に向かう判断を助けてくれそうなのは、自分より経験が豊富な高屋だけだと考えたからだった。

「それは裏に連広がいるな」

ＮＨＡとセントラルテレビが手を結んで対抗側に就いたという報告を聞いた瞬間、高屋は言い切った。

「でもＮＨＡですよ。連広となんて」

公共放送の局と広告代理店が組むとは思えない。思わず言った一斗に、

「何を言ってるんだ」と久しぶりに高屋が声を荒らげた。

「これまでジャパンコンソーシアムが買って分配していたと言っても、実質は連広が仕切っていたんだ。売る方のＷＯＣにも深く入り込んでいて、要は、ＮＨＡを含め放送権は連広っていうお釈迦様の掌《てのひら》で転がされてただけなんだよ」

そう言われてみると、そのくらいのことができてこそ、連広があれだけの人員や労力を割《さ》いてきた意味があるような気がした。これまで動きが見えないと感じていたのは、巧妙に裏に回っただけなのか。

「今回は強い二局と裏でがっちり握っておいて、次はまたノシノシと現れる肚に違いないさ」

船の上でユビタスは、「自分はＩＴ企業の経営者だ」と言って、二局連合がこちらの陣営にとって都合が悪い理由を一斗に話し、理解させた。それだけでなく高屋の言う通りなら、その二局連合が敵として現れたことは、五輪にとっても実態が元の木阿弥に戻ってしまう重大な可能性を孕《はら》んでいた。

何としても勝たなくては――。

高屋との会話で、一斗は改めて自分に言い聞かせた。

不意に高屋が言った。

「CEO、ところで屋形船だったたって言ったたな。鵜飼《うかい》は見たかい」

「ああ、見ました」

日田の遊船では、有名な岐阜の長良川と同様、客を楽しませる余興として鵜飼が行われている。一斗らが乗った船にも、ちょうど話が一段落したころに鵜匠《うしょう》が小舟で川面を近づいて来て、鮎《あゆ》漁をする様を見物させた。

「ユビタスは大喜びで喝采してましたよ」

船上でユビタスは「困ったことになった」と最初に言ったことをまるで忘れたかのように、その余興に見入り楽しんでいた。

けれども一斗自身は、初めて見る鵜飼を楽しむ気にはなれなかった。ユビタスとの本題が重かったせいもあるが、見世物にされる鵜の姿が何とも哀れに感じられたからだ。

鵜匠の腕に繋がれた鵜は、せっかく捕まえた鮎をぽんと吐き出す。首を繋ぎ縄で縛られ、獲物を呑み込まないようにされているのだ。

これって、動物虐待じゃないか——。

その「ショー」を見せられながら、テーブルに載った鮎を食すという趣向にはどうにも気分が乗らなかった。

その一斗の曖昧な憂さの理由を言い当てるようなことを、高屋が言った。

「ユビタスは、それは愉快だったかもしれないな。オレたちを縄に繋いだ鵜くらいに見てやがるんじゃないか、ヤツは」

一斗の胸に一瞬、稲光が走った思いがした。

「CEO、アメリカ野郎どもの雇われ店長にはなるなよ。決してな」

一斗は「心《こころ》します」とだけ答えて、電話を切った。

その後、ふと思い立って一斗は佐久間重利にも電話をしてみた。

かつてテレビ東朝系を担当する部にいた佐久間は、『NL10』の扱いを連広に独占されっ放しの割を食い、セントラル系の担当部署に移っていた。見返すようにそこで必死に働き、部長に昇進した。

その佐久間なら、NHAはともかく、セントラルテレビの動きについて、何か情報を持っているはずだと思ったのだった。

だが、何度呼び出し音が鳴っても、佐久間が電話に出ることはなかった。

10

大型連休開始直前の四月二五日。提案の本番の日が来た。

NOCは今回の検討過程が、それまでと決定的に異なることを発表していた。当初の方針からさらに進んで、提案から審査、投票まですべてを公開して行うとしたのである。

提案を受ける側も、変革する覚悟を表しているかに見えた。とは言え、大会組織本部は、長だけは決まっているもののまだ実体ができておらず、ユビタスのもとでNOCが当面その役割を担うことになっていた。

新国立競技場に隣接するNOCオフィスの大会議室で、提案会は行われる。まず午前一〇時から一斗らのISTジャパン、午後にもう一つのチームという順のプレゼンテーションとなった。もう一つのチームは、NHAとセントラルテレビの連合軍。公共放送と民間放送の一字ずつを取って「テレビ公民連合」と自称していた。その名称からすでに本命感を強く主張している。決して油断して掛かれないと一斗は感じた。

内外のメディアの取材カメラが、会議室後方の壁際に隙間なく並んでいた。

公開すると言っても、リアルタイムで中継してしまうと後にプレゼンする方が有利になる。したがって両者の提案終了後に、映像配信が解禁される定めになっていた。さらにISTジャパンの提案を取材する中からは、NHAとセントラルテレビのカメラは排除されていた。社内スタッフ同士での情報漏洩を防ぐため、厳格な措置がとられていたのだ。

ロの字型に並んだ会議テーブルの三辺に、NOCの委員が松神会長とユビタス委員長をセンターにしてずらりと並ぶ。

そこへ一斗を先頭に、エイミー、藤代、高屋、今関の五人が乗り込んだ。

一斉にテレビカメラが一斗らの方を向いた。それは初めての経験だった。

ユビタスと顔を合わせるのは、日田での遊船以来、三週間ぶりだった。そうしたことがあった事実を、他の委員や松神NOC会長はもちろん知らない。

その時に得た情報は、確実に提案の根幹づくりに役立った。一斗は「姑息な行為をしたのではない。あくまで組織委員長の要請に応えて会っただけだ」と自らに言い聞かせていた。

並んだ委員たちの突き刺すような視線を全身に感じる。

実績もコネクションもない外資系の新参者が、いったいどんな提案をできるというのか――。

そう冷ややかに見ているのが、ありありと伝わってきた。

「おはようございます」

普通なら気後れしそうな空気の中、一斗は意識して快活に挨拶した。弘朋社の若い社員時代から持っていた性質《たち》がプラスに働いた。なぜかプレゼン相手が多人数で立場が高いほど気合が入り、アドレナリンが噴出するのだ。

NOC委員の列にいる葉山早百合とちらりと目が合ったが、素知らぬふりをした。

「ではさっそくプレゼンテーションをお願いします」

司会を務めるNOC委員の一人が、一斗を睨みつけるようにして言い渡した。

「時間は一時間、厳守してください。その後に一時間の質疑応答時間を取るためです」

その時間配分は前もって聞かされていた。ユビタス・ジュニアが日本語をほぼ理解するにもかかわらずそのことは伏せられ、日本語の後に英語で同じ内容を繰り返すよう求められていた。そうすると正味の提案に充てられる時間は三〇分ほどに過ぎない。

要点を掻い摘んで、的確に印象付ける必要があった。前日に何度もリハーサルを繰り返したが、制限時間内に収めるには難儀した。

一斗は開口一番に言った。

「今回の提案内容は、コンセプト、それを反映した具体的開催計画、予算というご指示でした。ですが、私たちはまず予算を提示させていただきます」

えっ、という反応がいきなり委員たちを包んだ。互いに顔を見合わせる者もいた。

インパクトを狙ったのはまず成功した。一斗はそう感じた。

「理由は、二〇二〇東京大会の残念な経緯になった原因が、実施予算の無軌道な膨張そのものにあると認識しているからです」

冒頭からNOCや以前の五輪組織本部に対して喧嘩を売るような言葉が出た。何人かの委員が露骨に顔を顰《しか》めた。どよめきがあちこちで起きた。

だがトップのユビタスが表情をいささかも変えなかったことに力を得て、一斗は話を続けた。

「したがって私たちは今回、予算の設定自体がコンセプトの重要な要素になると考えました。そこでまずその総額をご提示し、そこに至る考え方、そして根拠となる具体的内容という順でご提案をさせていただきます」

一斗の言葉を一区切りごとに英訳して、エイミーが復唱する。同時通訳より時間はかかるが、緊張感の中で逆にしっかりと内容が伝えられるような気がした。

いったいどんな金額を示すのか。委員たちの関心はもうそちらに向かっていた。張り詰めた空気が早くもピークに達している。それを受け止めた上で一斗は言明した。

「私たちがご提案する開催予算は、一五〇〇億円です」

委員たちの表情がさっと変わった。

思った通り「あり得ない」という反応だ。「聞き間違えた」というように、これ見よがしに耳を指でほじって見せる委員までいた。それを見てダメ押しするように一斗は付け加えた。

「申すまでもありませんが、この額は二〇二〇大会予算の十分の一に当たります」

十分の一――。

「ばかな。無理だろ」

「これだから素人は困る。とても聞いてられん」

遠慮のないざわめきが起こった。呆気《あっけ》にとられて椅子の背に身を投げる委員、鼻でせせら笑い、大きく首を横に振る委員が現れた。

「そんな予算額で開催できるわけがない」という素直な反発。それは当然、織り込み済みだった。

構わず一斗は続ける。

「ではこの予算額での開催をいかにして可能にするか。その基本的な考え方と具体策を述べさせていただきます」

すべてリハーサルで準備した通りだった。

「まず実施する競技について、今回は『近代オリンピック本来の姿に戻る』ことを方針に、厳選に厳選を重ねます。言い換えれば、オリンピックでやらなければ選手の活躍の場がなくなってしまうような、不可欠な競技に絞るということです」

その言葉に合わせて藤代が映写したパワーポイントには、二一にまで絞られた競技名が並んだ。二〇二〇東京大会の約四割減の数だった。その大会向けに開発された各競技のピクトグラムが添えられてある。「二〇二〇の唯一のプラスの遺産」と終了後に皮肉られた名作だった。

体操競技。競泳。アーティスティックスイミング。飛込。柔道。レスリング。卓球。バドミントン。トライアスロン。アーチェリー。フェンシング。射撃。陸上競技。近代五種。ホッケー。馬術。バレーボール。バスケットボール。ウエイトリフティング。自転車。新体操。

どれをとっても、近代オリンピックの重ねてきた歴史では欠かせないものだった。

だが委員たちは、削られた方の競技を素早く数え上げた。

テコンドー、サーフィン、スケートボード……。

半数近くの委員の顔が怒りにさっと染まった。

「アンタ、何を言っているんだ。何の権利があって勝手に選んでるんだ」

怒りをストレートにぶつけたのは、オミットされた方の競技の委員と見えた。

「そんなことＷＯＣが認めるわけないだろう」

その声に、一斗は準備してきた答えを簡潔に返した。

「選んだ基準は三つです。ひとつは競技の歴史と永続性。もうひとつは、五輪のマークのもとになった五大陸の国と地域で広く行われていること。そして最後に、ほかにオリンピックに匹敵、あるいは超越した権威を持つ世界大会が存在する競技は、できる限りそちらに譲る、ということです」

初めてユビタスが口を開いた。

「なるほど、それはオリンピックの権威を高める方向にはたらきそうだ。ＷＯＣも案外耳を傾ける可能性があるかもしれないな」

だがその発言は英語で、誰も通訳をしなかった。それをいいことに、日本人の委員は聞こえなかったふりをして、てんでに発言を続けた。

「サッカーは世界一競技人口が多いスポーツだぞ、排除なんかできるのか」

想定問答にあった質問だった。一斗は準備した通りに答えた。

「それも諸説あるようです。それにオリンピックでは現状、Ｕ-23と年齢制限を設けています。

オーバーエイジ枠を除き、原則二三歳以下しか出場できない……。ＦＩＦＡのワールドカップとの関係に配慮するがためです。そうまでしてオリンピックでやる意味があるのでしょうか」

「バスケットボールはどうなんだ。アメリカのＮＢＡが完全に突出してるじゃないか」

そう声を上げたのは、外されたハンドボールの委員だった。

「いや、それは違う」とすぐに別の声が上がった。当のバスケットボール代表の委員だった。

「たしかにＮＢＡが世界のバスケの中心だが、そこで活躍している選手の国籍は世界中に広がっている。日本人選手の活躍が最近目覚ましいのはご存じでしょう」

「でもワールドカップはバスケットにもある。どう見るんだ」

食い下がる相手に、バスケットボールの委員は言った。

「確かにありますが、バスケットのワールドカップは、各大陸のオリンピック代表出場権を争う予選大会として、実質的に機能しているんですよ。明らかにオリンピックが上なのです」

ハンドボールの委員は悔しそうに唇を噛んで黙り込んだ。替わって他の委員が申し立てた。

「卓球だって柔道だって、世界と名の付く大会があるじゃないか」

それに対抗して言ったのも、該当する競技代表の委員のようだった。

「いや、それでも権威は明瞭にオリンピックの方が上ですから」

仕組んだわけではないが、予想した通りの展開になっていた。一斗はいきり立つ委員を鎮めるように言った。

「念のために申し上げますが、削ること自体が目的ではありません。この厳しい情勢の中でどのようにしてオリンピックを開催できるようにするか。そのために考えているとご理解ください」

再び鼻をフンと鳴らす委員がいたが、一斗は次のステップに行くことにした。時間は厳しく限られているのだ。

「競技の数だけではありません。それぞれの競技の中での種目も可能な限り絞り込みます。二〇二〇東京大会と較べると、全種目数はざっと三分の一、昨年のパリ大会と較べてもほぼ半分となります」

「アンタ、ふざけてんのか！　黙って聞いてりゃ。バカバカしいにもほどがある」

ついに怒りを爆発させたのはNOC副会長の曽根崎勇三《そねざきゆうぞう》だった。文科省のキャリア官僚出身と聞く人物だった。

「そんなことしたら納得しない競技団体からクレームが殺到するぞ！　誰が責任取るんだ！」

曽根崎は、立ち上がって拳を震わせていた。それとは別に、呆れたように配られた資料の上にペンを放り出す委員もいた。

だが次に会議室に響いたのは、「皆さん、お静かに」という声だった。

声の主はNOC会長の松神誠吾だった。両手の平を下に向け、あちこちから上がる怒声を制する仕草をした。

そして「提案を続けてください」と一斗に顔を向け言った。

ただその表情には、言葉と裏腹に明らかに苦々しさが滲んでいた。あるいは「こんな世迷言《よまいごと》を聞くのはさっさと終わりにしたい」と考えているのかも知れなかった。

一斗は、とにかく自分たちの練ってきた提案を正しく理解させるべく、説明を続けた。

「では次に、開催費用の調達方法についてです。二〇二〇東京大会の十分の一という思い切った予算額をご提案したのには理由があります。多大なスポンサー収入に依存せず開催できるようにという考えに基づいてのことです」

ユビタスが光る眼を一斗に向けた。父ペーター・ユビタスが導入した五輪民営化を否定する響きと感じたのかもしれない。一斗はすかさずフォローを入れた。

「スポンサーとなる企業のご厚意を排除するものではありません。けれども、スポンサーが自社の営利のために五輪を利用するというスタイルとは、明瞭に一線を画したいと思います。本当にオリンピックの理念に共感し、協力したいというスポンサーに限るのです」

映写スライドが変わった。

「そのために今回、企業でなく個人のスポンサーという概念を持ち込みます」

「個人のスポンサー？」

しばらく静まっていた委員の間に、またどよめきが広がった。

『クラウドファンディングの実施』という一行が会議室のモニターに現れた。

「個人からクラウドファンディングを募集します。寄付型、購入型の二種を並行して行い、一口一〇万円くらいの一般の方でも楽しんで五輪に参画する意識を持てるような額に設定します」

そんなハシタ金で何口集めれば開催費用に届くのか。十分の一にしても――。

頭の中で計算している顔がいくつかあった。それはある意味、委員たちが一斗の説明に関心を持ち始めたことを示していた。

「目標額は一〇〇〇億円です。言うまでもなく、これまでに世界中で行われたクラウドファンディングの最高額になります。そこでこう名付けたいと思います」

スライドが朝日に輝く美しい世界遺産、アクロポリス神殿の写真に変わった。その上に『一〇〇万人の五輪ファンド』という名が太いフォントで乗った。

「一口一〇万円として、一〇〇万口集まれば、目標額一〇〇〇億円は達成できます」

そのビジュアルは、神々しさを湛える五輪の伝統を広汎な人々の手で受け継ぐ、という一斗たちの主張を象徴していた。

「ほう」と唇を緩ませた委員がいたのを一斗は見逃さなかった。

「もちろん、個人でも多くの口数を出資していただくことは妨げません。その額によって購入型なら競技を観戦できるチケットが提供される、寄付型ならボランティアとして運営に参加できる権利を得る、といった特典を設けます」

今度は松神が露骨に否定する顔をした。金を出してその上ボランティアをやらせられるなんて、という表情だ。

——その考えが古いんだよ。

一斗は胸の中で呟きながら、さらに続けた。

「ボランティアの最高等級は、来日する役員を自宅にホームステイさせられる権利とします。これによって文字通り国際交流というオリンピック本来の目的の最前線に立っていただくのです。二〇二〇大会のように、高級ホテルに役員を閉じ込めることはしません」

その言葉に、何人かの委員がふっと息を漏らした。安堵からのように一斗の耳には聞こえた。それならば高いホテル代を誰が持つかという心配をしなくてすむ。その勢いのまま一斗は言った。

「もうひとつ聖火リレーのランナーとして走る権利も、最上級のボランティアに設定します。そして先ほど企業のスポンサーも排除しないと申し上げましたが、企業もこのクラウドファンディング参加者の集合体として、延長線上に置くと捉えていただきたいのです。ボランティアを出し、ホームステイ先を提供していただく考えも共通です」

委員たちはもう言葉を発しなかった。すでに不満や驚きを通り越して、前代未聞の提案を茫然と眺めるしかなくなっている。

よし、この調子だ――。

自分の説明が委員たちにもたらした種々の反応を確かめながら、一斗は最大の提案ポイントに進んだ。

「前の東京大会では『アスリート・ファースト』という言葉がさまざまな立場の方から語られました」

一斗は皮肉に響かないように注意しながら言った。

「それはもちろんとても大事なことで、今回もその考え方は引き継ぎたいと思います。けれども、オリンピックを人類の財産として遺していくためには、それだけでは足りない。私たちはそう考えました」

ここが聞かせどころだ。葉山早百合に触発されながらも自分たちのブレストで導き出した、「アスリート・ファースト」と並ぶもうひとつの最重点ポイント。バシッと決めてみせるぞ。一斗の言葉に自然に力がこもった。

「私たちは、今回の大会では新しい五輪体験を選手以外の一般の人々とも共有できるようにしたいと考えています。アスリートだけでなく『オーディエンス・ファースト』も同時に実現するのです。そのために、開催の時点で活用しうる最先端のＩＴ技術を惜しみなく投入すべきと考えました」

　それは、日田の船上で「ボクはシリコンバレーの経営者だ」という言葉に続いて、ユビタスが語ったことを踏まえた提案だった。「体験《エクスペリエンス》」というキーワードを、エイミーには特に強調して発音するよう指示してあった。

「具体的にはこうしたことを実現したいと思います」と言って、一斗はスライド中に列記した項目に次々とレーザーポインターを当てた。

　競技の現場に臨んだ観客には、これまでよりはるかに高い競技者との一体感を味わってもらう。そのためにトラックの内側やフィールドの至近距離に観客席を設け、スマホでの撮影も自由にする。もはや「傍観者」というレベルではなくするのが狙いだった。

　また自宅など会場の外で見ている観客もこれまでにない臨場感を得られるよう、選手がその身体に超小型カメラを装着する。そこで撮影される迫真の映像をネットで配信する。

　さらに準備段階から選手が直接発信できるＳＮＳを創設し、本番に向け最大フォロワー数を得た選手には「エ《Ａ》ース・ア《Ａ》ドバタイザー・ア《Ａ》スリート」賞、略して「トリプルＡ」を授け、競技での金メダルと同等の栄誉を与える。そのことによって、選手にも観客《オーディエンス》と共にあるのだという意識をしっかり植え付ける……。賞のネーミングは、藤代が考え付いたものだった。

　そして次に言うことこそ、テレビ公民連合に対して最も差別化を図れるポイントだった。これまでの既成概念の中で提案するに違いないテレビ局連合に、正面から戦いを挑むことでもあった。

　一斗は意図して短い間を取った後に、ひと言ずつ刻んで言った。

「今回はテレビの放送権販売を、開会式、閉会式、その他ごく一部の競技に限定します」

「何だと！」

再び会議室に大きな動揺が走った。

「スポンサーの削減に加えて、放送権販売も激減させるなど論外だ」

「いい加減にしろ！」

口々に怒号が放たれた。それも予想したことだった。旧い世代の亡霊たちの顔面がみるみる赤く染まっていく。一斗はすぐさま補足の言葉を発した。

「驚かれるのも無理はないと思います。でもこれは、放送権料に過度に依存した財政を適正な姿に戻すためなのです。従来の、その依存による弊害は皆さんがいちばんよくご存じでしょう。視聴率を何より気にするテレビ局、特にアメリカのネットワークの要求によって、競技の開催時刻が異常な時間帯に設定されたのはその典型です」

二〇二〇大会でのマラソン、競歩で、会場をわざわざ東京から遠く離れた札幌に変更したにもかかわらず、結局灼熱下でのスタートとなり、途中棄権者が続出した。フラフラになり倒れるようにコースを外れた選手たちの姿は、委員たちの間にも苦い記憶として残っているはずだ。

一斗はひと息挟んでいっきに言った。

「これを脱却するために、映像発信は主体をネットに移します。そうすればライブ配信に加えてオンデマンドでいつでもどこでも見られるため、今のような不健全なことはなくなります。さらに、先ほど申し上げたSNSとの親和性もぐんと高くなります。スマホ上で自由に行ったり来たりでき、一方通行のテレビ放送と違ってオリンピックへの関心や密着度は間違いなく高まるでしょう。これが私たちの言う『新しい五輪体験《エクスペリエンス》』です」

会議室の大モニターに新たな文字が現れた。

『Feel your own Olympic.』

「あなた自身のオリンピックを体感してほしい。この言葉をスローガンとして、私たちは委員の皆さまと共に、世界に向けて新しいオリンピックを発信していきたいと考えています」

一斗はそう説明を締めくくった。

「エクセレント！」とユビタスが唐突に声を上げた。うなずいて小さく拍手する仕草までした。だがその反応を日本人委員の大半は、外国人らしい儀礼的なものと取りたがったようだった。

提案会は公式な質疑応答に移った。初めは怒りを超えて毒気に当てられたのか、ユビタスの前向きな反応にいくらか困惑したのか、誰もが沈黙していた。

「こんなバカげた提案は無視する」と決め込んでいるのかもしれない、と一斗は感じ緊張した。けれども一人の委員が、「本当にそんな予算で開催できるのか。確かなのか」と低い声で呟いたのをきっかけに、堰を切ったように質問や意見が出た。

「そのような小型の五輪にしてしまって、参加国が集まるのか」

「国民は何だかんだ言って盛り上がりを期待する。その欲求不満をどうやって抑えるんだ」

どの質問も想定問答の中に含んでいたものだった。それにひとつひとつ答えることで、一斗の提案の正当性が裏付けられていくのを感じた。やはり並み居る委員たちも、これまでの金満オリンピックに何がしか疑問は抱いていたのだと感じた。

唯一、予想はしていたものの、苦しい答えにならざるを得なかった質問があった。

「クラウドファンディングとやらで、もし目標額が集まらなかったらどうするのかね」

そうだ、そうだ、という声が上がった。

「中止するのか」

「もっと縮小するつもりか」と続いた。

それに対して一斗は、「いえ、縮小も、まして中止も、こうしてご提案する以上考えていません。とにかく、全額集めきるしかないんです」と言うしかなかった。

ひとつ想定外だった質問も出た。

「われわれがこの提案を仮に採用しても、ＷＯＣがウンと言うかね」

「ＷＯＣというか、はっきり言うとアメリカですね」

別の委員が受ける形で発言した。

「ＷＯＣにはアメリカが絶大な影響力を持っていますからね。そしてアメリカは今回、『代替開催に感謝する』などと言っていながら、どこかで『開催を譲ってやった』と絶対思っている。勝手に小規模にしてしまっては、アメリカのメンツが立たないと感じる可能性がある」

「私は心配ないと思います」

声のしたほうを委員たちが一斉に振り向いた。言葉を発したのは、末席に近い位置にいた葉山早百合だった。

「皆さんもご存じと思いますが、アメリカももうテレビネットワークが天下の社会ではありません。ＧＡＦＡ《ガーファ》に代表される巨大ＩＴ企業がメディア界の覇権を握り、映像もＮｅｔｆｌｉｘやＨＢＯで見るのが主流になっています」

そんなのは知らん、という顔を幾人かの委員がした。テレビでの放映にどっぷり浸かってきた旧人類と見えた。葉山はそのまま続けた。

「今回、彼が提案した内容は、現在シリコンバレーを中心に開発されている技術を存分に活用するものと理解しました。技術力を世界に見せつけ、今や我がもの顔で振る舞っている中国にひと泡吹かせる、いい機会になるでしょう。アメリカの国益にはじゅうぶん適《かな》うはずです」

一斗の提案に対する応援演説になった。多くの顔がかつて『ＮＬ10』で一斗との密会を報じたスクープを思い出し、「どうせ葉山はそちら側だろう」とする中で、相変わらず満足げな様子を見せていたのはユビタスだった。

その表情を窺うように、ためらいがちな拍手がぱらぱらと湧き、半分ほどの委員に広がった。

会議室の空気が変わり始めたのを一斗は感じた。はっきりとではないが頷いているように見える委員もいる。

それを見届けたように、司会の委員が言った。

「ほかによろしいでしょうか。……ご質問がないようでしたら、ＩＳＴジャパン社のプレゼンテーションを終了とします。ご苦労様でした」

「ありがとうございました」一斗は委員たちの顔を見つめて締めの言葉を言った。

「今後オリンピックを続けて行けるかどうかは、皆さんのご決断にかかっています。時代に合わない五輪をだらだらと続けるのはもうやめて、勇気をもって新しい五輪を創造しましょう。一緒にやりましょう。私たちの提案をしかと受けとめていただきますよう、ぜひよろしくお願いします」

きっちりと頭を下げた一斗が、会議室を出がけにユビタスの顔をちらりと見ると、ニヤリと笑い返してきた。「インプットしたことをよくぞ全部提案に入れ込んでくれた」と言っているようだった。

確かに「体験《エクスペリエンス》」を実現する多くの技術要素は、ユビタスの経営する企業が提供することになっていた。つまりユビタスは、五輪の場で自社のテクノロジーの壮大な実験とPRをする機会を得ようとしているのだった。

とにかく今回は、IT五輪として後世に名を残す大会にするというのが、日田の遊船で聞かされたユビタスの強い思いだった。

それを受けて一斗のプレゼンには、選手や観客の送迎をレベル4の自動運転車に任せることも含まれていた。そのことで人件費を大幅に節減する。最先端の自動運転モビリティもまた、ユビタス配下の企業が次世代社会の核に据えている技術だった。

これでまずは大丈夫だろう――。

一斗はいくらかほっとした想いで提案会場を後にしながら、ある考えに辿り着いた。

ユビタスは、本来ロサンゼルスで行われるはずだった時から、ひたすらそれを画策していたのだ。

一斗たちと入れ違いに、テレビ公民連合の一団が会議室に入って行った。

驚いたことに、その中には誰でも知っている顔が二つ含まれていた。NHAの夜七時のニュースでメインキャスターを務める七條亜由美《しちじょうあゆみ》。そしてセントラルテレビのスポーツ番組コメンテーター、元バドミントンの五輪代表選手・中澤唯《なかざわゆい》だった。中澤は代表として残した成績はそれほどでもなかったが、「スポーツ界の三大美女神《ヴィーナス》」のひとりと仇名されるその容姿と歯切れのいいコメントが、出演番組の視聴率を押し上げていた。

ネットでの発信に興味を示さなかった旧人類の委員たちを意識しているのは明らかだった。どちらの顔も彼らには馴染みのはずだ。

二人の人気女性がプレゼンを行うとしたら——。

目じりを下げ満足げに頷く老委員たちの姿が想像できた。

さっきまでの自信とは逆の不安が一斗を襲った。その時、ある声がした。

「猪野さんですね」

一斗はどきりとして、言った相手の顔を見た。列の最後で会議室に入ろうとしていた男性が声をかけてきたのだった。知らない顔だったが、ＮＨＡかセントラルテレビかの幹部で今回の提案に責任を持つ人物と思われた。

「ご活躍ぶりはかねがね伺っています。今回もご一緒できればと心から願っていたのですが……」

社交辞令を述べた後、男は思わぬ言葉を口にした。

「いかがでしょう。私どもの提案をお聞きになって行かれませんか」

一斗は耳を疑った。互いに相手の提案内容を知るのは事後とされていた。そのルールを自ら破る宣言をされたのだ。

そこまで自信があるということか。手の内を見せつける、と。

一斗は戸惑い、答えに困った。けれども隣で耳をそばだてていた高屋が「いいじゃないか。CEO、見ておきなよ」と言った。

それを聞き入れて、一斗は一人残って会議室の片隅、目立たぬ位置で敵方の「テレビ公民連合」の提案を傍聴することになった。一斗が残っていることに気づいた委員もいたが、何も言うことはなかった。

思った通り、テレビ公民連合の提案は二人の人気女性によって行われた。中身は当然ながら放送を本位に考え、それ以上の「体験」に踏み込むことはなかった。競技規模も二〇二〇東京大会の一割ほどの削減に留まっていた。その規模に対する実施予算を前大会の七割程度に抑えたことで、「大胆な緊縮」を謳う提案になっていた。

最も気になったのは、二つの局がそれぞれ主催する「NHA杯体操」「柔道」「フィギュア」、「セントラル杯ゴルフ国際トーナメント」など、大規模スポーツイベントの実績を強調したことだった。

実行力をわかりやすくアピールすることで、ISTに対抗してきている。その上で、「二局の持つ地上波、BS、見逃し視聴などすべてのメディアを総動員して、可能な限り多くの競技をお茶の間に届ける」と主張していた。

少なくとも安心感はある。実績はISTジャパンに欠けている最大のものだ。

これが「現実的な提案」とNOCの委員たちに受け取られる可能性は小さくない。

本当に危ないかもしれない――。

一斗は背中にどっと冷汗が流れるのを感じた。だがここまで来たら、自分たちの提案の正しさを信じるしかなかった。

　翌日、連休初日ではあったが、一斗は丸の内の外国人記者クラブに招かれた。正式名称は「日本外国特派員協会《FCCJ》」。ＮＯＣの会議室から場所を移し、ＩＳＴジャパンの提案に対する取材会見が行われたのだった。

　テレビ公民連合もその次に呼ばれていると聞いた。

「今回、ＩＳＴの提案はこれまでの形に囚《とら》われない画期的なものと感じました」

　オランダ人の協会幹事がそう前置きして、一斗に質問した。

「ミスター・イノ、提案にキャッチフレーズをつけるとしたらどんなものになりますか」

　あっと思った。それは答えをまったく用意してきていない質問だった。

「キャッチフレーズ、ですか?」

　一斗は苦笑しながら、『Feel your own Olympic.』という提案中に出したスローガンを繰り返そうかと思った。けれどもそれでは真面目過ぎる気がした。

　もっとメディア受けする、それこそキャッチーな言葉はないか——。

　咄嗟に思いついたことを言った。

「私たちは、予算すなわちマネー、競技《アスレティクス》の見直し、そして観客の体験《エクスペリエンス》の開発を三位一体の要素として提案しました。MoneyとAthleticsとExperienceの三つを合わせてＭＡＥ、前《マエ》を向くオリンピック、とでも言いましょうか」

　どっと笑いと拍手が起きた。日本語を解する記者たちが駄洒落に反応したのだった。後ろを振り向くのでなく前を見つめて進む、という意図も理解されたと見えた。

翌朝、『ＭＡＥを向く五輪』が英訳されて各紙に載り、ネットニュースにも転載されたことに一斗は仰天した。それが以後長く定着するフレーズになるなどとは、その時は思いもしなかった。

さらにもうひとつ驚かされたことがあった。

セントラルテレビ・日本新聞の系列、そしてＮＨＡ以外の全メディアが、テレビ公民連合の提案に対して激烈な反発を示したのだ。

「テレビ二社の提案は閉鎖的なだけでなく独善的で、メディア界全体の発展を阻害するもの」と一様に斬って捨てた。

東朝系列では遊佐克己が『ＮＬ10』で、「四年前の東京五輪のあり方を反省し批判する姿勢がまったく見えない」とこき下ろした。

「公共放送と民放が共同して大会運営に当たるというのは一見美しく見えるが、実のところ結託して利権を少数で独占しよう、甘い汁を吸い尽くそうとするのが本質だ。二〇二〇大会とまるで変わらないどころか、改悪になっている。しかも膨張した規模への見直しはまったくもって手ぬるいものだ。この仕組みでは前回同様、開催予算が雪だるま式に増えていくのは目に見えている」

また別系列の関東テレビは、公民連合の提案自体を完全無視し、ＩＳＴジャパンの提案内容だけを報じた。その中では、「観客を下に置かない、市民目線の五輪を意識していると言える」と、好意的とも取れる論評が加えられていた。

「これはいい兆候かもしれない」

そうほのかな希望を感じる一方で、「いや、ＮＯＣが旧来の感覚のままなら、テレビ公民連合の方が受け入れやすいだろう」と直感した脅威は消えなかった。

正式な返事を聞くまでは安心できない。

ひと月以内と告げられた回答の日まで、気を張ったまま待つしかなかった。

第三章　革命

1

結果は思いがけなく早く出た。

大型連休が終わってわずか三日後の金曜日に、一斗は再びＮＯＣのオフィスに呼ばれた。

「ＩＳＴジャパンを二〇二八東京オリンピック組織本部の業務委託企業として指定する」

そう書かれた文書を渡されたのだった。提案から二週間しか経っていない。

「あれほどノラリクラリに見えたＮＯＣが、連休を返上してまで検討を進めたのか」

一斗は信じ難い思いで、超スピードの決定が書かれた紙を見つめた。

「ともかくこれでようやく、スタートラインに立てたのだ。あとは全力で走り切るしかない」

だが、そのスピードの謎はあっけなく解けた。

一斗は続く週末に葉山早百合と会い、ＮＯＣでの検討がどう行われたのか聞き出そうとした。

再び千葉のホテルで、今回は上階のバーで対面した葉山は言った。

「実は検討なんてほとんどなかったのよ。テレビ公民連合の提案に乗ることはできないってことが、あっさりと決まっただけ」

「えっ、ということは消去法だったのですか」

「まあそうとも言えるかも。でも連休明けに開かれた検討会で、最初は誰も意見を明らかにしなかった。しびれを切らした松神会長が『ではISTジャパンの提案を是《ぜ》とされる方は？』と委員たちに聞いたの。その時はっきり挙手して賛同を示したのは、私ともう二人しかいなかった」

「ほかの委員の方は？」

「要は棄権しようとしたのよ。賛成もしないが反対もしない。あまりに思っていたのからかけ離れた提案にどう判断していいのか分からず、責任放棄したのね」

「でもそれなら、テレビ公民連合の方を積極的に支持することもあり得たのでは……」

葉山は強く首を振って答えた。

「それはないわ。だってそちらに決まったら、大会はメディアの半分以上を敵に回すことになるのよ。せっかく開催しても、まるで報道してもらえないじゃない」

なるほど。なぜそれに気づかなかったのだろう。提案後に他系列のメディアが見せた激烈な反応が、その通りであることを示していた。

要はどっちにも乗れなかったということか――。

不吉な想像が一斗を襲った。

「そうしたら、ユビタス委員長が一喝したのよ。『キミたちはトウキョウ大会をやる気がホントにあるのか？』ってね。大半の委員はそれを聞いてムッとした顔をしていた。委員たちですら、押し付けられたって意識がまだ強いからね」

一斗の中でまた沸き上がっていた靄《もや》が濃くなった。

「松神会長は苛立って『とにかくここは決を採るしかない。どちらの案を支持するか全員、明確に意思表示してください』と申し渡したの。それだけじゃなく『もしどちらにも賛成できないと言うならば、ご自身の代案を出すか委員を退くかしてもらいます』とも迫った」

その脅しは有効に働きそうだった。何としても早くどちらかに決めなくてはという松神の、会長としての意志が少なくとも窺えた。

「でも私は、このままだと今の委員たちに抵抗の少ない公民連合に決まってしまうことがありそうだ、と思った。だから、『決を採るのはよいですが、その前に少し議論をしませんか』と提案したの。年寄りの議員から、生意気を言うなって感じで睨まれたけど、私もこの際、頑張らなきゃと思って」

結果からみるとその葉山の粘りが功を奏したようだ。そうならば、最大の恩人として深く感謝しなくてはならない。

「初めは公民連合の提案を支持する意見が出て、マズイなって思った。有名な女性アナをプレゼンテーターに起用した作戦が見事に当たったのね。無難な内容っていう以外に、鼻の下伸ばして『七條さんや中澤さんにも組織本部に入ってもらえばいい』なんて与太話を言うヤツもいたくらい」

「やっぱりそうでしたか」

「そうしたら、ユビタスがまたキレたの。『何も改革をしないオリンピックになるんだったら、ロサンゼルス市民、アメリカ国民に対して顔向けできないじゃないか』って、いきり立った」

ふだんはにこやかだが、「瞬間湯沸器」でもあると聞くユビタスの顔が一斗の頭に浮かんだ。

「それにまたカチンときた委員たちが、『委員長がそこまで言うなら、勝手にやれば』っていう感じになってしまったのよ。もう、投げやりね」

「まさか、NOCは今後関知しないってことですか」

「そこまでは言わないけれど……。みんな自分のNOC委員っていう肩書は大事にしたいし、自国でやる大会の組織委員長と正面からコトを構えたくはないわね」

「ということは……」

「そう。実際に多数決を採ったら引っくり返ってた。僅かな差だったけど、ISTジャパンの案が勝ったの」

守旧派の委員たちの中には、ユビタスに靡《なび》かない者も少なからずいたというわけだ。だが委員長の顔色だけ見てこちらの案に賛成した委員も多かったことになる。

「まあ、結果としてユビタスのお手並み拝見ってことになったわけ。踏み込んで言った松神さんだって怪しいものよ。自分の責任で決めたくないから、多数決に持ち込んでなんとかしたという感じもする」

その葉山の言葉通りならば、こちらの提案が賛同を得て承認されたと言うには程遠い結末だ。

ひと筋差したかに見えた光明が、見る間に薄くなっていく。

困惑する一斗の胸の内を読んだように葉山が言った。

「そうね、何人かの委員は近々辞表を出すと思う。後の委員はとにかく様子見ね。うまく進みそうになったら急に調子よく、初めから賛成してたような顔をし出すかも」

嘆かわしい。代替《オルタナティブ》とは言え、日本でのオリンピック開催に一次責任を持つはずのNOCがそのような風見鶏の委員たちで占められているとは――。

その当事者意識の低さに一斗は強い憤りを覚えた。

「でもともかく正式決定はしたのよ。文書で返事もらったでしょ」

「はい。それは確かに」

一斗はその文書を受け取ったのが、NOCの松神会長からでも他の委員からでもなく、一介の事務職員からだったことを思い出した。

「だから、もう後戻りはあり得ないの。やらなきゃならないのよ。お手並み拝見されているのは、実は猪野さん、あなたよ」

そう言うと葉山は、一斗の両手を握った。唇を引き締め、頷いて見せながら言った。

「ともかく、おめでとう。ここからが勝負よ」

ニュースは瞬く間に世に飛び交った。NHA、セントラルテレビは悔し紛れなのか、片隅で『二〇二八東京オリンピック実施体制決定』とほんのひと言報じただけだったが、その他のメディアは予想外に大きく扱った。NOCの公式サイトには、『大会開催要綱』とタイトルを変えた一斗らの提案の骨子がアップされた。

ある経済紙の記者から一斗は電話取材を受けた。

「このプランは、つまりオリンピックとその周りの人間をドカンとリストラするってことですよね」

記者の言葉に、「それはなかなか言い得て妙だ」と一斗は思った。

「その通りです。ただし単なる整理縮小を指すリストラではありません。本来の意味、再構築《リストラクチャ》においてですが」

だから「ドカンと」という破壊を想像させる形容は当たらない、と胸の中で呟いた。

そうだ。自分たちは一九世紀から続いてきた近代オリンピックを、再構築してみせるのだ。圧倒的に幅広い人が参加できる予算調達の仕組みと、最先端のＩＴとを駆使して――。

そう考えると、旧来の考え方に囚われている、あるいは自分の意志を持たないＮＯＣ委員など関与しない方がむしろ好都合だという気もしてきた。

川端駿太からは、ＬＩＮＥでビデオ通話が入った。

「猪野さん、おめでとうございます。『新しい五輪』の実施計画、見ました」

毎日のトレーニングで日焼けした顔の川端が言った。

「ああ、ありがとう。どうかな、選手から見ると……」

「あの……恥ずかしかったです」

恥ずかしい？　どういうことかと一斗は訝った。

「っていうか、目を見開かされた思いがしました」

川端は言い直した。きっぱりした口調だった。

「正直、僕は自分が頑張ってメダルを獲ればいい、記録を出せばそれでいいとばかり考えていました。でも、オリンピックってそうじゃないんだって初めて気づかされました」

「というと？」一斗は耳を傾けた。

「猪野さんの会社が掲げた体験《エクスペリエンス》の重視とか、クラウドファンディングの実施とか見て、気づいたんです。応援してくれる人たちがいるから、僕たちは競技をやってられるんだって。僕たち競技者と、観る人、クラファンで支援してくれる人が一体になってつくり上げるのが、今度のオリンピックなんですよね」

その通りだ。選手、観客、運営が三位一体となったオリンピック——。

自分たちが練り上げて、決定を見るに至った計画の本質を、選手の側の川端が見事に理解してくれている。しかも共感をもって受け止めてもいる。一斗はそのことに強い感銘を受けた。

「素晴らしいことだと思います」川端が目を輝かせて語った。

「猪野さん、僕たち選手もメダルや記録のためだけでなく、その一体感を共につくり上げるために頑張りたいと思います。僕たちにやれることがあったら何でも言ってください。できる限り協力しますから」

川端に感激と感謝を伝えようとして、一斗は一瞬、声を詰まらせた。涙が込み上げてきたのが、向こうの画面に映ってしまったかもしれない。それを恥じて取り繕う気持ちはなかった。

翌週、ＩＳＴジャパンは「二〇二八東京オリンピック組織本部」と業務委託契約を正式に締結した。

一斗の会社にとって二〇二八年のオリンピックは、準備と本番の実務全般を請け負うことで適正なフィーを受け取る正式な業務になった。二〇二〇の組織本部から連広に流れた金額とは比べるべくもないが、会社のすべての人的・時間的資源《リソース》を充てて掛かるのが当然の規模だった。

「無事に任務をやり終えるまでは、よその仕事に手を出す余裕はないぞ」と高屋に釘を刺されるまでもなかった。

同時に一斗は、組織本部が新設した「事務局長」に任命された。組織委員長ペーター・ユビタス・ジュニアの裁断により、松神NOC会長の名において発令された人事だった。

松神は「あんた方の提案には本当に驚かされた。けれどもこれしか道はないというユビタス委員長に押し切られたよ」と言って一斗の手を握った。かつての体操メダリストの割には控えめと感じられる力だった。

結局、松神が賛同組だったのか、葉山の言う通り様子見組に入っているのかは分からなかった。当初「公開する」とされていた選定過程も、大まかな経緯が組織本部から事後リリースされただけで、提案会の映像が世に出ることなどはなかった。

ともかくも組織本部事務局長として、一斗はさっそく仕事に取りかかった。

最初の大仕事は、『実施大綱』を言葉からアクションに移す組織づくりだった。

ふとした思い付きで言った『マエ《MAE》を向く五輪』の語呂を活かし、「M局」「A局」「E局」の三チームを立ち上げた。それぞれ「Money：予算・財政」「Athletics：競技・選手」「Experience：観客の体験」に関わる業務をすべて行うとし、事務局長の直下に置くシンプルな構造にした。名称の意味も役割も不明な部局が多く並んでいた二〇二〇東京の組織本部とは真逆の形になった。

M局のヘッドには銀行から転職して来た今関英作を充てた。

その上で「クラウドファンディングについては、正式にキザシ社と契約してオマエが仕切ってくれ」とエイミーに命じた。A局の長には経験もあり重しの利く高屋を就け、E局は藤代をトップに据えた。

再び人材募集を掛けて各部門のスタッフを充実させると同時に、アメリカ本社からも応援の人員を呼び寄せた。これによってISTジャパンの社員数はいっきに三〇人を超え、今後も増えることが確実になった。

同じビルの直上階にたまたま空いているフロアがあったため、そこも借り増ししようとしたが、「この際先行投資して、一〇〇人になっても大丈夫なキャパのオフィスにしておきましょう」という今関の進言を受け容れ、隣のビルに移ることにした。

増えたとは言え現在の社員数ではまだ余裕があり過ぎるオフィスのスペースを眺めながら、一斗は「後戻りはない」という葉山早百合の言葉を噛み締めた。

さらにその上で、M、A、Eそれぞれの分野の現場を担う専門スタッフを探すのも急がねばならなかった。ISTジャパンが組織本部と契約し、人材をいかに充実しても、自社ですべての業務を賄うことはとてもできない。専門性を有する他の企業とのアライアンスが不可欠なのは、走り出す前から分かっていた。

とは言え単純に下請けに入れるのでは、「二〇二〇大会の連広がIST社に替わっただけ」と言われるのがオチだ。そこで、業務ごとに細かく切り分けて公開入札を行い、すべてにISTジャパンの社員が関与、費用は「成果確認後支払い」にするという原則を厳格化した。

新しく転職してきた社員たちは、

「手間がかかり過ぎます」

「ここまでやらなきゃいけないんですか」

と不満顔を見せたが、

「そうなんだ。新しい形のためには、ここまでやらなきゃいけないんだ」と一斗は譲らなかった。

国内の大手広告代理店などが入り込む隙は根絶されていた。「組織本部が外資化されたため」とマスコミでは報道されたが、一斗は「あくまで透明性を高めるためです」と事あるごとに説明していた。

だがその結果、一斗は自分が虎の尾を踏んだことを知った。

ある日、弘朋社の谷脇から呼び出しを食らった。

「テメエ、自分が何をしたかわかっているのか！」

役員室の獅子像の脇で谷脇は凄《すご》んだ。以前の「オマエ」という呼び方が「テメエ」に変わっていた。

「何のために日本法人のトップにつけてやったと思ってるんだ」

やはりそうだったのか、との思いが一斗の中で固まった。

「いいか、吠え面かくなよ。絶対にひっくり返してやる。テメエの会社なんかぶっ潰すのは簡単なんだ。二度とスポーツ業界でも生きていけないようにしてやる」

そう言うと谷脇はいきなり火のついた煙草を一斗に向かって投げつけた。

「何するんですか！」

一斗はすんでのところでそれを避けて、さすがに怒声を上げた。

「あなたは僕を世界有数のスポーツマーケティング会社の日本責任者に推してくれた。そして、ミッションを果たせなければ居所をなくしてやる、と迫った。だから僕は新しい会社で必死に仕事をしてるだけですよ。自分のやり方を貫いてですが」

そしてようやくここまで来たのだ。もちろんそれが谷脇の意に沿わない方法だったことは認めるが――。

「期待に応えたって誉めてくれるならまだしも、いったい何がそんなに気に食わないんですか」

一斗がかました嫌味に、谷脇はもはやチョイ悪などでなく、般若のごとき形相で言い放った。

「ふん、好きに言ってやがれ！」

それはこっちのセリフだ。

自分はもう谷脇や弘朋社の操り人形ではない。

二度とこの部屋を訪れることはしない。そう心に決め一斗は谷脇のもとを足早に去った。

直後に背後で激しく物が割れる音が響いた。今度はガラスの灰皿でも飛んだのだろうか。

数日後、「猪野の野郎、絶対に抹殺してやる」と谷脇が銀座のクラブで喚《わめ》いていたという噂が伝わってきた。


一方で一斗が、「組織本部の外につくることをぜひ検討してほしい」と松神会長に懇請したセクションがあった。

それは独立して組織本部の業務をウォッチする監査委員会《オンブズマンボード》だった。メンバーは元アスリート、法曹、教育関係者などから人選する原案を松神に手渡した。

それは一斗にとって、二〇二〇大会の無意味な膨張と不正を繰り返さない、繰り返させないという誓いの宣明であり、自ら戒めておくための枷《かせ》でもあった。

2

動き始めた組織本部に対して、メディアの論調は割れていた。まだ「オリンピックなどいらない」という声が世間で根強いことを反映して、素直にエールを送るものはほとんどなかった。

NHAと組むという冒険の果てに競合に敗れたセントラルテレビが、最も激烈に批判したのはある意味、当然と言えた。

「このような時計の針を逆に回す実施方法は、五輪発展の歴史を踏みにじるものだ」と恨みを込めて難じていた。

他方、かつて「市民目線」とISTの提案を評価した関東テレビは、一風異なる論を掲げた。

「変革を起こすのは『よそ者・若者・馬鹿者』だという説がある。外資企業の日本法人が『よそ者』であるのは間違いない。事務局長に就いた猪野一斗氏はじめスタッフは、これまでの組織本部幹部と較べると明らかに若くもある。問題は、そのスタッフが因習にとらわれず大胆な改革をもたらす『よい馬鹿者』であるか、現実を見ず無謀に突っ走るだけの『悪い馬鹿者』に過ぎないのかだ」

こちらは一斗たちの実行力を見極めようとしているとも見え、突き放しているとも感じられた。

そうした中で、一斗の印象に残ったことがあった。それはテレビ東朝の『NL10』の中で起きた。

　メインキャスターの遊佐克己は、相変わらず東京での五輪再開催に全否定の意見を述べ続けていた。遊佐のその頑なさに対しては、一斗はある想いを持つに至っていた。

　遊佐がジャーナリストとして活躍し、人気キャスターを張っていられるのは、「反対すべき事象」が世の中にあり続けるからだ。もしそれがすっかり無くなって、遊佐が称揚するクリーンでフェアを極める社会になったとしたら、遊佐は逆に仕事を失うのではないか。

　ひねくれた考えに過ぎるかとも思った。だがそう感じざるを得ないほど、遊佐の発言は徹底していた。

　ある夜、ゲストで番組に登場したひとりの識者が、遊佐に求められて発したコメントに一斗は注目した。

「私はね、東京開催と決まったのに組織本部の長が外国人なのはおかしいと思うんですよ」

　そこに一斗は、反対論に凝り固まったままの遊佐とは微妙に違うトーンを感じた。そして、「この指摘はかなり共感を集めるのではないか」という気がした。

　一斗の頭に閃いたものがあった。さっそく葉山早百合に会って懇願した。

「組織本部の共同委員長に就いてください」

　葉山は驚いた顔をして、自分はそんな器じゃない、と言って固辞した。また、「共同なんてワンマンのユビタス委員長が認めないでしょう」とも言った。

「だいいち東京でやってもアメリカ側が仕切るというのが、あちらの本音なのじゃないかしら」

　けれども一斗はユビタスが、「サユリが力を貸してくれるなら百人力だ」と語ったことを忘れていなかった。その時は副委員長に就いてもらうことを想定していたが、まだ正式に就任していなかった。いっそこの際、一段格上げして「共同委員長」とする。そのことで、国内の世論がポジティブな方向へ動くなら、ユビタスも受け入れるだろうという確信があった。

思った通りユビタスにその案を話すと、もろ手を挙げて賛同した。驚いたことには、ハワード大統領にもWOCモルゲン会長にも即刻電話し、賛同を取り付けたという。

電光石火の早業で外堀を埋められた格好となった葉山は、「やられたわ。技あり、だわね」と、渋々ながら共同委員長を引き受けることになった。

その人事は、政財界からも一様に歓迎された。何しろ、葉山は二〇二〇東京大会に批判的だったために進んで表に出なかったとは言え、もともと国民的大スターなのだ。

かつて葉山が一期だけ国会議員をやった時、政界に呼んだのが樫木現首相と近しい当時の党幹事長であったこともプラスに作用した。樫木はわざわざ、「葉山早百合さんの組織本部共同委員長就任を心より歓迎する」という談話を発表した。

「二〇二八東京五輪を日本国民の手で成功させるために、誰よりも強力な援軍だ」と付け加えた樫木の顔には、その時まで自身が政権を握り続ける意欲が明瞭に浮かんでいた。

伝統体制の側からも拍手をもって受け入れられ、「葉山共同委員長」はスタートした。

翌週、日本新聞が行った世論調査では、「二〇二八東京オリンピック開催に賛成」の意見が四二パーセントと、初めて「反対」の四三パーセントに拮抗した。

それはいやしくも政権に近い側の新聞として、世に根強い反対論をどうにか好ましい方向にシフトさせようとする意図的な記事とも感じられた。

風向きが変わった——。

葉山の共同委員長就任がそれを変えたのなら、またしても開催実現への「最大の恩人」度が高まったと感じずにはいられなかった。

新体制が動き始めて、一か月が経った。

一斗が頭を悩ませている新たな問題があった。

それは、Ｍ・Ａ・Ｅ三局のヘッドやサブヘッドに就けたＩＳＴジャパン創業メンバーよりも、新しく入ったスタッフのほうが経験も知見も豊富であることだった。即戦力として採用したのだから当然と言えば当然だった。

藤代、エイミーの二人に関しては、年齢もほとんどの部下の側が上という状態が生じている。

「先に入ってたからって、なんでアイツのほうがポストが上なんだ」

そう不平を漏らす声も聞こえてきた。先任社員がいることを承知の上で入社して来たとは言え、海外でＭＢＡを取ったり専門キャリアを武器にしたりしてきた人材にとっては面白くないに違いない。目の前の業務に脇目も振らずに食らいつく期間が過ぎると、どことなくモチベーションを落としたと感じられる社員が目に付いた。

特に外資系企業をいくつも渡り歩いてきた社員の中には、早くも次の転職先を探していると見受けられる者もいた。

「新メンバーを役付きに引き上げた方がよいのだろうか」

そう思いもしたが、それでは今度は藤代やエイミーが面白くないだろう。弥縫《びほう》策としてポストを増やすような技に出ては、それこそ二〇二〇大会の悪弊を踏襲することになってしまう。

「外資系渡り鳥」のモラルの源泉が評価であることは、一斗も話に聞いて知っていた。結局のところ、細かく査定して給与に反映させる以外、彼らを前向きに働かせ、成果を生ませる方法はないというのが一斗の結論だった。

だがその成果こそ、容易に生まれるものでないと思い知らされた。

ある日、M局長の今関がエイミーを従えて一斗のもとにやって来た。二人とも暗い顔をしている。エイミーが口火を切った。

「クラファンが全然集まってないの」

久々に聞くエイミーのタメ口だった。

予算全般を担うのは今関だが、クラウドファンディングに関してはキザシ社を連れて来たエイミーに実務の責任を負わせている。

募集開始に際して、クラファンには与えられる返礼の種類に応じて、細かく条件となる金額が設定されていた。

購入型では、いずれかの競技の観戦チケットが与えられるコースは二枚ひと組一〇万円を一口とし、二口以上の出資者にはチケットに加え五輪オリジナルグッズが提供される特典が付けられていた。

また寄付型の方では、大会ボランティアに参加できるコースがやはり一〇万円からと、できるだけ裾野が広くなりそうな金額に設定された。それに海外のＷＯＣ委員をホームステイさせる権利が加わると三〇万円。そして最後に高屋の発案で追加された、聖火リレーに参加する権利は二〇万円となっていた。

その集まり方が思わしくないという。

「どんな感じなんだ」

「募集を始めて二週間になるんだけど……」

エイミーがタブレットの画面を見せた。

「まだ一〇〇口ちょっとしか集まってない」

一一〇〇万円を少し超えただけの金額が表示されている。

一五〇〇億円とした予算総額のうち、国と東京都、NOCの負担する額を合わせて五〇〇億円とし、残りの一〇〇〇億円をクラウドファンディングで集める目標に設定していた。つまり一口一〇万円として一〇〇万口の出資が必要だった。その期待を「一〇〇万人の五輪ファンド」の名に込めたのだ。

現状、その一万分の一とは……。

「寄付型の方はゼロ。購入型も、グッズとチケットがセットで提供される二口以上の出資者はほとんどいない」

「企業のクラファン応募も今のところ皆無です」今関が横から口を挟んだ。

「このままだといくら規模を縮小しても、開催自体が画《え》に描いたモチになります」

眉を寄せていかにも深刻な表情をしている今関には答えず、エイミーに聞いた。

「まだ始まったばかりだからじゃないのか」

「それも無くはないと思うけど……キザシのユリナの方でも、おかしいなあって言ってる」

「おかしい？」

「うん。キザシは、いいクラファンがあったら進んで出資しようとしている会員を三万人くらい抱えてるの。魅力ある案件だと、一〇日で目標額の半分、ひと月あれば目標額を悠々クリアできることも珍しくないらしい。それなのに……」

「このクラファンに魅力がないということなのか」

その見込み違いをしていたとしたら最悪だ。ぶち上げた「ＭＡＥ」の大前提が崩れてしまう。

「全額集めきるしかない」と言い放った自分が、「それみろ」と吊るし上げられている気がした。

今関がおずおずと言った。

「思うんですけど、やっぱりチケットを受け取れる競技を選べない、というところに問題があるんじゃないでしょうか」

それは準備段階でずいぶんと議論した点だった。

もちろん、見たい競技を指定して出資を募る方がダイレクトな効果に結び付くことは分かり切っている。だがそうすると、人気の競技と不人気の競技がどうしても出てくる。観客席が埋まらない危険を冒すよりは、入りを平準化するために、「出資一口につき何らかのチケットを二枚受け取れる」としておいた方がよい。それが、悩んだ末の結論だった。

「せめて第一希望から第三希望くらいまで書けるようにしておけばよかったのかも」とエイミーが俯《うつむ》いて呟いた。

「あるいは、競技をグループ化して選べるようにするのはどうでしょう」

今関が新しいアイデアを言った。

「人気が出そうな競技とそうでないのを交ぜておいて、出資者はどれかのグループを選ぶようにするんです」

「それはいい考えのような気もするけど、かえって人気競技と不人気競技をハッキリさせることにならないかな」

「猪野さん」今関が苛立った声に変わった。

「そんな悠長なこと言っている場合じゃないんです。いま手を打たないと応募者数は地を這ってるままですよ」

「わかった。何らかの対策は取るとしよう。キザシの方にもいい知恵がないか聞いてみてくれ」

「もう聞いてはいるんだけど……もう一度、話をしてみるね」

エイミーが珍しく力なく答え、その会話は終わりになった。

問題の最大原因は、新しいクラウドファンディングの認知度がまるで不足していることだ。それは明らかだった。

どんなによい商品やサービスを世に出したところで、知られていなければ存在しないのと同じだ。それは弘朋社の営業時代から、一円でも多くの広告予算を得意先から引っぱり出すのに駆使してきた論法だった。今、その「知らせる原資」の用意を迫られる立場に自分がいるのは、なんとも皮肉だった。

クラファンの低調を挽回するには、それなりの広報予算を掛けて周知する必要がある。当然のことだが、その費用の手当て自体、財政基盤《ファンド》が成立しない限り不可能だ。絵に描いたような自己撞着《どうちゃく》だった。

翌日の朝、東朝新聞を開いた一斗は、そこに『五輪のクラファン絶不調　目標額の一万分の一』という大きな見出しを見た。

組織本部としてはまだ出資の集まり具合を公表していない段階だ。だが例えばキザシの会員であれば、出資先を検討するために進行中のクラファンと進捗具合をサイトで見ることができる。記者はそれを見て書いているのかもしれなかった。

記事には『現在集まった額はわずか一〇〇〇万円強　達成率〇・〇一%』『謝礼の魅力不足が要因か』の文に続き、『このままでは到底目標を達成できないと、取材に応じた関係者の顔は暗かった』とあった。

遠慮会釈のない筆致。だがその情報源として、誰かが取材され、勝手に答えている。危機感に煽られた今関か、その部下あたりかもしれない。

透明性を高めることを組織本部のあり方として最初に決めた以上、取材が入ることは拒めなかった。けれども個別に、無原則に行われるのは避けなければならない。クラファンの立て直しを図る必要もさることながら、組織体としての情報発信の体制を整えるのが急務だと一斗は感じた。

東朝新聞の記事を受けて、テレビ東朝の昼のワイドショーでは、『資金集めに国民がソッポ』『超不景気の28《ニッパチ》オリンピック』と揶揄したコーナータイトルが躍った。

コメンテーターを務めるタレント弁護士が、「やっぱり個人の出資に頼るなんてムリですよ。企業からがっぽりスポンサー料をもらわないと」と、かつて二〇二〇大会を思い切り批判したことなど忘れたような発言をしていた。

さらに公民連合の一角として敵方であったセントラルテレビでは、ニュースキャスター自身が皮肉を込めて言った。

「組織本部はこのクラウドファンディングに、『一〇〇万人の五輪ファンド』などと名付けていました。これでは成功の当てのない『笑止千万』ファンドとでも改名した方がよいかもしれません」

どいつもこいつもいい加減なこと言いやがって――。

一斗は胸の内で舌打ちしたが、抗弁する術《すべ》を持たなかった。そして思った。

こうした声が決定的に広がらないうちに、本当に何か手を打たないと。ユピタスも早晩何がしか言ってくるだろう――。

一斗は胸がひりひりするような焦りを覚えた。


だが、焦燥感を募らせる一斗の前に傲然《ごうぜん》と現れたのは、ユピタスではない別の人物だった。

アメリカの大富豪の名をとって「トランプ王子」のあだ名で知られる日本のIT企業経営者、寅羽伸《とらうしん》が突然声を上げたのだ。

「五輪のクラファンを丸ごと引き受ける。一〇〇〇億円など朝飯前だ」

IT経営者らしく寅羽は自身のYouTubeチャンネルで発表し、さらにネットニュースの記者を集めてそう豪語して見せた。

もっとも寅羽がIT業界の大物と囃し立てられていたのは、もう二〇年ほども前のことだった。当時「放送と通信の融合」という時代のキーワードに乗って、寅羽は金に糸目をつけず民放キー局の買収に動いた。ところがその言動は保守的な政官財三界の逆鱗に触れ、「ネット界の風雲児」は、株の強引な取得をめぐる証券取引法違反容疑で逮捕・収監された。

その後は自分の会社、トランプJPを通じて宇宙開発に手を出したり、IT大学の設立に動いたりと、バブルな投資家ぶりばかりが目立つようになった。世間では次第に「お騒がせな虚業家」としてしか見られなくなっていた。

「聖火リレーの最終ランナーも自分がやる」などと寅羽は嘯いていた。あの弛《たる》んだ腹で最終走者を務め聖火を灯されるなど、災厄以外の何ものでもない、という懸念が組織本部を襲った。

寅羽のそうした発言は、一斗にとってもユビタスにとってもまさに寝耳に水だった。とは言えその突飛な言い草を聞いて国民の多くが思ったのは、「トランプ王子なら本当にやりかねない」ということだった。

スポーツ紙は『トランプ王子、五輪を買い占め』『五輪の救世主か、トランプJP』と面白おかしく書き立てた。一方で一般紙は、『資金計画の甘さが招いた失態』『異端者の売名に五輪を利用させるな』と冷徹な論調で反応した。

けれども一斗がまず感じたのは、寅羽はユビタス体制を潰しに来たのだ、ということだった。目立ちたがりの売名行為や名誉欲の発現であることは間違いないが、それ以上の狙いがある。二〇二八大会を支える「E」、すなわち体験《エクスペリエンス》の部分をそっくりユビタスの会社から奪い取るのが主目的なのが見えていた。

その意味では、寅羽はまだIT経営者であり続けていた。それも超大物の――。

当然ながらユビタスは猛然と反発した。

「トラウがクラウドファンディングに出しゃばって来るのを絶対に阻止しろ。一口たりとも出資させるな」とメール、電話、ＳＮＳとあらゆる手段を駆使し一斗に命じてきた。

「トランプ王子に出資させて、それをユピタスの会社が開発費で使えばいいんじゃない？」と言った葉山早百合の意見には、さすがに楽天的過ぎると一斗は首を横に振った。

困っている相手を前にして助け舟を出すような人物では、寅羽は決してない。逆に足もとを見て、自分の利益に結び付けることだけを考える投資家の典型が寅羽なのだ。

ユピタスは日を追うごとに苛立ちの度を高め、口走った。

「クラウドファンディングなんか止めちまえ。ソニック電子やトモダにスポンサー料を払わせた方がまだマシだ」

かつて「エクセレント！」と評したことを忘れ、そう血迷うほどにトランプ王子の介入は脅威だった。

唯一、一斗らにとって救いだったのは、世間の空気が寅羽に対し極めて逆風《アゲンスト》だったことだ。

「そんなにまでして金儲けしたいのか」

「過去の栄光にいつまでしがみついてんだ。みっともないったらありゃしない」

悪口雑言が寅羽のＳＮＳに浴びせられ、トランプＪＰの公式アカウントは炎上した。

組織本部は応急的な措置として、『出資は当本部の二〇二八大会開催理念に賛同することを条件とします』という、それまでクラファンのサイトに目立たなく表記されていた条項をトップに大きく掲げた。

寅羽の狙いがその理念に反するとして、強引に手を出してきた場合に拒否するための根拠としたのだった。

それに対し寅羽は、逆にその規定の無効を求めて裁判所に仮処分申請を起こし、あくまで出資する構えを見せた。

ただでさえ人手が足りないＩＳＴジャパンは、法廷闘争にまで対処を迫られかねない非常事態に直面したのだった。

３

その週のある日、オフィスでエイミーがひと綴じのペーパーを持ってきた。

「カズト、こんな提案が東朝新聞から来てるんだけど」

受け取ってみると『２０２８東京五輪応援企画』とあった。

あの東朝新聞が、応援――？

強い違和感を一斗は覚えた。

エイミーは「読んでみて」と言っただけで、そのまま席に戻って行った。

ペーパーをパラパラとめくってみた。それは、新聞紙面を使った広告の企画書とわかった。

「企画趣旨」と書かれたページは飛ばした。実際の広告案が載せられている次のページがもう透けて見えたからだった。

そこにあったラフ案を見て、一斗は目を見張った。

競泳の宇恵梨々子《うえりりこ》、柔道の新井《あらい》兄妹、体操の外原翔《そとはらしよう》、スケートの本庄恒矢《ほんじようつねや》……。名だたるアスリートが大きく並んでいる。年齢の差はあるが、いずれも最近の夏季・冬季五輪で日本のメダルラッシュに貢献した選手たちだった。それぞれが発するメッセージが顔の横に書かれている。

まず宇恵梨々子。

「私たちは、二〇二八年の東京五輪クラウドファンディングを応援することに決めました。私自身も出資します。皆さんにも広く支援の輪に加わってくださるよう呼びかけます」

そして柔道の、新井和三《かずみ》と歌乃《うたの》の金メダル兄妹。兄は階級を一つ上げ、妹は元の階級で現役続行中だ。

「四年前、無観客でも私たちを支えてくれたのは全国の皆さんからの応援の声でした。再びの東京五輪でそれをはっきりとした形にするお手伝いを、私たちができればと思います」

そしてひとり褐色の肌で、月に向かって弓を引くポーズで写っている選手がいた。二〇〇九年から一〇年にかけて一〇〇メートル九秒五台の記録を量産した「世界最速の男」。ジャマイカのフサイン・ウォルティスだった。

「I'm so happy to support the crowdfunding for 2028 Tokyo Olympic games.」

分かりやすい英語でメッセージが添えられている。

これは何なのか。

改めて前の「企画趣旨」のページに戻って読んでみる。

『二〇二八東京オリンピックの開催財源となるクラウドファンディングが順調に集まっていないと、先日報道がありました。このことに関し、東朝新聞社には、現役・引退を問わず内外の、多くのアスリートの方々から「実現できるのか心配だ」「何か自分たちが力になれないか」という声が寄せられています』

思いがけない文章に一斗は眼を奪われた。動悸が早まるのを感じながら先を読み進む。

『開催の決定、実施方法等について国民の間にさまざまな議論があるのは事実です。けれども私たち東朝新聞社広告局としては、そうした純粋なアスリートの思いを無にしてはいけないと考えました。お聞きしてみると、自らクラウドファンディングに参加したいと表明するレジェンドの方も日増しに増えています』

何行か飛ばして、文尾の数行に眼を移した。

『こうしたメッセージを読者の皆様に発信し、クラウドファンディングの輪に加わっていただくよう呼びかける広告を企画いたしました。大会組織本部におかれましては、弊社の意のある処《ところ》をお汲み取りいただき、広告出稿についてお認めいただくことをお願い申し上げます』

一斗は読み終わって、ほう、と息をついた。

要はアスリートの声を用いて、絶不調なクラウドファンディングに参加するよう読者に呼びかけ、募金額を上向かせることを狙った広告案なのだった。その実施を、東朝新聞の広告局が組織本部に提案してきている。

再び広告案のページに眼を戻す。最上段に、

『二〇二八東京大会の「一〇〇万人の五輪ファンド」を応援します』

というコピーが大きな級数で付けられていた。

察するに、集金が低調なことだけでなく、トランプ王子の乱暴な動きに反発したアスリートたちが立ち上がる機運が生まれた。それをビジュアルにまとめて表現したということだろう。

「いや、それは有難いけど」というのが、まず一斗の中に浮かんだ反応だった。

あの社説や報道記事で辛辣な言葉を並べ立ててきた、東朝新聞社が——。

別のラインではそういう行動を取るのか、と率直に驚くしかなかった。この企画書の出所は広告局だ。ひとつの新聞社の中で、論説委員室や編集幹部とはまるで相反する動きをするのか。

そう言えば東朝新聞は、二〇二〇年五輪が一年延期の末に無観客で強行開催となった際に、唯一『再延期か中止を』と社説で論じた社だった。それに対し、編集局のスポーツ担当や広告局、事業局などからは猛然とした突き上げがあったと聞く。社内でもそうしたあからさまな対立が起きることはあり得るのだ。

そもそも二〇二〇大会では、東朝、日本、中央経済新報など有力な新聞社が揃って大会スポンサーに名を並べるという前代未聞の事象が起きていた。

新聞がオリンピックを応援する最大の手段は広く詳しく報じることのはずだ。ところが各社は、何十億円という協賛金を払ってスポンサーにまでなっていたのだ。実際大会が蓋を開けたら、各紙の報道は加熱し、メダルの数をひたすら追いかけた。各社とも横を見て、報道で不利な立場に置かれないようスポンサーに名を連ねざるを得なかったというのが本当のところだろう。

その上でだから、むしろ社説で開催反対論を打《ぶ》つ方が、社外からも「一貫性がない」と悪口を叩かれても仕方なかった。

もしや、今も同じことが起きているのか。

再びラフ案に眼を落とす。ほかにもいくつか線で描かれた顔や全身のイラストがあった。名前もメッセージの言葉も「□□□□」と、まだ文字が書き込まれていない。それは「出せるといいな」という希望的観測の段階か、あるいは現在交渉中の選手ということかもしれなかった。

「だけど、広告だろ」思わず一斗は独り言を言った。

「広告料はどうするんだよ」

以前クラウドファンディングの認知度が低いという問題点に気付いた時、広報するための費用がまた無いというジレンマに歯ぎしりしたことを思い出した。

この掲載費はいったい誰が出すのか。

もう一度ラフ案を見つめてみる。企画書でなく、この広告自体の主語、すなわち広告主はどこになっているのか。

上辺の隅に「企画・制作　東朝新聞広告局」と明記してある。

新聞社の自社企画というわけだ。それなら費用は、代理店が紙面を買って出す広告よりは安上がりになるだろう。新聞社は近年、魅力的な紙面づくりのためにデザイナーも多く抱え込んでいるから、代理店が制作するのと遜色ない広告を作ることも可能になっている。

それにしても――。

ようやく企画書の片隅に、『費用について』という一行を見つけた。

『広告制作費・掲載料に関しましては、本広告の目的が達せられ、クラウドファンディングが目標額に達したと確認された際にご請求させていただきます』

再び驚きをもって、一斗はその一行を見つめた。

天下の東朝新聞が、広告費は成功報酬でいい、と言っているのだ。組織委はお墨付きだけ与えてくれればいい、と。

それは社としての、この広告を何としても出したいという強い意欲と受け取れた。一方で「それほど広告集めに困っているのか」とも感じさせた。

言ってみれば、東朝新聞は自らの広告面を使ってギャンブルを仕掛けているのだ。

もちろんこうして提案してくる以上、顔を出しているアスリートたちには内諾を取っているのだろう。アスリートに接触するルートは、取材を通じていくらでもあるはずだ。

例えば、気心が知れた記者がクラファンの窮状を彼らに明かして「このままだとせっかく決まった五輪を開けなくなるかもしれない。出られなくなってもいいのか」と説得する。危機感を持ったアスリートがそれに呼応し、互いに声を掛け合って動いた。そう一斗は想像した。

つまり報道部門の中でも、スポーツ担当のセクションはこの件に深く関わっているに違いない。

そうは言ってもバラバラな動きでは、こうした企画にまとまることはないように思われた。誰か強力に旗を振る人物がいたはずだ。その誰かが、知名度抜群のアスリートたちに呼びかけ、共にクラファンの支援に加わるよう説いて回った。とすると、その大物は誰なのか。

ある人物の顔が、くっきりと一斗の頭に浮かんだ。

気付くとエイミーが傍に戻って来ていた。

「これ、詳しく説明を聞きたいから新聞社の人に来てもらってくれないか」

エイミーにそう告げると、一斗は再び企画書を読み込みに入った。


その二週間後、東朝新聞の朝刊に全面広告が掲載された。

ラフ案にあったアスリートの肖像やメッセージは、ほぼそのままデザインに組み込まれていた。違ったのは、ラフではフォント文字だったメッセージがすべてアスリート自身の肉筆になっていることと、全員が二〇二八大会の公式エンブレムの入ったウェアを身に着けて映っていることだった。公式マスコットキャラクターに決まった「ＭＡＥムキー」のぬいぐるみを抱いている選手もいた。

さらにそこには、ラフには描かれていなかった二人の男性の写真が加わっていた。川端康太と駿太だった。兄弟が肩を組む写真が撮られたのは、以前一斗が弟の駿太と対面した国立競技場のトラック上と見えた。メッセージは兄の康太の言葉になっていた。

「僕も支援に加わらせてもらいます。皆さんもぜひお願いします。今こそ将来の五輪にしっかりとバトンを渡す時です」

二〇二〇大会でバトンパスに失敗したランナーの、思いのほか達筆で力強いメッセージは、引退したジャマイカの世界的スター以上の影響力を持つように思えた。

川端駿太が「自分にできる協力は何でもする」と言ってくれたこととの一端なのかもしれない、と一斗は思った。おそらくは弟から兄に呼びかけ、どんなメッセージが効果的か二人で練ってくれたのだ。

これだけの企画を二週間で掲載まで持ち込める。「さすが大新聞社だな」と一斗は素直に感心した。だが報道紙面の制作スピードに当てはめて考えれば、それは不思議ではなかった。

一斗は最近にないインパクトを放つ広告面を見ながら、スマホを取り上げた。

通話履歴から一つの名を選び、「会いたい」と告げた。

いつものホテルでなく、自宅の応接間で葉山は一斗を迎えた。子供たちは学校に行っていて不在のようだった。忙しい日が続いているのか、少し疲れた顔色を見せながら葉山は言った。

「私が直接動いたわけじゃないの。東朝のスポーツ担当記者から相談は受けて、アドバイスはしたけど」

やはりそうだったか――。

一斗の中で肚に落ちるものがあった。

一斗のジレンマに救いの手を差し伸べてくれたのが、かの東朝新聞だったのは、驚くべきことではあった。けれども、それもメディアとして社会で活動し続ける方途を考え抜いた末の一つの結果なのだろう。編集・論説部門と広告局との温度差はあるかもしれないが、今や彼らも企業として必死なのだ。

新聞社にとってオリンピックは、どんな形であれ決して手放せない最大級のキラーコンテンツだ。扱えなければ死活問題になる。国民の批判を意識しつつも、組織本部との関係を繋ぎ止めて、何とか関わる戸口は広くしておきたい。

そのために起死回生となる策を葉山早百合に相談し、ヒントを得たのだ。

低迷するクラウドファンディングをいま上向かせられれば、組織本部に恩を売ることもできるし、オリンピックに前向きな形で関わる姿勢も維持できる。

いわば組織本部と新聞社の利害が、表に出ないところで一致した。それがこの広告だった。

けれども、それで流れが完全にいい方に向いたと感じることはまだできなかった。

その夜、テレビ東朝の『NL10』で遊佐克己が、親会社であり自身の古巣である東朝新聞の広告をやり玉に挙げて批判したのだ。遊佐は紙面をカメラの前に掲げて厳しく言った。

「クラウドファンディングというのが、そもそもアマチュアの方法論なんです。オリンピックはアマチュアスポーツの祭典であるべきだが、運営はプロの知見に則《のっと》ってやらないと」

その後も遊佐の辛口は緩むところがなかった。

それに対し、田代世理子が珍しく、

「アスリートの呼びかけに、今後どう一般の方が応えるかが注目されます」

と中和するような言葉を発した。遊佐が一瞬尖った目をしたのをカメラが捉えた。

「変わらないな」

一斗は呟いて自宅テレビのスイッチを切った。

けれども広告の掲載直後から、「一〇〇万人の五輪ファンド」の出資額は目に見えて増え始めた。『ＮＬ10』で報道されてから、さらにそのカーブは上向きになった。

その日だけで、前日までの一〇〇倍の額に達したのだ。『ＮＬ10』は、逆宣伝になってくれたようだった。

それでもまだ目標額の一パーセント余り。達成の見込みにはほど遠い。

「潮目がハッキリ変わった」と後から思える日に、今日がなればいいのだが――。

そう考えながら一斗は、いつものように一杯ごとに濃くなる「締め」のグラスを重ねていた。

4

二〇二八東京五輪の準備を進めるにあたっては、前年に行われたパリ五輪も「あれでよかったのか」という再検証に晒されていた。

パリとしては一九〇〇年、一九二四年に次いで三回目、ちょうど一〇〇年ぶりの五輪開催だった。

東京のようなひたすら大衆受けを狙った演出こそ姿を消したものの、競技数や参加選手の規模において縮減は結果としてわずかで、派手なものとなった。

また相変わらず盛夏の開催となり、屋外競技が四〇度を超す熱波の中で行われたことや、スポンサー権などにおいて不明朗な要素があったことなどには、「前大会の反省が見えない」という烙印が押された。

「このままオリンピックを惰性のように続けてはいけない」という声は、そのまま「次の東京でこそ本質的な改革が行われなくては」という期待と重圧に変わっていった。

年が改まり、二〇二六年になった。

二八年の東京五輪再開催まで約二年半。組織本部の事務局を引き受けているISTジャパンは日々、量も質も急激に増幅していく業務に忙殺されていた。

社員数は一〇〇名近くに膨れ上がっていた。組織本部員だけで最大七〇〇〇人もいた二〇二〇大会に比べれば圧倒的に少なかったが、少数精鋭というより、必要な機能に必要な人材を当てはめていったらこの規模になったというほうが当たっていた。

オフィスも初期の一〇倍以上の広さに拡大していた。そこにいる人数の四割は外国人で、使われる言語の半分以上が英語になっていた。

「カズト、いいニュース！」

ある朝、弾んだ声でエイミーが言ってきた。かつてのジーンズ姿から、最近はキレイめのコーディネートに変わっている。

「なんだ。マークにプロポーズでもされたのか」

そう冷やかすことができるくらいに、二人の関係はもう社内で大っぴらになっていた。一斗の中でも気持ちの整理はついたつもりで、若い二人に将来があるなら祝福してやりたい心境になっていた。

「ううん、違うよ」

照れて顔を赤らめながら、エイミーはタブレットの画面を一斗に向けた。

「見て。クラファンの額が目標の八〇パーセントに達したの。このペースで行けば、今年前半にはゴールの一〇〇〇億円、達成できると思う」

史上最大となるクラウドファンディング「一〇〇万人の五輪ファンド」は、東朝新聞にメッセージ広告が掲載された後、他のメディアでも多く取り上げられた。「初めてクラファンに参加します」という個人を含め、寄付型・購入型合わせて参加者は五〇万人、七〇万口に達した。

企業の出資も、「用途がよく分からない従来のスポンサー料よりよほど出し甲斐がある」と月ごとに増えていた。金額に差はあれども、出資リストに名を連ねていない有名企業の方が少ないほどになった。

「ＮＰＯとか学校の同窓会とか、いろんな団体も出資してくれてるんだってな」

「そう、『幅広い人々に応援される』って狙いの通りになってる。とくに嬉しいのはね……」

エイミーが顔を綻《ほころ》ばせて言った。

「ロサンゼルス在住の出資者《サポーター》が一〇〇〇人近くいるの。地元で見られたはずのオリンピックが東京に移ってしまっても支援してくれるってスゴくない？　自分が被災してるかもしれないのに」

「そうだな」と相槌を打ちつつ、一斗は「それはユピタスが考え直して周りの知人に積極的に声を掛けてくれたせいかもしれない」と考えた。

一方、「トランプ王子」こと寅羽伸の名は出資者リストのどこにも無かった。「思い通りに買い占められないなら意味がない」と、さっさと手を引いたと見えた。

組織本部を相手取って起こした仮処分申請も早々に却下され、寅羽の名自体が世の話題に上ることもほとんど無くなっていた。

「国内の個人で言うと、ここへ来てすごく盛り上がってるのは、聖火リレーへの参加権なの。高屋さんの言った通りになった」

「聖火を掲げて走る権利」を設定する際に調べたところでは、これまで開かれた五輪でも自治体によって形の上では公募が行われていた。けれども、実際のランナー決定は、書類選考やそれを通過した人のみが面接を受ける不透明な方法で、選定基準も明らかにされていなかった。縁故《コネ》のある応募者が密室で選ばれているという噂が立つことも少なくなかった。

二〇二八大会では、その不明朗さを一掃する形を採用した。寄付型クラウドファンディングの一部門として、「聖火ランナーとして走る権利」が高屋の発案を受けて設定された。出資した個人の希望者から、公開抽選で地区ごとのランナーが決められる。抽選に外れても、伴走者として共に走ることは自由とした。その明快な仕組みが大きな反響を呼んだのだった。

けれども全体の中で金額を大きく伸ばす効果を持ったのは、やはり観戦チケットが提供される購入型の人気だった。

初期において額が伸びなかったそのコースが俄然人気を集めるようになったのには、ひとつの裏があった。

当初、「いずれかの競技の観戦チケットを受け取れる」、すなわち競技は選べないとしていたのを、悩み抜いた末に、開始三か月の時点で変更。希望の競技・種目を申告した上で出資、抽選で希望が叶うように変えたのだ。そうした途端、それまで低調だった申し込みがいっきに殺到したのだった。

その変更には、珍しくキザシの坂城友理奈が難色を示した。

「途中で条件を変えるのは、すでに応募をされている方の不利益になり、トラブルに繋がる可能性があります。キチンと手続きを踏まないと」

友理奈に言わせると、これまでにチケットのコースに「競技を選べない」ことを承知で出資をしている人全員に連絡を取る必要がある。その上で、今後の出資者と公平になるよう、観戦希望競技を聞かなくてはならない、というのだった。

その時点でチケットコースへの出資者は二万人に上っていた。そのすべてに連絡を取るのは膨大な手間だ。だが、「変えるなら早い方がいい」と一斗が決断し、全スタッフが手分けして電話やメールで連絡し、希望の競技を改めて聞き取ったのだった。

結果として、やはりいくつかの競技に人気が集中することが判ったのは仕方なかった。

人気が高かったのは、陸上、水泳、柔道、レスリングなど伝統的に日本が強い競技だった。その中でもダントツの人気ぶりを見せたのは、「二〇二〇東京大会のリベンジ」を誓った男子四×

一〇〇メートルリレーだった。今度こそ、という期待が盛り上がっていたのだ。

面白かったのは、それでも希望の競技を言わない、「何が当たるか楽しみにしている」とするサポーターが少なからずいたことだった。それは「オリンピック全体への期待度が本当に高いのだ」という認識を改めて一斗らにさせることになった。

「とにかくよかった。キザシの坂城さんにも礼を言っておいてくれ」

そうエイミーに言った後、一斗は「これからいよいよ忙しくなる。あっちの方面もしっかり頼むぜ」と付け加えた。

「あっちの方面」とは業務がスタートした頃、人手不足から手薄にならざるを得なかった広報分野の仕事だった。当初は仕方なく、広告代理店での経験をもとに報道機関への対応を一斗が自身で行ってきた。

だが海外メディアの取材や英語でプレス発表する機会が増え、そうなると気心の知れたエイミーを立ち会わせるのがいちばん合理的だった。場数を踏むごとにエイミーも要領を覚え、かなりの部分を任せられるようになった。何より広報の「いつ何を伝え」「いかにインパクトを持たせるか」のカンどころを摑む才能には感心した。

クラウドファンディングの流れが変わる節目になった東朝新聞の応援広告企画も、実はエイミーが最初に発案したのだと今ではわかっていた。取材で繫がりができた記者に「こんなことできませんか」と囁いたのがきっかけになった。それに東朝が乗ったのだと、エイミー本人から明かされた。

クラファンの伸び悩みを前にして、エイミーなりに責任を感じて密かに自分で動いたのだった。

そして東朝新聞広告局の自主提案であるかのように装って一斗のところに持って来た。

その動き方に一斗は怒ることもなく、むしろエイミーの成長を感じた。そうする中で葉山早百合のアドバイスも活用され、組織本部にふさわしい動きになったのだ。

エイミーも広報周辺の仕事をまかされることを意気に感じていたのは間違いなかった。

「ウン、さっそく『八〇パーセント達成』をニュースリリースに仕立てるよ」

エイミーはシャツワンピースの裾を翻して一斗のデスク前を離れて行った。


そうしたある金曜の夜、一斗は一人で「こくている」に足を向けた。

最近は外国人社員が増えたこともあり、会議は努めて昼間に行うようになっていた。古参の社員で飲みに行くこともめっきり減った。それぞれ持ち場の仕事が忙しく、また職場での見え方にも配慮する必要から変えざるを得なかったのだ。

そうした中、一斗の行動に残ったのが、週末を前にこの店にふらりと立ち寄る習慣だった。背伸びして通った学生時代から数えると、訪れた回数はもう一〇〇〇回を超えているだろう。

古い木のドアを開けると、父親の跡を継いだ二代目のマスターが、「お帰りなさい」と声をかけてきた。先代から続く、いつも通りの迎え方だ。

いつもと異なったのは、その後に「あちらのお客さまがお待ちです」と言ったことだった。

オレを待っている？　誰が？

ＩＳＴジャパンの社員が何か外で話したいことがあって来ているのだろうか、と一瞬思った。

だが、一斗がこの店に通っていることは、社員でもごくわずかしか知らないはずだ。

「猪野さん。お待ち申し上げていました」

そう言ってカウンターの奥で立ち上がったのは、知らぬ顔の背広姿の男だった。齢は五〇代前半といったところか。ちょうど高屋と同じくらいに見える。曖昧に会釈した一斗に、男は名刺を差し出して言った。

「ご高名はかねがね承っております。以後お見知りおきのほどを」

下手《したて》に出て言いながら、男は名刺を出した。

『株式会社　連広　スポーツビジネス局長　飛田昌泰《とびたまさやす》』とあった。

連広の局長が？　自分に会いに？　このタイミングでの遭遇に、いい予感はまったくしない。

一斗は思わず身構えた。

「失礼ですが、どうして私がここに来ると？」

「それはまあ、蛇《じゃ》の道は蛇《へび》と言いますか」

含み笑いをして飛田という男は言った。そう言えばこの店は、出版や放送関係の常連客が少なくはない。誰か連広に繋がりのある客から聞いたのだろうかと一斗は想像を巡らせた。

「ちょっと折り入ってお話がありましてね。よろしければ、あちらでいかがでしょうか」

そう言って飛田は奥のボックスを指さした。かつてＩＳＴの四人で気勢を上げた空間だ。

何の話があると言うのか。警戒して一斗はそのまま踵《きびす》を返し店を出ようとしかけたが、思い直した。こちらに何も疚《やま》しいことがないのに、逃げ出すような真似をするのは癪だ。

自分や会社にとって前向きに受け取れる話でないのは容易に想像できる。それでも、「何を言うのか聞いてやろうじゃないか」と決めた。

「まあ、どうぞ」

言われて腰かけたテーブルには、ワイルド・ターキー17年のボトルが置いてあった。思わず目を見開いて見た。マスターズキープと呼ばれる、普通の酒屋ではまず手に入らない逸品だ。個人で輸入すれば五万円以上するだろう。

「バーボンがお好きだと聞きましたのでね」

そこまで摑まれている。気味悪さが昂じた。

それにしてもそんな最高級品はもちろん口にしたことはなく、喉がごくりと鳴りそうになるのを必死に抑えた。

テーブルにはもうひとり、見知らぬ女性がいた。六本木あたりのクラブから連れて来られたのだろうか。古風なバーには不似合いのショッキングピンクのミニスカートから、網タイツの太腿が大胆に露出していて、つい目が行くのを避けられなかった。

飛田が目で合図すると、その女性が一斗の隣に触れそうなほど寄って来た。

「ロックでよろしいですか」と聞いて、一斗が答える前に二つのグラスに氷を入れ琥珀の液体を注いだ。

「では、出会いに乾杯、と行きましょう」

そう言って飛田はグラスを上げたが、一斗は手を付けなかった。ターキー17年は舌なめずりするほど味わいたかった。けれどもその欲望を打ち消しながら聞いた。

「ご用件は何でしょうか」

飛田は一斗がグラスに触れないのをちらりと見ながら答えた。

「昨年の事務局業務獲得、まことにあっぱれでした。日本のスポーツビジネスの歴史を変える画期的なできごとと私どもは捉えております」

「恐縮です」とだけ一斗は答えた。硬い口調は変わらなかった。歯の浮くようなお世辞を言われたところで、気持ちのかけらも入っていないのは明らかだった。

弘朋社時代の自分なら「連広さんに言われるとは光栄です」くらいの返し方はしたかもしれない。今はとてもそんな気にはなれなかった。飛田が自分のグラスからターキー17年をひと口含むと続けた。

「でもどうでしょう。いよいよ実施段階が近づいてきて、如何《いかん》せんお宅の会社だけではとても手が足りないんじゃないですか」

思った通り、牙を見せてきた。

「私もこの世界長いんで、よく分かるんですよ。イベントを仕切るにはどうしたって物理的なアタマ数が必要だ」

一斗は答えなかった。

「よろしかったら、お手伝いしますよ。ウチには今、腕を振るいたくてウズウズしている社員がいっぱいいいるんです」

やはりそう来たか――。

それはそうだろうと思った。飛田が現在務めるという連広の「スポーツビジネス局長」は、二〇二〇東京五輪の組織本部を牛耳った例の理事が二〇年前に就いていたポストだった。そこから子飼いの部下が代々その役職を受け継ぎ、連広はオリンピックを始めとする国際スポーツ大会の利権を独占するに至ったのだ。

飛田もその系統に連なる人物と見て間違いないだろう。そしてその下には、代替開催の東京五輪に手を出せぬ歯がゆさに悶々としているスタッフが一〇〇人単位でいる。

だが諦めてなどまったくいなかった。それどころかハイエナの如く、餌を漁りに来ている。

今さら「お手伝い」などと泥にまみれた手を揉みながら差し出されても、相手にする気にすらならなかった。そうした一斗の顔を見て飛田が言った。

「いや、誤解しないでください。組織本部との契約者がお宅の会社なのは、申し上げた通りよく知っています。それを覆そうなどとはツユほども考えていません」

否定文の中であっても「覆す」という言葉を飛田が使ったことに、衣の下の鎧《よろい》が覗いていた。さらに刃《やいば》までも。

果たしてその本音を、飛田は早くも次の言葉で漏らした。

「元請《プライム》けは全部お宅のままで結構です。でも当然、下にさまざまな実施会社を付けるでしょう？その二次請けとの間に、ウチを噛ませてくれませんか」

いきなり直球を投げつけられて、一斗は息を呑んだ。

「ウチはいろんなところ知ってますから、適材適所で発注も効率化できるし。お宅の負担もずいぶん減らせると思うんですよねえ」

それはかつて深夜の一斗のマンションで藤代が軽率に言い放った構造そのものだった。その時藤代は本当に自分たちが上に立ってやれると信じて喋っていた。だがそんなに甘い相手でないと諭した通り、一斗はこれまでの人生を通じて代理店のやり口を痛いほど知り尽くしている。

話のおぞましさに一斗は身が震える思いがした。弘朋社の谷脇よりもっと露骨にＩＳＴを隠れ蓑にしようと、飛田という連広の局長は言っているのだ。

今回はプライムの座を形式的に譲るが、その下で数を頼んで実質的に全体を差配することを狙っている。利益は当然縮むとは言え、無いよりははるかにいい。さらに以前からの運営システムを温存できるなら、今の厳しい状況下では連広にとって願ってもないことになるだろう――。

黙っている一斗を見て、飛田は急に笑い出した。年齢に似合わず甲高い、神経に障る笑い声だった。そして不可解な言葉を口にした。

「あはは、連広なんかと組めるか、と思ってらっしゃるんでしょう。そりゃ、猪野さんは弘朋社さんのエース営業でいらしたからねえ。……でもこの件、谷脇さんとも話はついてるんですよ」

「谷脇と？」

思わず呼び捨てで言ったのは、一斗のどこかにまだ弘朋社への帰属意識が残っていたせいかも知れなかった。飛田はその一斗の様子を面白がるように言った。

「そうです。聞きましたよ、猪野さん、本当は連広《ウチ》に入りたかったそうじゃないですか」

その言葉で一斗の脳裏に、思い出したくもない二〇年前の記憶が甦ってきた。

5

そもそも弘朋社の面接で、一斗が谷脇に「スポーツに関わる仕事がしたい」と言ったのには、ある経緯があった。

留年して五年目の学生生活は、部活でも選手登録ができないためさすがに暇だった。ある時アルバイトでアメフトの企業対抗戦の会場整理をすることになった。プレーヤーでなく脇で支える側の一人として試合に関わったのだ。

そこで、インカムを付けて多くのスタッフに指示を出している一人の男性に目を止めた。まだ二〇代と若く見えるのに、自分の意志で全体を動かしている。その姿がとても凛々しく見えた。

アメフトのゲームではクオーターバックが司令塔だが、イベントとしての試合全体を取り仕切る指揮官役は、その男が務めていると見えた。

どういうヒトなのだろう——。

さりげなく傍に寄って聞き耳を立てると、「連広」という社名が何度か聞こえてきた。

確か日本最大の、そして世界でも最大級の広告代理店と聞き齧《かじ》ったことがあった。

代理店ってこんな仕事もしているのか——。

一斗にとっては新鮮な驚きだった。

四日間のバイトが終わる時、インカムを付けていた男性にそっと声を掛けた。

「あの、浜中《はまなか》さん。この後ビール一杯付き合ってもらえませんか……僕がオゴりますから」

男の名前はインカムでのやりとりを立ち聞きして摑んでいた。アルバイトの学生如きに生意気な言い方で誘われたのがかえって面白かったのか、浜中は「ああ、ちょっとならいいよ」と乗ってきた。

だがその夜、浜中はキレた。

一斗が「僕を連広に紹介していただけませんか」と恐る恐る聞いた直後だった。

「うるせえ、学生が甘ったれたこと言うな！」と突然怒鳴ったのだ。

ジョッキのビールをぶっ掛けかねない姿に慌てて謝り、拝むようにして理由《わけ》を聞くと答えた。

「オレはな、連広の社員じゃない。こういうモンだよ」

そう言って浜中は首から下げた社員証をチラリと見せた。そこには顔写真とともに「連広EXE《エクゼ》」という社名があった。

「イベント専門のしがない子会社だ。いいか、覚えとけ。業界じゃ代理店の子会社なんか下《げ》の下《げ》なんだ。奴隷と同じなんだよ」

怒った目のまま言った。一斗は一介の奴隷に「大親方に紹介してくれ」などと頼む、あり得ないことをしてしまったのだ。浜中は荒々しく席を立つと、

「テメエなんかな、連広を受けても受からないようにしてやるッ」と吐き捨てて店を出て行った。

その捨て台詞が深く一斗の胸の中に残った。

世間知らずの学生にそこまで言わなくてもいいじゃないか——。

そうした気持ちの外に、もし連広を受けて奇跡的にうまくいきそうになっても、そんな高圧的なやり方で潰されたらどうするという不安が起きた。一介の子会社社員にそのように手を回す力があるのかを考える頭は、当時の一斗にはなかった。

悩んだ末に一斗は、連広に次ぐ業界二位の広告代理店・弘朋社を受けることにしたのだった。業務内容はほぼ連広と変わらないようだが、「挑戦者」の位置にあるぶん、嘘か実《まこと》かいくぶん入りやすいと噂に聞いたことも作用した。受けてみると倍率は業界トップの連広に引けを取らなかったが、なぜか面接の階段を一斗はトントン拍子に上がって行った。

一斗の大学は名前だけ見ればビジネス系の実学に強そうだが、実際はスポーツの中でしか存在感のない部類だ。そこで留年までしている一斗が順調に上へ進んだのは、まさに奇跡のようだった。

「ほう。東朝の遊佐さんが紹介者か」

面接のたびに驚かれた。遊佐は一斗が考えるよりはるかに注目の的のスター・ジャーナリストだったのだ。その「顔」が選考に絶大な効果を持ったとしか考えられなかった。

当時、大手広告代理店の入社試験はもちろん公募を謳っているものの、大学の就職課員が言ったように紹介者の存在は大きく合否に影響していた。

遊佐の推薦状を取って来た一斗を、採用担当は邪険には扱えないと見たのだった。

最終に近い面接でも同じことがあった後、

「で、なぜトップの連広じゃなくウチを志望したの？」と聞かれ、思わずバイトで遭遇した経験を打ち明けた。これが相手に大受けした。

「ハッハッハッ。こりゃいい。キミはそんなヤツのたわ言を信じるほど純朴なのか」

爆笑した面接官は、改めてエントリーシートの一行に眼を落とすと、

「そうか、キミはスポーツに関係する仕事がしたいのか」と呟いた。

その面接官こそ、谷脇だったのだ。

飛田が発した、一斗が「本当は連広に入りたかった」という言葉は、その事実を踏んでいるとしか思えなかった。とすれば、飛田は谷脇から自分のことを聞いたことになる。

弘朋社の谷脇と、目の前にいる飛田という連広の局長が何の「話をつけた」と言うのか。お互いに最大の敵ではなかったのか。

「わかるだろう。もう連広だ弘朋社だと角突《つの》き合わせてる場合じゃないんだよ」

急にぞんざいになった飛田の言葉で一斗は我に返った。女性の姿は気づかぬ間に消えていた。

「業界最大の危機なんだよ。だから手を結んで盤石の形をつくり直すんだ。ウチに全部、などとは言わない。連広が三分の二、弘朋社が三分の一ってことで谷脇さんと話はついてる。まあ少しくらいは、ほかの雑多な代理店《トコ》に分けてやってもいいけどね」

一斗は驚きに言葉が出なかった。谷脇は連広を出し抜いて覇権を握ろうとしていたのではなかったのか。それともＩＳＴが大会組織本部の契約者になった時点で、叩き潰すためには旧体制《アンシャンレジーム》を活用するしかないと転向したのか。

その上で予定調和の割合で仕事を分け合おうと談合しているなら、谷脇も飛田も古い洞窟から舞い出てきた妖怪のようにしか感じられなかった。

谷脇の言った「断ったら広告界の周りにもいられない」という言葉の意味が、まったく別のことに思えてきた。

谷脇としては一斗を飛田に売ったつもりでいるのかもしれない。

「そのようなお話を受けるつもりはありません」一斗はきっぱりと言って続けた。

「驚きました。あなた方は二〇二〇の傷から本当に何も学んでいないのですね。一ミリも変わろうとしていない。そんな方たちと仕事をすることは決してできません」

自分でも飛田を睨みつける顔になっていることを感じた。

「これはＩＳＴジャパンの人間というより、組織本部の事務局長として申し上げます。次回オリンピックの運営体制は本当に一からつくり変えるんです」

飛田は反応を見せず、能面のような顔を見せていた。

「これは谷脇常務にも言いましたが、今度のオリンピックは商売じゃない。まっとうな世界一のスポーツの祭典として再生させなければならないんです。だから前回の汚点から何も教訓を得ず、これまでのやり方を踏襲しようとする連広さんや弘朋社の手を借りることはあり得ません」

そう言い切ると、一斗は「失礼します」と席を立とうとした。その肩に飛田がやにわに手を伸ばして押さえつけた。

「おい、そんなこと言っていいのか」

一転して低いが凄味のある声だった。

「勘違いするな。今回に限ってはプライムをやらせてやるって言ってるんだ。次は奪い返す。当たり前だろう。言うことを聞かないのなら今すぐにでも……」

会った当初、慇懃無礼とも感じた初めの口調とはすっかり変わっていた。その口をふと弛めると、飛田は別の言葉を吐いた。

「あんたの娘さん、東京美大の付属高だったな。無事に大学に進めるといいがねえ」

さっと鳥肌が立った。娘の美生のことまでコイツは調べ上げているのか。

東京美大と連広、弘朋社はデザイナーの採用を通じて繋がりがある。また、両社の著名なアートディレクターが教壇に立ってもいる。持ちつ持たれつ、昵懇《じっこん》な関係と言っていい。

「無事に進めるといいがねえ」

その言葉に籠《こ》められた恫喝。それを察知して、一斗はこれ以上ない憎悪を感じた。言う通りにしないと、身辺に手を伸ばすことも辞さない。そうやって何が何でも現在の体制をぶっ潰してやる――。

迫ってくる圧力の悪辣さを肌に感じた。一斗は口をつけないままのグラスの中味を飛田の顔にぶちまけてやりたい衝動に駆られた。

肩を押さえつける飛田の厚い手を振り払うと、そのまま店を出た。

背広を着たヤクザ――。弘朋社時代に誰かが連広のスポーツ局員を指して言った言葉の通りだった。そしてもはやそれは、連広一社の専売特許ではなくなっていた。

胸を覆った憎悪を押し流すには、どこかで飲まずにはいられなかった。

路地を歩いて四、五軒離れたところの入ったことがない店のドアを押した。

改めて飲むのはバーボンしか思いつかなかった。飛田にまで言われたように、一斗がバーボンを好きなのは隠しようもない事実で、身体が欲していた。

それでも馴染みのワイルド・ターキー8年は避けた。飛田に勧められた酒など、年数のグレードが別であっても飲みたくはなかった。

「ジャック・ダニエルを」と初めて顔を見るバーテンダーに告げた。

厳密に言えば、ジャック・ダニエルはバーボンではない。醸造元では自ら「テネシー・ウイスキー」と名乗っていることを一斗は知っていた。主原料は共通のトウモロコシだが、テネシー州産のアイデンティティを主張しているのだ。

ワイルド・ターキーやI・W・ハーパーなどバーボンの主産地として著名なのは、北隣のケンタッキー州だ。ジャック・ダニエルの故郷であるテネシー州にとって、そのケンタッキーは南北戦争で戦った仇敵だった。

その夜の一斗は頭のどこかで、飛田と戦う兵糧としてテネシー産のジャック・ダニエルを選んでいたのかもしれなかった。

「飲み方はどうされますか」

バーテンダーが感情の籠らない声で言った。

「ロック・グラスにちょいソーダで」と一斗は告げた。

そこからは「同じものを」を繰り返した。バーテンダーは見慣れぬ酔客を前に無表情のまま氷を削り、グラスを差し出した。

もう一年以上会っていない娘の美生の顔がふと浮かんだ。元気で美大進学に向かって勉学や実技の練習に励んでいるだろうか。

一斗にとって、もし自分が命を落とすことで相手の命を救えるなら迷わずそうする、と自信をもって言える対象は美生だけだった。

その美生に手を掛けると匂わせて脅す。そんな卑劣な手を使ってまで、奴らはオレに言うことを聞かせようとしている。

別れて美生を引き取った妻が、その後に悔しそうに漏らしたひと言を、酔いが回るにつれ思い出した。

「あなたみたいな父親でも、やっぱり子供は背中を見て育つのかしらね。美生、どうもそっちの業界に行きたいらしいわよ」

妻はもともと娘をキャリア官僚か弁護士にさせたがっていた。自分が叶えられなかった夢を託したのだろう。

一斗自身は娘にどうこうしろと押し付けるつもりはないが、もし広告デザインをやりたいというなら喜んで背中を押してやりたかった。美生が美大への進学を目指して付属の中高一貫校を受験すると妻から聞いた時も、精一杯応援する気持ちになった。

今は弘朋社を辞めて離れてはいるが、たまたまの流れで就いた広告の仕事に一斗は誇りを持っていた。

勝つか負けるかの分かりやすい競争があり、喜怒哀楽に溢れている。いちばん人間臭い仕事だと感じていた。しかもその人間臭さの根底には、どこかに性善説がある。

新しいモノやサービスには、何がしかいいところがある。そしていいものを正しく奨めれば、必ず分かってもらえる。正しい努力をすれば必ず成果は生まれ、報われる。いいものが世に広まるのは、人々の役に立つことだ——。

だがその性善説が、目の前でどんどん汚され、毒されるのを見てきたのも事実だった。

「君は代理店のいちばん汚れた部分に手を貸そうとしている」

遊佐に投げつけられた言葉は、激しい痛みをもたらす棘《とげ》として一斗に刺さった。

だからこそ、そんな動きに手を貸すようなことは絶対しないと改めて胸に誓ったのだ。

ジャック・ダニエルを呷《あお》るように六、七杯も干しただろうか。ふと、ひとつの思いがゆるやかに濁り始めた一斗の頭に浮かんだ。

美生のことを漏らしたのは、いったい誰なのだろうか——。

一時間ほど飲んだ後、一斗は店を出た。

タクシーに乗ろうと、狭い路地を表通りと思《おぼ》しき方向に向かって歩き出したところだった。

ドン、とすれ違った男と肩がぶつかった。

小さく頭を下げて、そのまま通り過ぎようとした一斗の左肩が、相手の男によって摑まれた。

「おい。当たっておいて謝らんかい」

黒地に金の筋が入ったジャージが目に入った。その袖から出た腕が、一斗の肩を摑んでいた。

やはり金色の髪の下にある顔は、黒のサングラスを掛けている。

ジャージの腕を振り払って、一斗は立ち去ろうとした。サングラスの男の唇の端が釣り上がったと見えた瞬間、一斗は腹に強い衝撃を受けた。思い切りパンチを食らったと分かる前に、その場に頽《くずお》れた。

ただでさえ足元のふらついた一斗に、応戦する能力は無かった。アメフトで肉体を思い切りぶつけられたのは、それなりの鍛え方をし、防具と何よりも若さがあったためだ。

せっかく流し込んだジャック・ダニエルの液体が胃から大量に込み上げた。二度目の味わいを喉元にもたらす始末になった。一度目より酸っぱく、唇から噴き出して一斗のスーツに染みをつくった。

もう一人相手がいると判ったのは、今度は顎に向かって回し蹴りが飛んできたからだった。それをようやく避けたと思ったのが却って災いし、男の尖った靴は地面に膝をついた一斗の額を襲った。皮膚が裂ける熱い感覚があった。

「この野郎、調子こいてんじゃねえぞ」

続いて二発目の蹴りが一斗の胸を襲った。さっきまでいたバーの看板に一斗が後ろざまにぶつかり、看板が倒れた。表面のプラスチック板か中の蛍光管かが割れる音がした。

ぐらぐらする頭の中に最初の男が言った言葉が辛うじて聞こえた。

「ケッ、スポーツの仕事やっとるとかいうクセして、弱っちいヤッチャなあ」

どういうことだ――。

薄れゆく意識の中で見た景色に、一斗に唾を吐きかけて去ろうとする二人の男の後ろ姿が映った。二人目の男の首筋には彫り物が鮮やかに覗いていた。

そしてもう一人。

ショッキングピンクのミニスカートを穿いた女が、電柱の陰にちらりと見えた気がした。

あの女?

その時、一斗の視界の端に入ってきたものがあった。

「うりゃあ！」

派手な掛け声とともに、どこからか現れた人物が速足で去ろうとする男をひっ捕まえ、投げ飛ばした。

「何だ、この野郎！」

振り向いて殴《なぐ》りかかってきたもう一人の男に、その人物が今度は空手チョップを見舞った。彫り物の男は路面に崩れ落ちた。その腹に強烈な蹴りが入り、男は動かなくなった。

高屋……さん？

そう思った途端、一斗の目の前が闇になった。

ぼやけていた視界が、少しずつ焦点を結び始めた。

気づくと、エイミーと藤代の顔が見下ろしていた。数秒してようやく病院のベッドの上だと分かった。どこからか救急車のサイレンが聞こえている。全身が痛すぎて一センチ身動きすることもできなかった。

「よかった、気が付いて」

心配と安堵の混じった表情で言ったエイミーは、泣いたのか腫れぼったい眼をしていた。

「おお、生き返ったか」

声のしたほうに身をひねると、首を激痛が襲った。

「無理するな、CEO」と野太い声を出したのは、高屋だとわかった。

「チンピラ相手に、災難だったな」

「高屋さんが助けてくれたんですか」

口を開くのにも痛みをこらえながらで、ひと苦労だった。

「おうよ」

何であそこが分かったんですか、と一斗が聞く前に高屋が言った。

「ちょっと一杯飲みたくなってな。もしかしたらCEOがいるかもしれんと思って、こくているを覗きに行ったんだ。そうしたらCEOはいなくて、替わりに連広の飛田が飲んでいた」

高屋は飛田とは顔見知りだったようだ。

「さっきまで猪野さんも居たんだけど飲まずに出て行きました、とマスターが言うんでな。何か胸騒ぎがして外に出てみたら、あのザマだ」

「救急車も高屋さんが呼んでくれたんだよ」エイミーが言った。

「やられちゃった後だったからな。CEOのボディガードを果たせず、面目《めんぼく》ない」

頭を小さく下げた高屋をチラリと見て、

「でもさすがですね。二人をノシちゃうなんて」と一斗が切れ切れに言った。

「CEO、オレを誰だと思ってるんだ。見くびってくれちゃ困るぜ」

肩を聳《そび》やかした高屋を見て、眉を微かにしかめた藤代が聞いた。

「それにしてもどうしたんですか。酔って喧嘩するなんてボスらしくない。暴力はダメですよ」

「喧嘩じゃない」ようやく声を絞り出した。

「一方的に因縁をつけられたんだ」

「ボコった相手に心当たりはあるんですか。警察に連絡したんですか」

立て続けに言った後半の言葉には、エイミーが反応した。

「マーク、カズトはやられちゃって電話なんかできないよ。それに警察に通報したら、場合によっちゃ高屋さんのほうがヤバイかも」

「いや、正当防衛だよ、一応な。オレにも襲いかかってきたんだから。まあそれにオレにもサツの上に知ってるヤツはいるから……」

意味ありげな言葉を高屋が口にしてその会話にはピリオドが置かれた。

けれどもわかっていた。ぶつかって来た時から、あれは意図的だった。そして捨て台詞のように吐いた言葉。

相手の男たちは見知らぬ顔だったが、心当たりがあるかどころではない。なぜ襲われたのかははっきりと想像がついた。

それでも藤代には言った。

「いや、何でやられたのかは分からない。その辺のチンピラだろうから、警察に届けても無駄だろう」

「ホントに心配したんだからね」

今にもまた涙が溢れ出しそうなエイミーの肩を藤代がそっと抱いた。その途端に自分の肩から胸がキリリと疼いたのを感じ、一斗は小さくうめき声を上げた。

そして改めて思った。

関わっているのは「背広を着たヤクザ」だけではなかった。真正の反社会的勢力までもその目的のために動員されている。

性善説などもうクソクラエだ。

全身で競うように主張してくる痛みとは別に、一斗はもう一つのダメージに襲われていた。

ここまでされて、自分は今の仕事をやっている意味があるのか。

オリンピックのために、スポーツの未来のために正しいことをやっていると信じていたが、独りよがりに酔っているだけではないのか——。

文字通りコテンパンに打ちのめされた肉体の痛みと惨めさの中で、一斗は恐怖と怒りの間を行ったり来たりしていた。

このまま戦いの前線に留まることができるのか。自信は、顔面の傷を縫った糸よりもか細くなっていた。

6

一斗は三日間、オフィスに出ずに過ごした。

顔の傷が塞がり腫れがいくらか引くまでは、周囲に要らぬ心配をかけるだけだと考えたからだった。

とは言え傷は簡単には治らない。ランニング中に転倒した、という言い訳は用意していた。病院と自宅でじっくりと考え、悩んだ末に、今回襲われたことを警察沙汰にはしないと決めていた。その替わりに一斗は新しい行動に出た。

自分に対し最も厳しい言葉を放った遊佐克己に、面会を申し入れたのだった。以前に「ちゃんと取材してください」と伝えたことが頭に残っていた。

汚い攻撃を連広の飛田から受けたことを、暴露しようと考えていた。

それは大きな賭けだった。まず遊佐は会ってもくれない可能性がある。申し入れて断られると、その瞬間に不本意な立場の高低差が生ずる気がした。

さらに会うことができて事実を告げたところで、「やはり五輪には代理店の談合構造が生きているままだった」と、頑迷な見方にただ吸い寄せられるだけのリスクがあった。そのまま『ＮＬ10』で反五輪開催のキャンペーンでも張られたら、ようやく軌道に乗ったかに見えた組織本部の業務にまたも強烈な逆風が吹くのは間違いない。

それでも一斗は遊佐に連絡を入れた。「ぜひ報道していただきたいことがあります」と告げると、遊佐はためらうこともなく会う返事をくれた。

二日後、一斗に会った遊佐はその顔を見て、ぎょっとした表情をした。まだ傷跡と腫れが生々しいのはわかっていた。だがそれ以上面会を遅らせることは、一斗にはできなかった。

遊佐が一斗を引き入れたのは、テレビ東朝の役員応接室だった。

思いのほかの厚遇だった。組織本部の事務局長という自分の立場がそうさせたのかと思ったが、それは違った。新たに受け取った遊佐の名刺に「テレビ東朝　執行役員特別報道主幹」と肩書があり、そのためだったと一斗は納得した。

遊佐は一斗の傷が、急に面会を申し入れてきた理由に関係すると感じ取ったようだった。

若い記者と、『NL10』のチーフプロデューサーで、斉木《さいき》と名乗る中年男性が同席した。そのためか、遊佐は以前の電話のような尖った言葉を吐くことはなく、一斗が諄々と明かす話をじっと聞いていた。

遊佐は組織本部の現状をそれなりにウォッチしている。そう感じさせるものが態度の端々にあった。一斗が代理店の下でも、まして上に立つ形でもオリンピックの仕事を組んでするつもりのないことは、ひとまず本心として受け止めたようだった。

連広のスポーツ局長が乱暴な技を仕掛けてきたという話にむしろ激しく反応したのは、隣の席で一斗の顔をじっと見つめながら聞いていた若い記者の方だった。

「そんな卑怯な奴らにオリンピックが操られてきたかと思うとめちゃ腹が立ちますね。遊佐さん、これ絶対番組で取り上げましょうよ」

記者は息巻いて言った。

チーフプロデューサーの斉木がひとり渋い顔をしていた。「やはり連広への忖度があるのだろうか」と一斗は想像した。

思えば連広は『NL10』の事実上の生みの親であり、現在もCM枠買い切りで支えている最大のバックであることに変わりはない。プロデューサーの立場としては、ようやく二〇二〇への批判が過去の記憶になりかけた今、直接連広を批判するような報道をわざわざすることには消極的になるだろう。

だが一斗は「心は左に財布は右に」を信じて行動に出たのだった。若い記者が飛びついたように、社会が関心を持つテーマであれば、連広の機嫌を損ねても『NL10』は報道しようとするのではないか。いや連広自身も案外、視聴率のために黙認するのではないか。その思いを試したとも言えた。

話をひと通り聞いた遊佐は、静かに口を開いた。

「私は二〇二〇大会の断罪がまるで不完全な現状において、二八年の代替開催はやはりやるべきでないという意見を変えていません。でもそのこととは切り離して、大手代理店が物《もの》の怪《け》の如くまた国際スポーツの周辺で蠢いているという事実は報道すべきだと思う」

その言葉を聞いて、一斗は「賭けに勝った」と感じた。まだあちこち痛みの癒えない体を押して出かけて来てよかったという喜びが胸に広がった。

その話題が『NL10』に登場したのは、二週間後のことだった。

扱うべきか否かの議論に時間を要したことは想像できた。だがそれだけではないようだった。件《くだん》の若い記者がその後、数度にわたりISTジャパンに取材に来ていた。

一斗はエイミーをその専任対応につけ、他の社員に対する取材も存分にさせるようにした。

「契約企業との守秘義務に触れない、ギリギリの線まで明かしていいから」と指示し、カメラ取材も承諾した。

それが一斗にとっての、透明性の体現に外ならなかった。

『NL10』で一五分にわたって放送された『二〇二八東京五輪アゲイン　変革の現場』という特集は、大きな反響を呼んだ。

近年の五輪に一貫して批判的な報道を行ってきたテレビ東朝が、そのテーマを取り上げた意味がどれほど世に通じたかは知れなかった。けれどもそれを別にしても、少なくともリアルな現況が新鮮な驚きを以て受け止められたことは確かだった。

組織本部の事務局を担う企業として紹介されたISTジャパンの映像には、議論を戦わせる外国人と日本人の社員の姿がクローズアップされていた。スタッフ全体の若さも意外性を押し出すように伝えられていた。

「外資系企業が入るとこうなるのか」という率直な印象が世の中にもたらされ、逆に「これまでの運営体制があまりに閉鎖的だった」との評価に結びついた。それまでは組織本部や、実質的にそこを仕切る連広の中にカメラが入ることなど一度としてなかったのだから、当然と言えば当然だった。

だが、一斗が期待した内容がすべて報じられたかというと、そうではなかった。

連広や弘朋社が再び五輪ビジネスに手を出そうと暗躍しているという報道はなされなかった。ましてや連広のスポーツ局長が露骨な恫喝を行ってきた事実などは、一秒たりとも扱われていなかった。

そのことについては、高屋が「なるほど」と思わせる論を一斗に開陳した。

「まあさすがにそれはウラが取れなかったんだろうな。週刊誌ならともかく、天下の『NL10』がCEOひとりの証言を根拠に述べ立てるわけにはいかないんだろう」

「やっぱりそうですかね。スマホで録音でもしておけばよかったな」

「いや、やっぱり警察に連絡したほうが正解だったのかもしれないな。傷害以前に、飛田が言ったって言葉だけで立派な脅迫罪だぜ。少なくとも威力業務妨害くらいにはなるだろう。被害届を出されたら当然警察は動かざるを得ない」

柔道を通じて警察にも知人が多いという高屋は、自分の実力行使にはあくまで非がない、正当防衛で通せると自信をもっているようだった。

「CEO、今からでもサツに訴え出るようなつもりあるか？」

一斗としては「スポーツの仕事をやっとるクセして」という捨て台詞と、ミニスカートの女を一瞬見かけた記憶から、自分に及んだ暴力が飛田の脅しと直結していると確信していた。けれども、物的証拠はない。仮に一斗の言い分が聞く耳を持たれても、警察は動いてはくれないだろう。

飛田に恫喝の言葉をぶつけられた時の不快感から言えばそのくらいしてやりたいところだった

が、「脅し？　ただの冗談ですよ。そんなことホントにできるわけないでしょう」などと言い逃れられてしまう可能性が大きかった。

現実性のない脅しは、そもそも脅迫罪にならない。どこかの刑事ドラマで見たことがあった。

「まあ、今後はマジにオレがCEOの身を護るよ。もし自宅にカミソリの刃でも送って来られるようなことがあったら、その時こそ警察に通報しよう」と、冗談なのか本気なのかわからないことを高屋が言って、その話は終わった。

『NL10』の一五分の特集には、どれだけの視聴者が気づいたかは知れないが、外面的にひとつ奇異な点があった。ニュース本編からの「渡し」のアナウンスを田代世理子が行ったことを始め、メインキャスターの遊佐克己がまったく関与しない流れになっていたのだ。

一斗は遊佐自身がタッチすることを拒んだのかもしれない、と考えた。

「開催反対の立場は変わらない」と明言した遊佐は、代理店が物の怪の如く動いていることは報道すべきと言ったが、特集からそれは外されていた。現在の組織本部の姿を紹介するだけなら、『NL10』で何をどのように扱うか決める権限を持つ編集長を兼ねている遊佐にとって、意に染まない構成のはずだ。

遊佐はいまどう考えているのだろう。反対の姿勢を崩していないにしろ、その本心が知りたい気がした。

翌朝、葉山早百合から電話があった。

「『NL10』、私のところにもわざわざ取材にきたのよ」

「えっ、そうだったんですか」

「組織本部を実質的に外資系企業がやることに問題はないのかって、改めて聞かれてね」

「はあ」

考えてみればその取材はあり得ることだった。葉山は大会組織本部の共同委員長なのだ。

「悪いことじゃないって答えておいたわ。だってオリンピックはそもそも世界のものなんだから、開催国のドメスティック企業に限る必要なんかないってね」

「なるほど。さすがです」

「それよりね、その取材に来た記者に私、どこかで見覚えがあったの。で、一生懸命思い出したら……あのね、昔プライベートで追っかけられた時、パパラッチの集団の中に彼、いたのよ」

一斗は慌てて名刺ファイルを探って、二週間前テレビ東朝で受け取った若い記者の名刺を取り出した。なぜか一斗の顔をじっと見ていたその記者の名前を葉山に告げると、

「あっ、それそれ。その名刺、私ももらった」と言った。

葉山と一斗の密会がなぜ『NL10』で報じられたのか。その謎が解けた瞬間だった。

7

三日後、さらに一斗を襲ってきた刃《やいば》は、高屋が言った本物のカミソリなどではなかった。見ようによってはもっと陰湿なものだった。

『五輪事務局長　ピンクのメダル?』と題したスクープ記事が、ネット上に現れたのだ。

かつて化粧品S社の広告に出た櫻沢悠希のスキャンダルを暴いた写真週刊誌『ゲット!』のデジタル版だった。暗いバーの中で超ミニスカートの女性に今にも触れそうに座る男性の姿を撮った写真。その横に、

『二〇二八年、東京で代替開催の五輪組織本部事務局長を務める猪野一斗氏(44)』と、実名が年齢付きで出されていた。

「こくている」の中で盗み撮りされた。一斗はピンときた。記事は、

『大会開催に向け、準備は佳境に入っているが、その中枢を担う組織本部の事務局長、猪野一斗氏は四〇代半ば。まさに働き盛りでエネルギッシュに日々仕事をこなしている』

というリードで始まっていた。

その記事を一斗は自ら見つけた。組織本部に関するさまざまな報道をチェックしている間のことだった。

続く文中には、『だが、猪野氏が「盛り」を見せているのは仕事にだけではないようだ』という思わせぶりなフレーズがあった。

——いったい何が言いたいんだ?

一斗は首を傾げながら先を読んだ。

『猪野氏は、グローバルに業務を展開する米国企業IST社の日本法人の代表でもある。事務局長の任に就く以前からISTの米国本社を始め、たびたび海外出張を行っていた。そしてその出張を含め、氏の広い行動半径には常にぴったりと寄り添う女性がいた』

記事が何を狙っているかが分かった。エイミーの存在を取り上げようとしているのだ。とは言

え、それなら「こくている」で撮られた女は無関係だ。

『この女性は、氏がＩＳＴジャパンの代表となった直後から秘書的な役割を果たしてきた。だが氏の24時間を追うと、それには留まらない関係であることが強く匂う。深夜の酒席までも脇に寄り添い、かいがいしく身の回りの世話を焼く姿が見えるのだ』

訝る気分を深めながらも、一斗は記事を読んだ。

『ちなみに猪野氏は独身、そうした女性の存在があってもそれ自体、問題ではない。しかし、五輪組織本部事務局長の立場での出張にも必要以上に同行、となると別の問題が出てくる。今回の五輪開催費用は、周知のように過半が篤志によるクラウドファンディングで賄われるが、残りには都や国の予算も注入される。その資金が私的な範疇の行動に費やされているとすると、黙過するわけにはいかなくなる』

一斗は啞然とした。

百歩譲って、ロサンゼルスの大地震に遭遇した出張の直後に書かれでもしたのなら、ある意味仕方ないかもしれない。けれどもその出張は、日本のプロ野球選手のＭＬＢ契約交渉が目的であり、その時点では一斗は五輪とは何の関係もないただの一私人だった。

ユビタスのロングアイランドの別邸を訪れた時には、「東京五輪」をミッションとして認識もし、エイミーも連れて行っていた。しかしその時もまだ、組織本部事務局長という公的な立場には就いていない。さらに言えばその旅の間にはもう、エイミーとそうしたことはなかった。

何を勘違いしているのだろう。

疑問に思ったことは、次の文章で半分だけ解けた。

『その女性とは、国内の氏の日常においても四六時中一緒にいると言って過言ではない。先月末のある夜、猪野氏の姿は東京・四谷荒木町にあった。かつては二〇〇人を超える芸者を抱えた花街、その一角の古いバーの奥に座る氏の隣には、鮮やかなピンクのミニスカートの女性が惜しげもなく太腿を露わにして寄り添い……』

一斗は思わず吹き出しそうになった。失笑だった。

「こくている」で連広スポーツ局長の飛田に待ち伏せされたあの夜、連れて来られていたどこかのクラブの女を、このデジタル版写真誌は「一斗が個人的な関係にある女性」と指定しているのだ。文脈から言えば、おそらくはどこかで摑んだエイミーと混同して――。

『氏が五輪の準備に精力の大半を傾けており、その働きがアスリートに喩えればメダルに値するものであることは疑うべきでない。だが、エネルギーのいくらかでも夜のピンクの光を放つ快楽に向けられ、そのために本来五輪の成功のために使われるべき金が流用されているとするなら、小誌は引き続き事実を追いかけていかなくてはならない』

そう続いた記事は、もはや悪ノリとしか思えなかった。

けれども、その混同は確認漏れといったミスには属さないと明瞭に感じた。

誰かが意図的に、悪意を持って些細な事実を繋ぎ合わせ、ひとつのお話を作ろうとしている。

新しい形の五輪で注目されている事務局長が、実はクリーンな人物などではなく、女にだらしないしょうもないヤツなのだ、と。むしろ汚れにまみれ、改革など担えない存在だ、と。

そのためにショッキングピンクのミニスカートの女性を一斗の隣に座らせ、盗撮までしている。

もしあの時一斗が飛田にとって色よい返事をしたり、あるいは迷ったりしていたら、あの女性と「次」の場があったのかもしれない。だが現実はそうなりようもなかった。飲んだ店を出た後、一斗が暴漢に襲われた時にもその女性は傍にいた。それを考え合わせると、一斗の反応に合わせた二重三重の罠を仕組んできていたとしか考えられなかった。

ここまでやるのか——。

誰が裏で動いているかはもう明らかだった。

組織本部への最初の提案では、メディア界を分断する禁じ手のテレビ公民連合まで仕組んできた。それでうまく行かなかったとなると、次には脅したり、物理的に襲ったり、はたまた桃色の罠に掛けようとしたり——。まさになりふり構わず攻撃を仕掛けてきている。

一斗はエイミーを席に呼んだ。広報担当オフィサーに任命したばかりでもあったし、何よりこの件で傷ついていないかと案じたためだった。

「ワタシ、カズトの秘書だったの？　知らなかった」とエイミーは笑いながら一斗の前にやって来た。一斗が襲われた後、病院で泣きべそを掻いていたのとは大違いで、あっけらかんとしている。心配は無用のようだった。

「これもその飛田ってヒトが仕組んだのかなあ。なんだかずいぶん荒っぽい気がするけど」

「そうだな」

荒っぽいというのは複数の女性の混同のことを指していると思い、一斗は答えた。

「そういえばわけのわからん質問状らしきものは来てた気もする。だけど、今日中に答えろみたいなムチャクチャなヤツで無視《シカト》してた」

「ね、最初からガセってわかってて書いてるんだよ。ワタシ、ガツンと一発入れてやろうかな、この雑誌に」

「どう入れるんだ」

「おタクの雑誌二〇人くらいのオンナを一緒にしてませんか、って言ってやる」

さすがに顔を顰めた一斗に、エイミーが言った。

「アハハ、冗談だよ。言ってみたいけどね。でも事実誤認だけはちゃんと指摘しなきゃ」

「分かった。まかせる」

エイミーがさっそく編集部に突き付けた抗議が効いたと見え、翌週にはごく小さな訂正記事がネット上に現れた。

『先週本誌デジタル版に掲載した東京五輪組織本部事務局長に関する記事に、一部事実でない部分がありました。該当箇所を削除し、関係者にお詫びいたします』

けれどもその記事はもう閲覧不能になっており、ぴんとこない読者が多いはずだった。雑誌としては、最初の記事で所期の目的は達したと言えるだろう。おそらく裏にいる連広の飛田のほくそ笑む顔が見えるような気が一斗にはした。

『NL10』の報道には、第二幕があった。

事務局の現状を公開した特集の放送《オンエア》から二週間。チーフプロデューサーの斉木から一斗に電話があった。

「猪野さん、遊佐キャスターと番組で対決しませんか」

ついに来た、と思った。一斗が遊佐らに会ったのは、広告代理店の横暴を暴露するだけが目的ではなかった。自分たちが次のオリンピックをいかに開こうとしているかを正面から伝えたいという動機が大きかったから、そのオファーは望むところだった。

当然、遊佐は事務局の現体制に対する不信だけでなく、東京開催そのものに対する反対論をぶつけてくるだろう。それに打ち克ってこそ、一斗らの「新しい形のオリンピック」が世の中に対して説得力を持つのだ。

「正直なところ前回の特集には、遊佐は不満を表していましてね」斉木は言った。

「この第二弾をやることを条件に、放送を了承してくれていたんですよ。あなたと番組で正面から論を戦わせたいと言っているのです」

遊佐の本心はどうなのかと、当時一斗が思ったことに図らずも答えが出た。

なぜ本人が連絡して来なかったのかという疑問は残ったが、一斗はその話に乗った。

「前回の放送で、ここにいらっしゃる猪野さんが事務局長を務める二〇二八東京五輪組織本部の実態をご紹介しました」

コーナーの冒頭、遊佐は一斗と向かい合ってまず言った。実態という言葉遣いにすでに不信感が現れていると感じ、一斗は身構えた。

本番を前に、『対論！　２０２８東京オリンピックは是か非か　遊佐克己ＶＳ猪野事務局長』というタイトルが用意されたセットの中で、斉木プロデューサーは一斗に語っていた。

「今日の放送にシナリオはありません。生放送の中で、どうぞ存分に意見をぶつけあってください」

一斗が斉木のオファーを受けたのは、事前に告知され高視聴率が見込まれるそのコーナーが「五輪に革命をおこしたい」という思いを広く国民に訴える絶好の機会だと考えたからだ。斉木の言うように対決となったなら、テレビカメラの前で持論を披瀝《ひれき》することに慣れている遊佐に対して一斗は明らかに不利だろう。それでも一斗は斉木の申し出を受けた。

遊佐が何を言ってくるかは、想像がまるでつかなかった。

ISTジャパン代表ではなく組織本部事務局長として主張すべきことを頭の中に刻み込み、エイミーを相手に想定問答を練った。ともかくできる限りの準備をして臨む。それ以外にないと考えていた。

スタジオでは田代世理子が形だけ司会として付いていた。一斗を「先日カメラが入ったオリンピック組織本部の事務局長」と紹介するや否や、遊佐が語り始めた。

「実は猪野事務局長と私は少し古い知り合いなのです」

それは想定の片隅にあった言葉だった。けれども一斗のプライバシーに触れる詳細まで言及する気は遊佐にはないようだった。

「私は猪野さんが、ほんの数年前まで大手広告代理店・弘朋社におられたことを知っています」

そのことはこれまでほとんど世に出ていなかった。前回の放送でも触れられていない。

「ほう!」という声が全国のテレビの前の視聴者から上がるのが聞こえるような気がした。

「そうですね、猪野さん」

遊佐が念押しした。しかたなく一斗は答えた。

「それはおっしゃる通りです。けれども今の私の仕事に、その経歴は関係ありません」

「本当でしょうか」

遊佐は思わぬ鋭さで切り込んできた。

「二〇二〇東京大会をめぐるありとあらゆる犯罪行為に連広やその出身者が絡んでいたように、近年オリンピックや大規模なスポーツイベントが、広告代理店抜きでは運営できなくなっていたのは公然の事実なのです」

「それを我々は変えようとしている」と一斗が言おうとしたのに構わず、遊佐は続けた。

「スポーツイベントだけではありません。昨年行われた関西万博。このイベントに関しては、五輪疑惑の影響で連広・弘朋社の二大広告代理店が揃って一時、発注停止の処分を受けていました」

それは事実だった。当初は連広だけが発注停止になった。その結果「仕事がタナボタで流れ込んでくる」と喜んでいた弘朋社が、「同じ穴のムジナ」として同様の処分を食らい、顔面蒼白になったのを一斗は元同僚から聞いていた。

「その結果、どうなったでしょうか。万博は準備が大幅に遅れ、規模を縮小、一時は中止まで取り沙汰されました。このことひとつとっても明らかなのです。ナショナルイベントはもはや良くも悪くも代理店の力なくしては開催できない」

ひと息つくと遊佐は、苦笑いを含んで付け足した。

「まあ関西万博自体、私は開催する意義をまったく感じませんでしたので、縮小でもいっそ中止でも構わなかったのですが」

「遊佐さん、それは今度の五輪に関係ありません」

ようやく一斗が一矢報いるきっかけをつかんだ。

評判の芳しくなかった万博の話を遊佐が持ち出したのも、ことさらに広告代理店と結びつけてオリンピックの印象を悪くしようと狙っているためと感じたのだった。

「スポーツイベントに関しては、海外では多くがスポーツマーケティングの専門企業によって運営されています。それを私たちは日本でもやろうとしているだけです」

「でもあなたは古巣の弘朋社だけでなく、連広のスポーツ局幹部とも接触を重ねている」

「重ねてなどいません。いちど待ち伏せされる形で会っただけです」

以前の取材で話したことを捻じ曲げて印象付けようとする遊佐に腹が立って、一斗は反論した。

「むしろ妨害を受けていると言ったほうが正しいのです。私たちはそれを跳ね返しています」

荒木町の一件を言うのか、と遊佐が挑発する視線を送ってきた気がした。局側の人間が言うには弊害があるが、当事者が暴露するなら問題ないと考えているのかもしれない。

それでも一斗は、襲われた件を明かすことはしなかった。五輪開催に向けての活動全体の印象を悪くするリスクを踏まえて心に決めていたことだった。

すると遊佐はさらに一斗の言葉に乗じた発言をした。

「もしおっしゃる通りだとすると、それも開催に向けた不安材料になりませんか」

執拗に突いてくる遊佐に、一斗は守りに入らねばならないかと覚悟した。

確かにその邪魔な動きとも戦わなくてはならないのは一斗にとって大いなる負担だった。

だが遊佐はなぜかそこでスタンスを転じて、視聴者に向けた言葉を発した。

「誤解しないでいただきたいのですが、私はオリンピック大会の開催自体に反対しているわけではありません」

それはそうだろう。次に言うことに備えて、共感を得る前提を作ったと感じた。

「そうではなく、代理店や政権、大企業の旧い勢力の利権構造が生き永らえることが許せないのです」

「ですから遊佐さん、その構造を変えることこそ今回の東京五輪の使命なんです」

遊佐のひと言が、逆に一斗の反攻を導き出す効果を持った。

「これまでのお金の流れを第一義にした五輪のあり方に、きっぱりと終止符を打ちます。私たちは、選手と観る人、そして運営側がイーブンで一体になった新しいオリンピックを東京で実現して見せます。今回提案している『ＭＡＥを向く五輪』がどのように前を向いているか、その内容をしっかりご覧いただきたいです」

用意して来た主張をひと息に言った。胸のつかえが降りた気がした。

ところが遊佐は、「きれいなことを言うのも、代理店の人の特徴です」とさらに冷たく言い放った。

「代理店の人は平気で嘘をつく。現に私の知っている代理店の幹部は、自分で『息を吸って吐くように嘘をつける』と言っていました。それが仕事だから、仕方ないのかもしれませんが」

そこまで遊佐の広告代理店不信は深いのか。一斗は改めて思い知った。それならなぜ自分の推薦状など弘朋社宛てに書いたのかと思った時、突然、田代世理子が口を挟んだ。

「要するに広告代理店が諸悪の根源ということですか」

カメラの真下に座り込むアシスタントディレクター《AD》が慌てふためいてスケッチブックに書いた

『NG発言』のサインを出した。

遊佐が歳の功か、落ちついてフォローに回った。

「いえ、私はそんなことまで言うつもりはありません。実はこの『ニュースライナー10』だって、連広という巨大代理店の力があって成立しているのです。だからこそそのパワーを見くびってはいけない。いわば諸刃《もろは》の剣として、害悪になる部分が現実にあることを決して見逃してはならないのです」

飛田らの仕掛けてきた罠や現実に加えられた危害を考えると、その発言を否定することはできなかった。

結局、遊佐と一斗の対論は平行線のまま終わった。

視聴者にはやはり遊佐の警告の方が、はるかに強く印象に残っただろう。

徒労感に襲われながら、一斗はテレビ東朝のスタジオを出た。

8

「ボス、ちょっとアメリカに行って来ていいですか」

藤代が言ってきたのは、二月の後半だった。かつてエイミーがクラウドファンディングの不調を明かした日を思い起こさせる、陰のある表情だった。

「どうした。花粉症から避難するのか」

ひとまず笑い飛ばそうとジョークを言った。藤代はひどい花粉症で、「日本国民一〇〇人のうち四〇人が花粉症というけど、僕はそのトップ2に入ります」と嘆いていた。

この季節、会社の中では外しているものの外ではマスクが手放せない。室内ではティッシュボックスを常に抱えて歩いていた。

「いや、そうじゃなく……」と言い掛けた途端に盛大なくしゃみをした。

「じゃ何なんだ」

「……ウェアラブル・カメラの開発が遅れてるんです」

一斗は藤代を、組織本部内で観客の体験《エクスペリエンス》を管轄するE局の長に就けていた。当初から体験のひとつの核に据えていたデバイスが、選手の身体に装着して臨場感あふれる映像を発信するウェアラブル・カメラだった。

「どう遅れてるんだ」

「実験映像をプリヴィレッジ・テクノロジーズから定期的に取り寄せて見てるんですが」

藤代はユビタス・ジュニアが経営するシリコンバレーのオムニクス社傘下にある一つの企業名を挙げて言った。

「ブレ防止機能が全然追いついていないようなんです」

そうだとすれば、大きな問題だった。

激しい動きをする選手が装着するカメラだから、ブレ防止は高度なレベルで絶対不可欠になる機能だ。もともとはデジタルカメラやスマートフォンで日本企業が磨いてきた技術だが、現在は中国メーカーがその主役の座を奪っている。それを二〇二八東京五輪での体験のキー・テクノロジーとすることで、いっきに技術の先導者に取って替わろうというのがユビタスの戦略だった。

その技術の超小型カメラへの搭載が滞っていると、藤代は憂慮しているのだった。

「ユビタスは何て言ってるんだ」

「問題ない《ノープロブレム》。ちゃんと間に合うって言ってるんですけどね。どうも信じられなくて」

藤代の顔には心配が色濃く漂っていた。たしかにブレ防止機能の飛躍的向上が実現せず映像が克明に見られなければ、これまでにない「体験」を提供することなどできなくなる。

「なんか、クラファンが順調に転じて組織本部の仕事が軌道に乗り始めた頃から、ユビタスの周りがダレてきちゃってるような気がするんです。もう大丈夫だって」

「それでマークが行って喝入れて来ようってわけか」

はい、と言うように藤代は頷いた。

一斗は「オレも行こうか?」という言葉を口にしかけて、思い留まった。

藤代の言う通り、「外資企業が組織本部業務を請けるなんて非現実的だ」と思われた時期に比べると、最近はISTジャパンが実務を担い、まずは順調に進んでいることが、良くも悪くも既成事実化している。その感覚が社の内外にあるぶん、弛緩している部分がないとは言えなかった。

ここはひとまず若い藤代に任せよう。それで問題が解決しないようなら改めて考えるとして、言い出した本人の手腕を見よう。

一見軽そうに見える藤代としても、E局長としての責任を背負って言っているのだ。周囲のスタッフの藤代を見る目もある。ここで自分が出て行ったら、仮に問題が解決したとしても藤代が事を成したことにならない。

それに藤代は今年に入ってから頻繁にプリヴィレッジ社と連絡を取り合っていた。米国企業の幹部相手にも臆することなく接しているようだった。その姿は、入社前に「アメリカの巨大ITカンパニーなら入ってもいい」と豪語していた様を思い起こさせ、「見込んだだけのことはある」と一斗を喜ばせていた。

「わかった。しっかりやって来てくれ」

そう言って一斗は藤代をシリコンバレーに送り出すことにした。

「あ、それから……」藤代が言った。

「ついでにって言っちゃなんですけど、カリフォルニアの弁護士試験も受けてきます」

まるで「サンドイッチを買ってきます」とでも言うような軽い口調で言った藤代に呆れて、一斗は慌てて答えた。

「何だ、そっちも大事なことじゃないか。願書出してたのか」

「ええ。……黙っていてすみません」

「それはいい。素晴らしいことだ。ぜひそっちも頑張って来い」

「はい。実はプリヴィレッジ社も応援してくれて、宿泊先を紹介してくれたりしてるんです」

もともと藤代はハワイ州の弁護士資格を持っているが、一斗は将来のMLBとの交渉業務のために少なくともカリフォルニア州の資格は取らせたいと、採用した時から考えていた。それに一から準備を始めるよりは格段に合格可能性が高い。一斗にとってその申し出は大歓迎だった。

「だけど、ここのところ仕事に追われて、ろくに勉強なんてできてないんじゃないか。大丈夫か」

案じる顔で言った一斗に、藤代は「ま、なんとかなりますよ」と気楽そうに言ってその前を去って行った。

その日の夜、一斗は久しぶりに弘朋社同期の佐久間重利と飲んだ。日田のホテルから電話した時にはつながらなかった佐久間から、二日前、急に「一杯やらないか」と連絡があったのだ。

佐久間は、弘朋社テレビ局内でセントラルテレビ系列を担当する「テレビ一部」の部長だった。地上波のセントラルやBSセントラルのCM枠の扱いを、部員を率いて連広の相対する部と激しく争う立場にある。

佐久間が一斗を呼び出した店は、恵比寿《えびす》の「1969」というバーだった。古いジャズやロックを中心にアナログレコードをびっしりと棚に並べ、壁に飾ったヴィンテージギターのコレクションもまた売りにしている。

一斗、佐久間と同期で弘朋社に入った速川《はやかわ》という男が、音楽好きが高じて脱サラし始めた店だった。店名の「1969」は速川に言わせれば、「音楽ファンには超重要な年で、リスペクトして付けたんだ」ということだった。一斗らにとっては生まれる前だが、伝説となったウッドストックでのフェスが行われ、レッド・ツェッペリンがレコードデビューした音楽シーンの「ビッグバン」の年なのだという。

元社員が開いた店ということで、以前は誰かしら弘朋社の同僚と、必ずと言っていいほど顔を合わせた。最近はそれが落ちついた分、広告・放送業界を中心に客層が広がったように見える。

「覚えてるか、カズト。オレたち内定通知もらったの、同じ日だったよな」

先にバーのカウンターについていた佐久間が、生ビールで乾杯するなり一斗に言った。

「ああ、えらく遅かった。何だか小さい会議室に五人くらいだけ集められてな」

「オレたち絶対補欠合格だな、って話した」

「ホントか？　オレは八〇人くらい会社の大講堂に集められての盛大な内定式だったぜ」

やはり元同期の速川が話に割り込んできた。

「遅くもなかったぜ。最初の面接から三週間くらいだったかな」

「やっぱりそうか。オマエは優秀だったんだよ」

それが、まっとうな内定だったわけだ。一斗も佐久間も、誰か辞退者が出たことによる補欠入社だったのだ。だが早々と内定を受けた男が早期退職してバーを始め、補欠に甘んじた二人のうち一人は社内のテレビ局の看板部長となり、一人はその会社に反抗する立場にいる。

面白いものだと感じた。

「で、カズト、本当に大丈夫なのか」

佐久間は店主の速川が他の客の相手をするために離れた隙に、一斗の顔を覗き込んで言った。

現在の状況に話を転じたとわかった。

「大丈夫も何も、やるしかないさ」

なぜそんなことを聞くのかという思いで一斗は答えた。佐久間は次の言葉を言うか迷っている様子だったが、結局声を低めて言った。

「飛田さんからの話、『NL10』にオマエがタレこんだそうじゃないか」

一斗は思わず、飲もうとしていたビールのジョッキを止めた。

――どういうことだ？

次の瞬間、すべてが繋がった思いがした。

連広と弘朋社。テレビ東朝と、セントラル系列担当の部長。分かれているようでも、あっという間に情報が伝わるのがこの世界だ。

もし連広の飛田と弘朋社の谷脇、そしてこの佐久間が同じ目標を共有していたとしたら――。

「裏に連広がいるな」

ＮＨＡとセントラルテレビが組んで競合相手となった時、高屋が言った言葉を思い出した。当時すでにセントラル担当の部に移っていた佐久間は、その座組《ざぐみ》にも弘朋社の側で関わっていたのかもしれない。そう考えると、日田からの電話に出なかった理由も知れる気がした。

それでもＮＨＡ・セントラルの公民連合は競合に敗れた。そのために作戦を変えて、今度は形式上ＩＳＴジャパンの下に付くことを申し出てきた。真の狙いは肚に秘めたままで。

「飛田さんはカンカンだったぜ。でも、もう一度だけ考え直すチャンスをオマエにやるそうだ。それを伝えろとオレに言ってきた」

一斗は驚きの余り言葉が出なかった。連広と弘朋社が予定調和で仕事を独占しようと、虎視眈々と狙っているだけではない。喜びも怒りも共にし無二の友と思っていた佐久間までが、実はその側で重要な一役を担っていた。包囲網の中で一斗の寝首を掻こうとしているというのだった。

おそらくは佐久間はその先に、弘朋社のテレビ局長、あるいはメディア部門担当の役員といった地位を思い描いているのだろう。

在社中から数えきれないほど一緒に飲んだ佐久間には、結婚も、生まれた娘を妻のもとに置いて離婚した無念も、その娘が東京美大の付属に入ったこともすべて明かしている。

止めたままのジョッキを握る手が震えていた。ビールの代わりに一斗はごくりと唾を飲み込んだ。

そしてようやく言った。

「オマエ、そんなことでいいのか。そんな連中とツルんだりしていて……」

佐久間はフンと鼻を鳴らすと言い返した。

「ああ、全然いいさ」ジョッキのビールを勢いよく流し込んだ。

「連広はもちろん敵だが、場合によっては共同の利益を追うことだってある。最大多数の最大幸福を狙うべき時もあるんだ」

「佐久間、自分が何を言っているのかわかってるのか。そんな……」

佐久間が遮って言った。

「ああ、わかってるさ」

「情けないな。東京五輪がどれだけ叩かれたか、もう忘れたのか。よりによってその本丸の連広と組んで動こうなんて、そうまでしてアイツらの恩恵に与《あずか》りたいのか」

「カズト、おまえこそ何を子供じみたこと言ってるんだ。そこに仕事があって、大きな利益が見込めるんだ。やるのは当然じゃないか」

そう言って佐久間は一斗の顔を覗き込んだ。

「どうだ……もう一回だけ言うぞ。飛田さんに素直に詫びを入れて一緒にやらないか」

「佐久間」一斗はにらみ返して言った。

「よりによってオマエからそんな言葉を聞くとはな。見損なったよ」

落胆のため息が声に混じったのを振り払うように一斗が言った。

「答えは変わらない。絶対にノーだ」

佐久間が「わからんヤツだな」と舌打ちして呟いた。

二〇年にわたって続いてきた佐久間との信頼の絆《きずな》が、いまプツリと音を立てて切れた。

怒りと悲しみと失望がないまぜになった気持ちで一斗は佐久間に告げた。

「オレたち、もう会うことはないな」

そう言って五〇〇〇円札を一枚置くと、一斗は「1969」を出た。

「あ、猪野。おつり」という店主の速川の声にも振り向くことはなかった。

9

二〇二六年も後半に入り、東京での五輪開催まで二年を残すのみになった。

藤代が心配していたウェアラブル・カメラの性能も、目標達成の期日を決めて開発現場を叱咤激励したことで、着実に進化していると見えた。

「これなら本番までには見たことがない映像を世界中の観客に提供できるレベルに到達するはず」という報告が、何度かアメリカに渡って検証していた藤代から届いていた。

ＩＳＴジャパンが契約した現場担当の企業は三〇社を超え、総勢では一〇〇〇人を超えるスタッフが組織本部の周囲で動いていた。共同委員長のユビタスと葉山早百合をおいて言えば、そのすべてを統括し、動かす立場に自分がいる。わずか二年の間の有為転変に、一斗自身「これは現実のことなのか」と疑うこともあった。

ＩＳＴジャパンは組織本部の事務局実務を契約で担っていたが、組織本部には公益財団法人としての役割がある。理事を中心に構成する議決機関であり、その事務を行う職員が数十人詰めていた。いわば実務と権威とを分けた形で、互いに独立したオフィスはどうしても必要だった。

ＩＳＴジャパンの代表と組織本部の事務局長を兼ねる一斗は、両方の拠点に席を持っていた。北青山の自社から国立競技場隣にある組織本部のオフィスまで、五〇〇メートルほど移動する間にミッションを切り換える。それが一斗にとってのけじめだった。

世の中ではすでに、「ロサンゼルスの代替として五輪を開催」は「そう言えばそうだった」という程度の意識に変わっていた。

本来あり得ない経緯で始まった三度目の東京五輪がどのように評価されるかは、その後の世に任せるしかない。

それまでの間、自分は全身全霊を掛けて開催成功に向け準備を進めていくだけだ。

そう思っていた一斗の決意を突き崩しかねない事件が、突然起きた。

これまで準備に奔走した二年間で、間違いなく最大の衝撃だった。

葉山早百合が倒れたのだ。

その知らせを受け、一斗は文字通り目の前が真っ暗になった。

かつて東朝が出した応援広告の経緯に関して尋ねるために会った日、葉山が疲れたような顔色をしていたのを思い出した。聞けばその時すでに体調に異変が現れていたのだという。

入院しているというK大病院に駆けつけると、葉山はベッドの上で、土気色《つちけ》に翳った顔で病気の状態を明かした。

女性特有の、子宮頸がん。すでにステージⅣ《フォー》で、現在四七歳の葉山の生存率は一〇パーセントあるかどうかの絶望的な状況だというのだった。

「申し訳ないけれど、二年先のオリンピックをこの目で見ることは、たぶんもうムリ。それだけでなく、生きるために最大限の治療を受けなければならなくなりました。だから共同委員長は降りさせてほしいの」

「そんな……」あまりに突然の言葉に一斗は二の句が継げなかった。

これまでその柔道の技のごとく力強く一斗を励まし、陰に陽に最大の支えとなってくれた存在。いなければ決してここまで来られなかった。その葉山早百合が、初めて見せる弱い姿だった。

「いま共同委員長を辞められては困る」と、ようやく喉元まで出かかった。だが、ベッドから起きた上半身がさらに小柄になったような葉山の姿を見ると、とてもその言葉を口にすることはできなかった。

「私も志《こころざし》半ばで職務を離れるのは、無念のひと言です。責任を全うできず、本当に申し訳ありません。でもこればかりはどうしようもないの。これ以上病気のことを隠して役に就いたままでいたら、皆さんにかける迷惑がどんどん大きくなってしまう。だからいま打ち明けて身を引こうと決心しました」

病に侵されても少女時代から変わらない葉山のくりっとした目から、大粒の涙がこぼれた。

「残念です……」

一斗もハンカチを持った拳を握りしめた。葉山が、か細くなった声で言った。

「今だから言うけれど、あなたに五輪を変える決意を聞かされた日、『今どきこんなバカみたいに一生懸命なヒトっているんだ』とびっくりしたのよ。だからパパラッチに撮られたとわかった日も、ちょっとだけ誇らしかった。こんなヒトが恋人でいたらいいかもって思って……」

弱々しくなった声に、葉山がいくらか力を込め直して続けた。

「共同委員長をやれとあなたに言われた時は驚いたけれど、私なりに心に決めて張り切ったの。向こう見ずだけど、真っすぐなあなたの姿を見てね。もう一度、スポーツのために仕事ができるんだ。この人の言うスポーツの未来のために、命を賭けてもその務めを果たそうって」

一斗は、自分が葉山を奮い立たせたと初めて聞き、奥歯を噛み締めた。

「それが冗談でなく本当に命がけに……いいえ、命のために途中で投げ出さなくてはならなくなるなんて……」

不意に葉山が嗚咽した。枕元に置いたタオルハンカチで顔を覆った。

「ごめんなさい。本当にごめんなさい」

一斗は涙を堪えつつも、その細った手を握って伝えるしかなかった。

「わかりました。今はともかく治療に専念してください。そうして病気を克服し、絶対に帰って来てください」

葉山が握り返す力は強くなかった。涙が溢れるその目を見つめて一斗は言った。

「本当のオリンピックを私たちが取り戻して見せますから。絶対に、絶対に帰って来てください。約束ですからね」

病院を出た一斗は、オフィスに戻る気になれず、あてもなく街をさまよい歩いた。

まるで命を奪われるのが自分であるかのように、もぬけの殻になった気がした。

一斗は最大の後ろ盾を失った。これまで襲った数々の危機の中で、較べようもなく大きなものだった。

けれども今は心を奮い立たせるしかなかった。立ち止まっている暇などないのだ。

その日のうちに一斗はユビタス・ジュニアに会った。重い口で葉山の病気と共同委員長辞任を明かした。ユビタスもしばらく絶句した後で呟いた。

「なんてことだ。小さいけれどあんなに逞しかったサユリが倒れるなんて……」

そして一斗に向かって「すぐに後任の共同委員長を決めなくてはならないな」と呟いた。

「それもサユリと同等、あるいはそれ以上のネームバリューのあるクリーンな日本人だ。誰がいる?」

ユビタスが見せた転換のあまりの早さに、一斗はドライすぎると反発を感じずにはいられなかった。

それでもユビタスの言う通りではあった。ここでまたユビタスが唯一の組織本部トップとなったら、「なぜ外国人が」という批判が再燃するのは確実だ。本来、一日たりとも空白を置くわけにはいかないのが現実だった。

「わかりました。至急、候補を探します」と答えたものの、ユビタスの言う「サユリと同等、あるいはそれ以上」の人物など簡単に見つかる訳がなかった。

そうこうしている間に、一斗は突然ある大物政治家の訪問を受けた。

社員と連れ立って出たランチから戻り、午後の仕事を始めようとしていたところへ、デスクの電話が鳴った。出てみるとISTジャパンの総務課に最近入った女性社員からの内線だった。

「あの、猪野さん。林さんという方からお電話です」

「林？　どちらの林さんかな」

「それがおっしゃらなくて……何となく偉そうな方なんですけど……」

「わかった。出るよ」

電話がつながると、それはまさかと思った相手だった。

林厳幸、通称「ガンコー」。

特徴あるしゃがれ声は、かつてはテレビでもよく耳にしていた。樫木現総理が若い時分から所属する派閥のトップにいた人物だ。林自身は総理に就いていないが、キングメーカーの役割を担っていたこともある。今でも隠然たる影響力を党内に持っているという噂だったが、直接声を聞くのはもちろん初めてだった。

「猪野事務局長さん？　民自党の林ですワ。いや、急に電話してすまへん。さっきビルの下を通りかかったらお姿が見えたんでね。ちょっと今から行かしてもらいたいんやけど、構《かめ》へんか？」

ねっとりした関西弁。問いかける言葉ではあるが、有無を言わせぬ語調だった。そういえば確か地元は大阪の泉南地方だと聞いたような気がした。

どこまで本当かは知る由もないが、一斗がランチからオフィスに戻ったところを見て、在席していることを確認した上で連絡してきたのだ。

「ご用とあれば、こちらから伺いましたのに」

ふだんは相手が誰であろうと物おじしない一斗も、この時ばかりは戸惑いつつへり下って言った。何しろ相手は、議員定年など「余人を以て替え難し」とする例外規定で何度も突破し、傘寿を超えた今でもまだ議場の最上列にその座を保持している怪物なのだ。

派閥を超えて陰で党に君臨する姿は「老害」と言われて久しいが、政界で指折りの大物であることに間違いはない。

「承知しました。いまお迎えに上がります」

一斗はそう言って、電話を総務の女性に戻し応接室の準備を指示すると、自らビルの玄関に迎えに出た。

ソファに座った林は、頑固《ガンコ》と眼光《ガンコウ》を掛けた異名の通り、一斗の顔にぎょろりとした眼を向けて言った。

「共同委員長の葉山クン、辞めるらしいなァ？　健康上の理由やて？」

地獄耳とはこのことだ。どこでその情報を摑んだのだろう。

自分の驚きが表情に出てしまわなかったか、気になりながら一斗は続きを聞いた。

葉山の病気と辞意を知っている人間は、組織本部内でもひと握りに過ぎなかった。その各人には堅く口外を禁じていたのだが――。

「単刀直入に言わせてもらうワ。後任に、ウチの梨元恵子《なしもとけいこ》くんを推薦したいんや」

来た、という思いが一斗を襲った。

梨元恵子。葉山早百合に劣らず、知らぬ国民はほぼいないかつての女子アスリートだった。冬季五輪においてスキーのアルペン競技で活躍し、その高い身体能力を活かし夏季五輪にもトライアスロンで出場していた。夏冬両大会で交互に代表となること六回に及び、そのうち四度メダルに輝いた。

その後スポーツキャスターを経て、葉山と同様、人気を当て込んだ与党幹事長の林から一本釣りされて参議院議員になった。葉山と違ったのは、それからも衆議院に鞍替えするなどして議員を長く続けてきたことだ。素質があったのか本人が好きだったのか、最近はすっかり政治家としての顔が板につき、間もなく大臣ポストに手の届きそうなところまで来ていた。

一斗は今の立場に就いてから、さまざまな著名アスリートの「その後」の姿を目と耳にしてきた。「ただの人」となって埋もれたり、下手をすると過去の栄光とのギャップに悩んで刑事事件を起こしたりする輩もいる中で、最も華麗な道を歩んできた一人と言えるだろう。

だがもう還暦を超え、政界の泥にもどっぷり浸かりきっているはずだ。林の子分として文教行政に影響力というこれまた老害を発揮しまくっている。政治とカネの問題で名前が出たりする一方、宴席で若い男性アスリートに酔ってキスを迫る醜態を週刊誌に報じられたこともあった。

その梨元を政界に呼んだ林が「ウチの」と言ったのは、「民自党の」に加えて、「林の派閥の」という意味を同時に含んでいる。二〇二〇東京五輪に対しては梨元には賛成・反対とも特に目立った言動はなかったと記憶するが、与党主流派の中にいる以上、基本的には開催推進の立場にいたはずだ。

「梨元くんは知っての通り、周りを巻き込む力がある。おまけに『超』がつく国民的人気モンやったがな。新しいシンボルとしては申し分ない人材や思うけどなァ」

けれどもその「申し分ない」の最大の意味が「政権にとって」であることは明らかだった。与党や旧勢力でこの機会に二〇二八大会の運営体制を奪い返し、五輪を政権長期化の梃子《てこ》にする――。

その意図がはっきりと見える思いがした。

林としては、可愛い梨元に最後のひと花を咲かせようという親分としての思いもあるのかもしれない。

「もうナ、文科省やNOC方面への根回しは済ましとんねん」

林はさらりと言った。そう言えば梨元恵子は前内閣での国交副大臣に続き、樫木内閣では文科副大臣を務めていた。文科省としても異存などないだろう。NOCにしてもかつてのメダリストで今や永田町や霞が関で幅を利かす梨元は、崇め奉る存在以外の何ものでもないはずだ。

「内々に総理のお耳にも入れてみたんや。『それは名案だ』言《ゆ》うて喜んではった」

樫木の意志まで匂わせて真綿で首を絞めようとする林に、一斗はさらにゲッソリする思いを募らせた。

葉山が就任する時、歓迎のメッセージまで出した樫木であるのに、旧体制の意のままに動かないと見るや、頃合いを見て排除する肚だったのかもしれない。

実は五輪組織本部の委員長について、誰がどう決めるのかという明確な規定はなかった。そもそもトップの呼称も大会によって「委員長」だったり「会長」だったりで、何も決まりはないのだった。

林も一斗に決定権があるなどと思って言ってきてはいないはずだ。むしろこういう動きを起こしているぞという通告を、わざわざしにやって来たと見るべきだろう。御大《おんたい》自ら通りがかりを装って直に言ってきたのも、それが最も効果的な方法と考えてのことのはずだ。

「何を仰ってるのかわかりません」

一斗は突っぱねた。こんなとんでもない横紙破りを聞けるわけがない。

「葉山さんが退任などという話は出ておりません。共同委員長の任に変わらず尽力しておられます。どうぞお引き取りください」

その言葉に「ふん」と嘲笑するような表情を林は見せた。そしてぎょろりと目を剝くと、

「そうか。そうやっていつまでもすっトボケとったらええワ」と言い置き、帰って行った。

宣戦布告だ——。

それにしても「姿が見えたから」と言った林の言葉が気になった。自分はランチだけでなく外出している時も多い。秘書にでも常時見張らせていたのだろうかと、一斗はまたも薄気味の悪さを感じた。

「どうして政治はオリンピックを何が何でも利用しようとするんですかね」

一斗はかつて高屋にそう聞いたことを思い出した。高屋は明快に答えた。

「そりゃ、その時々のマズいことから目を背けさせるのに一番だからさ。汚職や失政で政権が攻撃されそうな事態になっても、片っぽでオリンピックでワーッと盛り上げれば、国民の眼はそっちに向くからな」

確かにそうしたことは、これまでにもあったような気がする。

「それに、国旗を掲げた闘いはナショナリズムを高揚させる最高の近道なんだ。周辺国との緊張関係を煽って、防衛費を増額しようなんて時にこれほど都合のいいプロモーションはない」

そうした国民を愚弄した策動に選手が利用されるのは、彼らにとって不本意なことこの上ないだろう。一斗としても手を貸すのはまっぴら御免だった。そんなことのために自分はオリンピックの仕事をしているのではない、と声を大にして叫びたかった。

だが現実に、政権や都知事、ＮＯＣ、そしてＷＯＣといった権力を持つ五輪関係者がまとまれば、その方向に事が動くのは避けられなくなる。仮にそうなっても、組織本部とＩＳＴジャパンの契約関係は軽々に破棄などできない。どんな形になろうとも、一斗らが退く道はないのだった。

そうであるなら――。

梨元のような人物を共同委員長に押し付けられて、政権や旧勢力の思う方向で働かなくてはならなくなる前に、自分たちから先手を取って動くしかないと一斗は考えた。

ここで政権の意に屈したら、極端な話、二年前に競合で撃退した放送局連合主導の形がゾンビのように蘇ることすら無くはないと思われた。

何としぶとい旧勢力の動きだろう。これがオリンピックに巣食う魔物の姿なのか。人の不幸さえもチャンスと見れば、ぐいぐいと理不尽な要求を押し込んでくる。

それを阻止するためには、こちらから即刻、有効な対抗手段を取らなくてはならない。

どうすればよいのか。

一斗はじっと考え込んだ。

10

長いこと考えた末に一斗が相談を持ち掛けた相手は、それまで敢えて距離を取っていた人物だった。

弁護士・渥美《あつみ》俊輔《しゅんすけ》。一斗がNOCの松神会長に頼んで組織本部の外側につくってもらった監査委員会の長だった。かつては東京地検特捜部の副部長として大規模な疑獄事件の捜査を指揮し、政治家を容赦なく逮捕・起訴した凄腕の検事でもあった。

一斗は、事務局長を始め組織本部の所作を監視し牽制する側に立ってもらう渥美に、就任時の挨拶一回以外会わないと決めていた。無用な誤解を避ける意味がそこにはあった。

けれども今回に限り、事務局長と監査責任者という立場を超えて、二〇二八オリンピックを意図した通り純粋な形で開催するために、知恵を借りるしかないと決めた。ほかに頼りにすべき人物は思いつかなかった。

日比谷《ひびや》にある弁護士事務所に、一斗はひとりで渥美を訪ねて行った。

ロマンスグレーの髪の下、眼鏡の奥に検事出身らしい鋭い眼を備えた渥美は、民自党が梨元恵子を葉山の後任に据えようとしていると聞くと、即座に断言した。

「それはダメだ。そんなことをしたら今まで続けてきた努力が水の泡になる」

渥美がそれまでの組織本部の努力を認識し、評価してくれていることを一斗は素直に嬉しく思った。だが淡い歓びに浸っている暇はなかった。

「そのためにはもっと国民が納得する人物に就いてもらわなくてはなりません。誰かいい方はいないでしょうか」

渥美はしばらく目を瞑って考えていた。一斗はじっと待っていた。やがて口を開いて渥美が出したのは、想像もしなかった人物の名だった。

「遊佐克己がいいと思う」

「えっ」

一斗は絶句した。

それは最も予期していなかった名前だった。遊佐が、これまで厳しく一斗とその周囲の動きを批判してきたためだけではなかった。一斗は思わず言った。

「渥美さん、遊佐氏はご存じの通り、番組でも『二〇二〇の疑惑が解明されていない内の五輪再開催には反対する』という姿勢を崩していません。ご覧になったかどうかわかりませんが、先日はニュースの中で私と激しく論戦をした方です。いまだに五輪運営に厳しい目を向けているんです」さらにいっきに続けた。

「その方が組織本部の最重要職に就くなんてあり得ないでしょう。ニュースキャスターのままでは絶対ムリだし、ましてキャスターを降りるとも決して思えません。あの番組の影響力から言ったら考えられないです。なぜ……」

途切れた問いに込めようとしたのは、「なぜ渥美は実施側の責任者の一人にその遊佐を据えるべきだと考えるのか」、いや「なぜ据えることが可能だと考えているのか」という疑問だった。

渥美はソファに座った姿勢をやや前のめりにして言った。

「猪野くん、遊佐さんと私は、実は長い付き合いなんだ。かつてゼネコンの談合事件を追っていた時、立場は違うがお互いに真実への肉薄を競い合ったこともある」

それは、調査報道の分野において遊佐の評判を一躍高めた事件として、一斗の記憶にあった。

「ある意味ライバルであり、抜かれないように警戒する敵方でもあり、そして社会の正義を追求するという意味では同志でもあった」

そう言って渥美は声を落として付け加えた。

「君とのことも、実は私がこの立場になった時から聞いていたんだ」

驚く一斗に、渥美は続けて言った。

「意外かもしれないが、遊佐さんとは何度か酒を飲んだ仲でもある。そして私は遊佐さんの考えていることがかなりの割合でわかるようになった」

思いがけない二人の関係の吐露を、一斗は黙って聞いた。

「遊佐さんはオリンピックそのものに反対しているわけじゃない。むしろアスリートの健闘と名誉を称え、各国の選手が切磋琢磨できる競技会自体は、とても貴重なものだと思っているはずだ。人類にとっても、世界にとってもね」

それはかつて葉山早百合や藤代に向かって一斗が答えた内容に近かった。逆の立ち位置にいながら、遊佐には自分と重なり合う部分が微かにでもあるのだろうか。

だがそうだとするなら、その部分だけは二〇二〇大会でも同じだったはずだ。それなのにあの大会に関して、遊佐の批判は厳し過ぎなかったか。開催そのものを否定していたとしか思えない。

一斗の複雑な思いを表情から読み取ったのか、渥美は続けて言った。

「確かに遊佐さんは、今の五輪の実態に深く失望しているんだろう。けれど、だからこそ最大の窮地にある今、本来の姿を取り戻すためにあなたの力が必要だ、と真摯に言われたら案外心が動くんじゃないか」

「渥美さん、そうなったら凄いとは私も思います。遊佐氏が共同委員長に就いてくださるなどということになったら、それ以上インパクトがある人選はないでしょう。そういう意味で適任とは言えるかもしれません。……でも現実的にはやはりあり得ないと思います」

一斗の中では、遊佐はどう考えても「二〇二八開催に一貫して反対を唱えてきた不倶戴天の敵」でしかなかった。

「そんな話が出たら、テレビ東朝の側だって思い切り反発するでしょうし……」

ところが渥美は意外なことに、さらに身を乗り出すと言った。

「君がそう思うなら、いちど私から話してみようか？」

そんな動きをして、藪を突いて蛇を出すようなことにならないだろうか。一斗は心配したが、渥美に相談を持ち掛けたのが自分であり、その渥美が言う以上、ひとまず成りゆきを見る以外なかった。

「遊佐さんが君に会いたいと言っている」

そう電話が渥美から掛かってきたのは、すぐ翌日だった。

取るものも取り敢えず一斗は遊佐に会いに行った。

今回、遊佐が「ここへ来てくれ」と言ってきたのは、少し変わった場所だった。

テレビ東朝社屋のほど近くにある旧大名屋敷の庭園。その一角にかつて領主が設《しつら》えたという茶室が再現されている。

静かな畳の間に通されても、茶を立てる庵主がいるわけではなく、普通に和服の女性が淹れたての茶を運んできた。他に人影はなく、人目につかない場所を遊佐が用意したことがわかった。

対座した遊佐がおもむろに口を開いた。

「話は渥美さんから聞いた。葉山さんの件は実に残念だが、病状が奇跡的に回復することを祈るしかないな」

遊佐は淡々と語った。

「実は半年前のことがあってから、我々は連広の『五輪奪還作戦』を内々に取材し続けていた」

「半年前のこと」とは、一斗が飛田の動きを遊佐らに知らせたことを指すと分かった。

その時点では『ＮＬ10』が飛田の仕掛けてきた動きを報じることはなく、ＩＳＴジャパンが組織本部の実務を担っている姿を客観的に報道しただけだった。

その後の対論で、遊佐は一斗の主張に頷くことは決してなかった。それでも、連広が変わらず蠢いていることの報道を諦めたわけではないと遊佐は言うのだった。内部で連広とつながりがある『ＮＬ10』だからこそ発動できる、何か特別な取材ルートでもあるのだろうか。別の興味が一斗の中で湧き上がったが、まずは遊佐の言葉を聞くことにした。

「民自党の林を動かすとは、いかにも連広らしいやり方だ。実は、今夜の番組トップでその話を取り上げようとしていたんだよ」

そう言うと遊佐は、一枚の印字された紙を一斗に見せた。ニュース原稿のようだった。

『梨元恵子氏、２０２８五輪共同委員長に就任か』とあった。驚いて見る一斗に遊佐は淡々と言った。

「渥美さんから聞く前に、こちらでも独自に摑んでいたんだ。葉山さんの病気を、樫木政権だけでなく連広も千載一遇のチャンスと捉えている。梨元議員は、五輪奪還作戦のキーパーソンというわけだ」

遊佐は「ガンコー」のゴリ押しを、政権与党だけの意向でなく、裏に連広がいてのことと見抜いていた。

「事態はまさに風雲急を告げている」とも遊佐は言った。

ただし一斗に示したニュース原稿では、葉山早百合辞任の可能性が示唆されていたが、病気が理由とは触れられていなかった。現在のところその報道は遊佐自ら抑え込んでいる。それだけを読めば、「新たな共同委員長」に梨元が就くように見える。

「猪野くん、君の会社はよくやっていると思う」

遊佐が不意に話を転じた。

「連広や君の古巣の弘朋社がもとの体制に押し返そうとしているのに対して、クリーンな開催方法を必死で模索してきたことは、取材を通じて私も理解した」

そう言うと遊佐は突然、驚くべき動きをした。

一斗に向かって深々と頭を下げたのだ。

「君には失礼なことを言ったと思っている。どうか許して欲しい」

あまりの急な変化に一斗は驚愕した。「人間として最低だ」「推薦状を書いたことを後悔している」とまで言い放った遊佐が突如、自分の面前で畳に付くほど低頭し詫びているのだ。

「遊佐さん、頭を上げてください。お願いです」

慌てて言った。そして頭がくらくらする中で考えた。

そのような言葉が遊佐の口から出るということは、もしや渥美から打診してもらった「葉山の後任に」という話にも一縷の望みがあるのか？

いや、それはあり得ないと一斗はすぐ思い直した。

遊佐は数秒後、頭を戻し居住まいを正すと言った。

「だからと言って、渥美さんが言ってきた梨元議員の対抗馬に私がなるという話に乗るわけにはいかない。それもわかってほしい」

やはり、と思った。そう簡単に流れが変わるわけがない。

「私は報道人を天職だと思って四〇年近く続けてきた。ジャーナリストという立場にある限り、国や社会が間違った方向に行かないように報道と言論を武器に戦うしかないんだ」

思った通りの答えだった。結局その日呼ばれたのは、なぜかは分からないが、詫びを伝えておくためだったと理解した。

一瞬でも「受けてもらえるのではないか」と思ったのは浅はかだった。もしその可能性が少しでも感じられたなら、これまで公私ともにいろいろあったことは封印して、こちらがひれ伏してでもお願いすべきだとも考えた。けれどもそう願ってやって来たことは、やはり徒労だった。

いや違う。まったくのムダではなかった、と一斗は思い直した。自分たちの働きを「よくやっている」と見直し今後、色眼鏡を掛けず報道してくれるのならば、それだけでも十分としなくては――。

「今日のところはこれを出すのはやめておこうと思う。もう数日様子を見ることにするよ」

そう言って遊佐はニュース原稿をしまい込んだ。

一斗は再び渥美の事務所を訪ねた。遊佐の言葉をそのまま伝え、「思った通り断られました」と言った。

ところが渥美はそれを聞いて微かに笑みを見せた。冷笑とも取れる表情だった。元特捜検事はこうした顔を持っているのか、と一斗はぎくりとした。

「猪野くん、君は案外ニブいんだな」

「えっ」

「遊佐さんは何と言ったんだ。正確に思い出してみたまえ」

渥美の言っている意味がわからなかった。遊佐は梨元恵子の対抗馬になるなどしない、と明確に断ったのだ。だが渥美は、自身が遊佐と話して違う印象を得ていることを匂わせている。

「ジャーナリストという立場にある限り、と遊佐氏は言ったんだろう」

一斗は雷に打たれたような思いがした。

ジャーナリストという立場にある限り――。

「しかも対抗馬になるつもりはない、とも。では、対抗馬などでないのだったら？」

遊佐が考えていることがかなりの割合でわかるようになった、と数日前、渥美は語った。

そういうことだったのか。

確かに、表面的な言葉だけ聞いてすごすご帰ってきた一斗は、渥美の洞察力に対して足もとにも及ばないと思い知らされた。

「猪野くん、二人で作戦を練ろうじゃないか」

渥美はまたニヤリとした表情を見せると言った。


五日後、葉山のビデオメッセージがＹｏｕＴｕｂｅで公開された。

「私、葉山早百合は、皆さんにお知らせしなければならないことがあります」

頭部を紺地のバンダナで覆っている。抗がん剤治療のために髪が抜けたのを隠すためのようだった。顔色は「女三四郎」が見せていた潑溂としたものとはかけ離れて、頰もげっそりとこけている。

「私は今、ステージⅣのがんと診断されています。余命は一年か二年あるかどうか、ということろだそうです」

粛々と自分に残された時間を語る葉山に、初めてそれを知った国民が全国で凍りついているだろう。一斗は想像した。

「そのために、治療に専念せざるを得なくなりました。これまで二〇二八東京五輪組織本部の共同委員長を務めてまいりましたが、その職責を今後にわたって果たすことはとてもできなくなってしまいました。期待をかけ、応援してくださった皆さんには、本当に申し訳なく思っております。どうぞお許しください」

そう言うと葉山はカメラから視線を外し、ハンカチで涙を拭いた。一斗も思わず涙が湧き上がるのを感じた。けれども葉山は一転して、再び毅然としてカメラに向かった。

「それでも大会まであと二年あまり、組織本部の仕事は一日たりとも停滞することを許されません。一刻も早く次の方に就いていただき、大会成功に向け全力で邁進することを望んでいます」

弱った表情の中にも、かつて自分よりはるかに大きな相手に立ち向かった強さを見せて、葉山は続けた。

「私の後任には、幾人かの方の名前が挙がっていると聞きます。けれども、敢えて言います。信頼し安心して後事を託せる方として……」

二秒ほどの間があった。

「ジャーナリストの遊佐克己さんにお願いできればと私は思っています。もとより私に後任の指名権などありません。去り行く人間が言うべきことでないのは百も承知です。けれども、ジャーナリストとして最も厳しい目でここ数年のオリンピックを見てきた遊佐さんなら、必ず素晴らしいオリンピックの開催に導いてくださると私は考えています。逆の言い方をすれば、その重い責任を果たせる方は、遊佐さん以外に思いつきません」

一斗はその動画を見ながら、前日に葉山の病室を訪ねたことを思い出していた。目立たぬように見舞いの花も小さなものを携えて行った。

「辞任の発表は組織本部からするのでなく、葉山さんが国民に直接語り掛ける形でお願いしたいのです」

まずそう要請した。普通に会話をするのもしんどそうに見える葉山に、映像での発信を頼むことは一斗自身辛かった。だがここからの共同委員長交代の流れをスムーズに進めるためには、どうしても必要なステップと感じていた。心を鬼にする思いで一斗は葉山を説き伏せようとした。

「遊佐さんからも、お見舞いと『ここは治療に専心し勇気をもって病を克服して欲しい』という言伝《ことづ》てを預かっています」

葉山は一斗が伝えたその言葉の意味を理解した。

「仕方ないわね。じゃ、ラストの大仕事としてビデオメッセージは出させてもらうわ」

そして切れ切れの声で言った。

「でも私こんな顔だから、田代世理子さんくらいキレイに映るために、テレビ局の優秀なメイクさんを派遣してもらえるかしら」

弱った表情での精いっぱいのジョークだった。だが、

「後任は遊佐さんに、という指名も葉山さんからお願いします」と一斗が重ねて頼んだことには、

「それだけは絶対にイヤ。そんな出しゃばったことをして『葉山は晩節を汚した』なんて言われたくない」と頑なに拒絶した。

けれども、

「このままでは梨元恵子がそのポストに就き、政権や連広の傀儡《かいらい》としてオリンピックを旧態依然の姿に戻してしまう危険性が高い。それを防ぐには、あなたから後任の人選を明らかにしてもらうしかない。遊佐さんなら国民は必ず納得します」

そう粘り強く説得を続けた結果、ようやくやせ細った首を縦に振ったのだった。

「あなた、固め技はたいしたものねえ」と、葉山は一斗に弱々しい笑みを見せながら言った。

ビデオメッセージを凝視しながら、気がつくと一斗は涙が止まらなくなっていた。自分が渥美と相談して組み立てたシナリオであるにもかかわらず、感動が全身を震わせていた。

「遊佐さんに私の次の共同委員長を引き受けていただくこと。これが私の最後の仕事です」

葉山はそう言ってメッセージを締めくくった。

画面を通して、かつての「女三四郎」が、細りつつある生気を振り絞って語り掛けた効果は絶大だった。アスリートの最後の夢として二年間エネルギーを注ぎ込んできた大役を離れると決意したことに、多くの国民が涙とともに深い理解と同情を示した。

後任を指名するという異例の越権行為にも、「葉山早百合がそこまで言うのならそれでいいじゃないか」というコメントが瞬時に数多くついた。

それと同時に、「遊佐克己はやるのか？　まさか、ホントに？」と驚愕をもって語る言葉が全国で沸き起こった。

結果として、林がゴリ押しして本人もやる気満々だったという「梨元恵子共同委員長」案は、表に出ることなく葬り去られた。


葉山のメッセージが配信される前、遊佐から葉山への見舞いの言葉を一斗が受け取ったのは、思いがけない場所だった。

一斗としては、渥美から遊佐の真意を示唆された後、どうしても自分の耳で直接聞かなければと思った。そこで「もう一度お会いしてお話ししたい」というメールを遊佐に送った。

会って再び「断る」と言われようとも、丁寧に、そして根気よく説得を続けると心に決めていた。

「そうすれば遊佐さんはきっと受ける」

それが、渥美が言った「二人で作戦を」の結論でもあった。

遊佐から返ってきたメールを見て一斗は戸惑った。

「今度の土曜、家に来てくれないか」と書いてあったのだ。

だがそこに一斗は、人目につきやすいところを避けるだけでなく、これまでより一段深い話をしたいという意図を読み取った。

そして、橋渡しをした渥美と二人で来るようにとは、どこにも書かれていなかった。

もし書いてあったとしても、監査委員長である渥美とこれ以上行動を共にすべきではないと一斗は考えていた。役割のけじめというだけでなく、初めて葉山早百合と会った時に高屋に言われた「一人で行った方が思いの丈が伝わる」という言葉が頭の片隅に残っていた。さらに、かつて「紹介者になったことを後悔している」とまで罵倒された遊佐に、自分の器を試されているような気もしていた。

週末の昼前、メールにあった住所をスマホの地図で見ながら、一斗は単独で遊佐の自宅を訪ねた。西武池袋線の石神井《しゃくじい》公園《こうえん》駅から表通りを少し入った静かなところに遊佐の自宅はあった。デザイナーの手が入ったと見える白いスクエアな外観の家だった。

驚いたのは、門の反対側に覆面パトカーが止まっていたことだ。中では私服刑事が目を光らせているようだった。そう言えば、遊佐は日頃の論調によって右翼方面から狙いを付けられており、実際に脅迫状がテレビ局に届いて警察に被害届を出したという記事を読んだことを思い出した。

「よくいらっしゃいました。せっかくのお休みのところ、お呼びたてしてごめんなさいね」

門前の警戒感とは裏腹に明るい笑顔で一斗を出迎えたのは、遊佐の妻だった。

「いま主人、ちょっと手が離せなくて」と言う妻に導かれて家に入ると、大きめのキッチンで何やら取り組んでいたのは見慣れない作務衣《さむえ》姿の遊佐だった。

「どうしても自分で猪野さんをおもてなししたいと言うんですよ」

「いや、すまんね。今こっちがヤマ場なんでね」

そうキッチンから声を上げた遊佐は、大きなまな板の上で捏ねた蕎麦の種をのし棒で平らにする作業に没頭していた。力仕事と見え、額にうっすら汗を浮かべ唸りながらやっている。

ご丁寧に、テーブルの上には『蕎麦処　遊佐』という小さなプレートまで置かれてあった。

「この人、昔から新聞記者でやっていけなくなったら蕎麦打ちになる、なんて言ってましてね」

笑いながら言う妻の言葉に被せるように遊佐が言った。

「蕎麦は三立てと言ってね、挽《ひ》き立て、打ち立て、茹《ゆ》で立てが何より重要なんだ。だから来てもらう直前から始める必要があるんだよ。ああ玲子《れいこ》、猪野くんに座ってビールでも飲んでもらってくれ」

表札に並んで書かれてあった「玲子」が、妻の名だった。

「あんな蘊蓄《うんちく》を並べながら、気に入った若い記者さんを家に呼んでは無理やり食べさせるんですよ。被害者になった方が何人いたことか」

「おいおい被害者はないだろう」とむきになって反論する遊佐に一斗は、著名ジャーナリストのこれまで知らない別の姿を見た気がした。作務衣のいで立ちも瀟洒なデザインの家とコントラストをなし、味を感じさせる。

「猪野さん、遊佐の高校の後輩にあたられるんですってね」と言いながら、玲子が一斗に冷えたビールを注いだ。恐縮して手をつけずにいる一斗に、玲子は「……ということは私の後輩でもあるわけね」と言った。

「私たち、高校の同級生だったの。大学時代に付き合い始めて、それからずっと」

ほう、と一斗は唸らずにいられなかった。一瞬、丸みを帯びた玲子と、たぶん今より痩身であっただろう遊佐の学生時代の姿を想像した。

そうだとすれば自分の結婚生活のいったい何倍、この二人は一緒にいるのだろう。遊佐は自分以上の仕事人間だったと見えるのに。夫婦で今でもこれほど仲良くいられるというのは、自分にはできなかったことだ。

争いが絶えなかった自分と妻だけれど、一度は契った仲なのだ。もう少しお互いに頑張れば歩み寄れたのかもしれない、という想いを初めて一斗は持った。

遊佐の子供はもう独立したのか、家にはいないようだった。

「ちょっと待ってくださいね。蕎麦を打つのは主人だけれど、つゆを作るのは私の担当になっているのよ」

玲子もキッチンに入って行った。

「どうぞ、本当に遠慮せずお飲みになっていて」

そうカウンター越しに言われても、一斗は今日呼ばれた目的の遊佐の言葉を聞くまでは、グラスに口をつける気にならなかった。

「さあ、できた」

遊佐が蕎麦の入った大ざるを抱えて来てテーブルに置いた。そこからそれぞれの竹すだれ皿に盛るようだ。玲子が作ったつゆと根の付いたままの山葵《わさび》も置かれている。

　席に着くと、遊佐が言った。

「猪野くん、先日は君を騙すようなことを言って悪かった」

　突然出た言葉に、一斗は居住まいを正した。

「あらヤダ、お箸が出てないわ」と玲子がさりげなく立ってキッチンに戻って行く。

「渥美さんには『鈍いな』と叱られました」と一斗が正直に言うと、遊佐は短く笑って、

「まあ、それも君のいいところなんだろう」と言った。

　思えば、遊佐の柔らかな笑顔というものを見たのは、初めてだった。

「いいかい、葉山早百合さんには、どうか治療に専念していただきたい、とお伝えしてほしい。そして、ほんとうに外に適任者がいなくて……」

　遊佐は一斗の顔を正面から見て言った。

「遊佐に、ということで組織本部がまとまるのなら、私は共同委員長を引き受けよう。あるべきオリンピックの姿を取り戻すために、君とともにこの身を投げ打って力を尽くす」

　一斗は遊佐の言葉に、思わず目を閉じた。聞くことを最も望んでやって来た言葉だった。自分の中で二度三度と反芻し、冗談や嘘ではないことを確かめた。そして、深く頷いた。

「ありがとうございます」そう言おうとしたところへ、玲子が戻って来て朗らかな声を掛けた。

「さあ、食べましょう。茹で立てが大事なんでしょ」

　それに答えて遊佐が言った。

「引越し蕎麦だ。これからよろしく頼むよ」

そして玲子に向き直ると、ぼそりと言った。

「まったく、ウチの高校の伝統なのかね。猪突猛進にはかなわんよ」


葉山のメッセージが配信された翌週、遊佐の就任記者会見が行われた。

それは同時に『NL10』キャスターの降板会見でもあった。首相の辞任会見でもこれほど集まるかと思われるほどのカメラと記者を前にして、遊佐は語った。

「ご存じの通り、私は去る二〇二〇東京大会以来、五輪をめぐるさまざまな事象に極めて批判的な目を向けてきました。番組でもその方向で報道してきました。その私が五輪実行組織の共同委員長に就くことに驚かれる方も多いかと思います。裏切り、あるいは変節とお怒りになる方もいるかもしれません」

遊佐はひと言ひと言を、真摯な表情で語りかけた。

「その批判は、甘んじて受けたいと思います。その上で、私が今回の就任要請に応えようと決意した理由をお話ししたいと思います」

あくまで「強い要請に応じた」という形を取ることは、遊佐が共同委員長を引き受けるに際して出した唯一の条件だった。誰かの対抗馬などでなく、唯一無二の候補であることは渥美の言った通り大前提で、そこに一斗は遊佐の高いプライドを感じていた。

実際、葉山早百合からはビデオメッセージを公開する前に、「後をお願いしたい」と細る力を尽くして綴った手紙を預かり、遊佐に手渡していた。

テレビカメラに向かって語る遊佐を、一斗と渥美は会見場の隅で見守っていた。

「私はスポーツを愛することにおいて、決して人後に落ちることはないつもりです。スポーツは芸術と並んで、世界の人々に共通の感動をもたらす人類最大の発明と信じるからです」

遊佐は会見場を埋め尽くした記者たちを見回して言った。

「スポーツの語源はラテン語のｄｅｐｏｒｔａｒｅで、解き放つという意味です。現実のさまざまな頸木《くびき》を逃れ、人間本来の姿を追求する。その価値は現在においても、いや現代においてこそ大きなものがあると考えます」

遊佐の弁が熱を帯び始めた。

「その象徴となる祭典が言うまでもなくオリンピックです。ところが近年のオリンピック、とりわけ二〇二〇東京大会は、運営においてそうした理想から最もかけ離れたものになってしまった。これほど嘆かわしいことはありません。ですから私はジャーナリストとして、何とか本来あるべき方向に戻せるよう、敢えて厳しい言論を駆使してきたのです。オリンピックを大切に思うがゆえの行動と、どうか皆さんには受け取っていただきたいと思います」

いっきに話す遊佐を見ながら、全国でこの会見を見ている人々はどう感じているだろうか、と一斗は考えた。遊佐の言うように「掌返し」に失望しているだろうか。必ずしもそうではないような気がした。

「オリンピックを正しい姿に戻すのは、日本国民の責任であり、熱望であると私は思っています」

いつもの攻撃的なものではない遊佐の語り口は、また別の独特な説得力を持っていた。

「現在、二〇二八東京大会まであと二年となり、準備は最終段階に入りつつあります。今大会の運営体制を私は、二〇二〇大会とは大きく違ったものになっていると捉えています。組織本部の体制は、前大会の反省に立って、格段に透明性の高いものになりました。予算措置にも大規模なクラウドファンディングが初めて導入され、市民の参加意欲も反映できるようになっています。私が当初、クラウドファンディングを批判するようなことを言ったのは、意外な手法に目を向けてもらいたいがために敢えて取った手段でした。アスリート・ファーストを尊重しつつ、観客の『体験』のレベルを大きく変える試みが『MAEを向く五輪』というキャッチフレーズのもと、進んでいます」

一斗は自分が発案した言葉を遊佐が引用したことに率直に驚いた。その思いを理解し、共感もしてくれている。柔軟でありながら真摯な姿勢に、敬意に近いものを抱いた。

「その方針でここまで進んできたことに、葉山早百合共同委員長の存在が大きな力となってきたのは言うまでもありません。けれども葉山さんが、誠に残念ながら病に倒れるという事態が起きてしまった。この緊急事態に際し、葉山さんの志をしっかりと受け継ぎ、繋いでいく後継者が必要です。政治や大資本に利用されず、本来のオリンピックの名にふさわしい姿で大会が実現されるために」

遊佐の滔々とした語りは、特質である批判性も失っていなかった。

「その役割を私にというお話が初めてあった時、もちろん私は即座にお断りしました」

会見場の空気が「おや？」というように緊張した。

「今度こそオリンピックが望ましい形で行われるように、というのはもはや国民の悲願と言えるでしょう。それを理解し、応援する気持ちは私にもあります。けれども私はそれをあくまでジャーナリストとしての立場で表していきたい、と思っていたのです」

　ひと息継ぐと遊佐はカメラを見つめて言った。

「ところが、葉山さんの後任を巡ってある動きが起きていることを私たちは摑みました。政権と大資本、一部のメディアや広告代理店が主導して、旧態依然の利権構造に戻そうという動きです」

　具体的な名こそ出さなかったが、遊佐は梨元恵子を後任に推そうとした動きにそう触れた。それは事前の一斗らとの打ち合わせになかったことだった。驚いて一斗は傍の渥美の顔を見たが、渥美は黙って頷くだけだった。

　世に報じられていないその事実に言及することが、自身の決断への理解を得る力になると遊佐は思考したのか。あるいは渥美から、友人としてのアドバイスがあったのではないかとも一斗は考えた。

「これはいかん、と思いました。その好ましくない流れを阻止するためにはどうしたらいいのか。いろいろな方の意見も聞き、熟考しました。その結果……」

　遊佐は真っすぐ前方を見つめて言った。

「私自身がこの際、矢面に立つしかないと決心しました。外から批判するのでなく、焦点となる役目を引き受ける形で、です」

　きっぱりと言った後、落ち着いた調子に戻った。

「ジャーナリストは、監視と批判が仕事です。私はこれまでの人生で、それをささやかながら実践してきた自負を持っています。けれども、実行組織において役割を果たすこととそれは両立しません。ですから私は、今日を以てジャーナリストとニュースキャスターの職を辞める決意をしました。テレビ東朝も退社します」

最後の言葉に、会見場では一斉にどよめきが起きた。

「明日からは、組織本部の一員として微力を尽くす覚悟です。今後は私が逆に監視される立場になるわけです。当然ながら批判されるようなことのないよう務める所存ですが、必要ありと感じられた時はどうぞ忌憚のない意見をお願いします」

遊佐はカメラを通して、国民のひとりひとりに語り掛けるように言った。

「皆さんのその思いこそが、五輪をあるべき姿に引き戻す熱源になり、原動力になるのです」

遊佐の言葉を聞いて、一斗はまさに熱いものが込み上げるのを抑えられなかった。

遊佐克己は今、天職として長年続けてきたジャーナリストを廃業する決断をした。たまたま接点を持った一斗が投げ込んだ小さな石が、大河の流れを変えるようにその人生を動かしたのだ。

翌日、葉山早百合の病室に遊佐と一斗、そしてユビタス・ジュニアの姿があった。

葉山は「もうこんな姿だから」と面会を固辞しようとした。それに対し遊佐が「直接引継ぎをしなければ就任はできない」と言い出し、ユビタスもまた「見舞いをして病状を確かめないと、辞任を認めない」と言い張ったのだ。

ユビタスのその言葉には、上から目線のようで、彼なりの思いやりが込められていると一斗は感じた。

一週間ぶりに会った葉山は、さらに顔色が黒ずんでいた。声もかすれ、言葉を発するのもつらそうに見えた。

病室には葉山の娘、彩月《さつき》が付いていた。小学校の低学年から柔道を始め、道場では「さすが母親譲り」の評判通りにめきめきと才能を発揮中と聞く少女だ。それでもその場では、内気なのか、母の病気が心に重くのしかかっているのか、顔を伏せたままだった。

ユビタスがそんな彩月の頭を撫でたのち、か細くなった葉山の手を握り語り掛けた。

「オンナサンシロウの復活を信じているよ。プレゼンの日、カズトのチームの案をサユリが支持してくれたから今があるんだ。キミはりっぱに役割を果たした。だから共同委員長は辞めてもいい。でも開会式には来ると約束してくれ。みんなで待っているから」

言いながらユビタスの目に涙が溢れるのを一斗は見た。

遊佐は少し違う言葉を口にした。

「葉山早百合の替わりが務まるとはとても思えないが、あなたに指名されてやらないわけにはいかない。史上最高のオリンピックにするために、私なりに残りの人生を賭けて取り組む決意です。どうか見守っていてください」

「お二人ともありがとう……」

葉山がかすれる声を振り絞るようにして言った。

「猪野さん、あなたは本当に私の恩人だわ。お礼を言います。あなたが声をかけてくれて、私はスポーツに最後まで関わることができた。アスリートの端くれとして、こんなに幸せな人生はなかったわ」

「何を言うんですか」と一斗が遮ろうとした時、彩月が「わっ」と泣き出して病室を駆け出て行った。シングルマザーの、その母親がいなくなってしまう哀しみは誰にもわからないだろう。

「彩月ちゃん！」追いかけようとした一斗に葉山早百合が言った。

「あの子なら大丈夫。それより皆さん、お身体に気をつけて、二〇二八東京五輪を必ず成功させてくださいね。私、見てます。きっと、真っ青に晴れた空の上から」

三人の男はもう答える言葉を持たなかった。

「お大事に」とそれぞれに低い声で呟いて、病室を後にした。

一週間後、林厳幸、通称「ガンコー」の政界引退がひっそりと報じられた。新聞に掲載された小さな写真では、トレードマークのぎょろりとした眼が心なしか力衰えて見えた。

それは政治と広告代理店に支配され、翻弄されてきた五輪が消滅した瞬間だった。

第四章　叛逆

1

三回目の東京五輪開催に向かうカレンダーは加速度がついてめくられ、あっという間に前年の二〇二七年となった。

ウェアラブル・カメラの著しい性能向上は、選手たちにも好感をもって受け容れられていた。

当初、臨場感を超える新しい体験《エクスペリエンス》に重要な役割を担うカメラに対しては、性能への不安とは別に、陸上界の関係者からネガティブな意見が少なからず上がっていた。

「選手は極限の条件で勝負しているのだ。一グラムでも負荷を増やすべきでない」

「成績の邪魔になるような行為を運営側がしていいのか」

だが新しい年の一月に行われた「ワールド陸上」がすべてを変えた。

オリンピックの前哨戦と見なされたその大会は、「体験」の面でも本番のオリンピックに対する予行演習の位置づけになっていた。

情報発信で言えば、オリンピックに向けた専用ＳＮＳのバージョン１《ワン》がすでに立ち上がっていた。『ＡｔｈＬｉｎｋ《アスリンク》』と名付けられたそのＳＮＳは、文字通りアスリートと一般市民を直接結びつける画期的なネットワークになるものだった。

バージョン１では組織本部のＥ局が公認した映像だけが流されていたが、新たな素材が上がる度にさまざまなＳＮＳに拡散して、アクセスは一〇〇万を超える盛り上がりを見せていた。

その中で否が応にも注目を集めたのは、日ごとに調子を上げ、記録更新が確実視される川端駿太だった。ウェアに縫い込まれた超薄型カメラからの映像を見た人々からは、いっせいに驚きの声が投稿された。

「トップアスリートはこれほど激しいスピードの中で肉体を駆使していたのか」

「選手はこんな世界を見ていたとは」

さらに川端自身が、「カメラは何の障害にもならない」「むしろもっと頑張ってタイムをあげようというモチベーションを掻き立てる」と発言したことで、アンチの議論はいっきに消え去った。

自分の発言を証明するように、川端駿太は単独で出場した一〇〇メートル決勝において９秒93と日本記録を更新、各国の名うてのスプリンターと競った順位においても、日本人初の四位入賞を果たしたのだった。

もう一つの花形種目である四×一〇〇メートルリレーでも、本番の五輪で走るチームの原型になる四人が決まった。

第一走者に重宗隆《しげむねりゅう》。スタートのうまさと円弧状のコーナーを駆け抜ける技術に定評があり、真っ先に一走に選ばれていた。二走は梶倉明弘《かじくらあきひろ》。こちらは逆に、直線でトップスピードに持っていく加速能力の高さが評価された。

三走は牧口真人《まきぐちまさと》。二〇二〇大会で川端康太とのバトンパスに失敗した牧口一生の従兄弟《いとこ》にあたる選手だった。やはりカーブでスピードを落とすことなく走れる「コーナーワークの匠《たくみ》」の異名を持つ。

そして最後にバトンを牧口から受けてゴールへ駆ける第四走者に、川端駿太が据えられていた。

四人はこの大会で、ジャマイカ、アメリカなど強豪のひしめく決勝において二〇一六年リオデジャネイロ五輪以来の二位に輝く大快挙を成し遂げた。

表彰台に立つ四人のサムライの雄姿は、「五輪では金！」という野望とも言うべき国民的期待をいっきに燃え上がらせた。

四人のレースぶりを克明に捉えたウェアラブル・カメラの映像を、一斗は繰り返し視た。

まず第一走者のスタートでは、トラック面につくかと思うほど深くクラウチングした姿勢から、瞬時に放たれて舞い上がる高揚感。そこから熱風に包まれる中のめくるめく加速感。〇・一秒ごとに激しく高まる風切り音。そしてぐんぐん迫ってくる次走者の背中と、バトンを渡す瞬間に向け極限に達する緊張感――。

離れた位置のカメラでは決して味わうことのできないリアリティ。ランナーの五感を疑似体験させる映像は、何度視ても飽きることがなかった。

けれども一斗は、その中に微かな違和感を覚えた。

何かが違う。これまで見慣れてきたリレーの映像と。

それが何であるか突き止めるために、また幾度もリプレイして視た。

そして、「なるほど、そういうことか」と呟いた。

「何ですか」いつの間にか傍に来ていた藤代が、そのひと言を聞き付けて聞いた。

「……バトンパスが変わってる。上からになってるんだ」

「えっ」

藤代が驚きを隠さずに言った。指でリプレイボタンを押して、食い入るように見つめる。

「本当だ。オーバーハンドですね。ここ何大会にもわたって、日本はアンダーハンドパスがお家芸になってたのに」

リレーにおけるバトンの渡し方は、歴史的にずっと、次の走者が後方に伸ばした掌を空に向け、そこに前走者が上からバトンを置く方式が行われてきた。

だが、そこに革命を起こしたのが日本の陸上界だった。前走者が低い位置から次走者の地面向きの手にバトンを差し出す、上下逆の「アンダーハンドパス」を日本独自の形で開発したのだ。

ある指導者が提起した「そのほうが速くバトンを渡せて、全体のタイムも短縮できる」という仮説が、競技者を巻き込む実践的研究で実証された。技術的には多少のハードルがあるが、訓練によってそれは克服できることも明らかになった。

その結果、日本のリレー競技において、バトンはことごとくアンダーハンドでパスされるようになった。

「ふーん、メリット、デメリットって出てますね」

早くも藤代はネットで調べた結果を表示させていた。

アンダーハンドパスのメリットは、前走者が自分の走るフォームの中で自然にパスでき、次走者も腕をひねって高く上げる必要がないため、タイムロスが起きにくいことだという。

ただし、バトンの前後の端を互いに持って受け渡す形でなく、「握手するように」渡すのがコツとされるため、細かく言うと走者間の距離が最大二〇センチくらい詰まる。僅かな差のようだが、三回のバトンパスで計〇・六メートルと考えると、〇・〇一秒を争うレースの中では意外に大きな要素になりかねない。

また最大のデメリットは、やはり選手が慣れていないことに尽きると出ていた。

「僕らだって中学生くらいまではオーバーしか知らなかったですよ」

ネットの情報では、藤代がまだ子供だった年代に、陸上競技界ではいっきにアンダーハンドパスの導入が進んだ、となっている。

「トップクラスの選手はこうしてるって先生に言われて試しにやってみたけど、かえって手間取ってまるで遅くなっちゃいましたよ」

「マーク、リレーなんかやってたのか」

「あ、言ってませんでしたっけ。僕、高校では陸上カジってたんですよ。ま、専門は一応中・長距離だったんだけど、弱小校だったから何の競技でも引っ張り出されました」

そう言えばハワイに留学を決めたのも、ホノルルマラソンに出ようとして彼《か》の地の魅力にいっぺんに取りつかれたからだと聞いた気がする。

その話を耳にして、一斗に苦いような甘酸っぱいような思い出が還ってきた。一斗は大学でアメフトはやっていたが、そもそも走るのは決して速くなかった。身体が硬いせいか、タイムを取ったら学年の中でも平均より遅いくらいだった。

それがなぜか中学の体育祭でなぜかリレーの選手に選ばれたことがあった。ところが自分の走区で何と五人に抜かれた。その区に他の組がたまたま速い走者を集めてきたせいもあったが、それまでに前走者らが稼いできたリードをすべてあっけなく吐き出したのだ。

先に走った選手たちから罵倒を浴びたことより、当時好きだった女子の前でその恥を晒したことが、死にたいほどの自己嫌悪をもたらした。

そのため大学のアメフト部でも主として担っていたのは、もっぱらディフェンスを潰す役割で、足が速くなくても務まるオフェンスライン《OL》だった。クオーターバックからのパスを受けて走り、得点するワイドレシーバー《WR》などのポジションには、現役だった四年間を通じて無縁だった。

「なんでまたオーバーハンドに戻してるんですかね。せっかくアンダーで技術を磨いてきたのに」

藤代が言って、一斗もその理由を考えてみた。

アンダーハンドのメリットは、引っくり返せばオーバーハンドのデメリットということだ。逆にデメリットはオーバーハンドの有利な点と言えるだろう。日本以外にアンダーハンドパスを採用している国が多くないのは、オーバーハンドのままでもタイムを短縮する技術がそれなりに磨かれてきたからではないだろうか。

不意に一斗の頭の中にある映像が鮮明に甦った。二〇二一年の東京大会で、最もメダルに近いと期待されながら、バトンを落とすという痛恨のミスで失格になった日本チーム。肩を落とし、泣きじゃくる川端康太――。

その時も当然、バトンはアンダーハンドで引き継がれようとしていたはずだ。あの手痛い失敗を繰り返さないために、日本チームは再びオーバーハンドに戻す冒険を決意したのではないか。

「ボス、このこと、どこかで報じられてますかね」

「いや、どこでも見たことないな」

この大会は実質的な五輪の前哨戦とは言え、独立したイベントだった。したがって、NHA、民放が競って報道している。画面で見ていても一斗の知る限り、ひとつとしてその変化を指摘したメディアは無かった。画面で見ていても一瞬の手の動きはなかなか判別できるものでなかった。

だが今回のウェアラブル・カメラの映像を拡大し、一時停止《ポーズ》と再生を繰り返しながら見ると、日本チームのすべてのバトンパスがオーバーハンドで行われていることが分かった。

「関係者以外知らないマル秘作戦っていうことか」

「ここまでウェアラブル・カメラの性能が向上したからこそ、僕らは気づいたんですね。このことだけ取っても、ウチの情報発信の優位性が実証されてますね」

藤代が自信満々の表情で言うのを見ながら、これは本当に新しいオリンピック体験をもたらすキー・テクノロジーになると一斗は確信した。

2

「こんなに近くに富士山が見えるんだ。『ザ・ニッポン!』って感じですね」

藤代がヘルメットとサングラスの下から言った。一斗も快晴の空をバックにした真っ白な富士に思わず見入った。東京から見るよりこちらの視点が高い分、間近にそして雄々しく目に映る。

「オレたち、よほど行いがいいんだな。これほど見事なコントラストって、この季節でもそうそうお目に掛かれるもんじゃないぞ」

ワールド陸上からひと月。一斗と藤代は早春の伊豆にいた。修善寺《しゅぜんじ》温泉にほど近い高原にある日本サイクリストセンター。そこで翌年に迫った五輪・自転車競技のテスト大会が行われていた。

二〇二〇東京大会においては、このセンターで自転車の競技が行われたのは屋内ベロドロームでのトラック種目だけだった。ロードレースは都内から富士の裾野までの公道で、BMX競技は有明《ありあけ》に特設された競技場で実施された。今回は開催費用の節減のため、自転車競技はこの施設と周辺に集約して開催することになっている。東京オリンピックの名称からは、ぎりぎり許容範囲というところだろう。

前年の秋から五輪各競技のテスト大会が東京周辺で連続して行われていた。競技数を大幅に縮小させたとは言え、二一競技、一二〇以上に及ぶ種目をすべて実地で試行する必要があった。その過程で少しでも問題や懸念点があれば潰しておかねばならない。

しかも今回のテスト大会には、本番競技のリハーサルという意味のほかに、「体験」のキーになるウェアラブル・カメラの最終テストという課題があった。

ウェアラブル・カメラはできる限り広汎な競技で採用することが企図されていたため、完成域に近づいたブレ防止機能のほかにさまざまな機能が検証に付されていた。柔道やホッケーでは耐衝撃性、水泳では完璧な防水機能がその対象になった。そうしたひとつひとつのテストに、藤代はすべて立ち会ってきていた。

前年の二月、イタリアのミラノとコルティナ・ダンペッツォで行われた冬季五輪では、スキーのジャンプ選手のヘルメットにカメラが付けられた。開発途上ではあったが、離陸から天空への飛翔、急降下して迫る着地まで、それまでジャンパー以外見たことのないスピード感に満ちた映像を堪能できることが確認され、競技関係者を大いに喜ばせた。

「でも、実はこの自転車競技がカメラにとっていちばんタフな試練ですからね」

「そうだな」

　自転車では他の競技と共通の条件に加えて長時間、高速移動しながら撮影し、その映像を安定して発信し続けるという高度な性能が要求されていた。屋外レースでは、激しい風雨に晒されることもある。藤代の言う通り、テストの集大成だった。そのため今回は、一斗もともに現場に来て立ち会うことにしたのだった。

　選手の競技の合間に自らロードバイクにまたがり、センターから伊豆高原へ、そして半島を一周するコースの一部を体験走行していた。一時休憩すべく二人が停まった峠の地点から、純白の富士山が正面に眺められたのだった。

「逆に言えば、自転車競技でＯＫなら、他のどの競技でも使えるってことだ」

　二人は選手たちと同じくヘルメットの先端にカメラを装着して走っていた。カメラは超軽量・薄型化されたために、強力な両面テープで接着すれば脱落するおそれはない。後に自身が走りながら発信した映像を見るのを一斗は楽しみにしていた。

　停まっている二人の傍を、後ろから迫って来た屈強な選手たちの一団が一瞬のうちに駆け抜けていく。

「あの人たちのスピードって、時速七〇キロを超えるそうですよ」

そうなのだ。「ケイリン」が日本発祥の五輪種目としてあるように、自転車はプロとして活躍中のレーサーが出場できるオリンピックでは特異な競技でもあった。

その後ろ姿があっという間に消えたのを見届けて、一斗と藤代は再びサドルに跨った。

カーブの続く長い坂を、ペダルを踏みしめて上っていく。二月とあって風は肌を切るように冷たいが、吹き出した汗が顔から湯気として上がっている。ウェアにもじっとりと汗が滲んだ。

連日の酒びたりと仕事に追われる生活で、すっかり鈍《なま》った体に悪態をつきながら一斗は必死にペダルを漕いだ。悔しいが、前を走る藤代には離されるばかりだった。

それでも実感した。

やっぱりスポーツはいい。何にも勝《まさ》っていい――。

今は人が競技をする手伝いを仕事にし、その中で確かなやりがいを感じている。けれども自分で体を張ってやるのは、その何千倍もいい。

一斗は、大学時代に打ち込んだアメフトを、就職してぱったり止めたことを後悔した。忙しくてもなんとか時間をやりくりすれば続けられたはずだ。今の仕事が落ち着いたら、少しずつでもまた始めてみようか。中年でも入れるクラブチームとか、どこかにあるはずだ――。

そう思いを巡らせながら、アップダウンに富んだ五〇キロのコースを走り終えた。センターに帰着した時には、脚の筋肉がパンパンに張り、腰が痺れて無感覚になっていた。

藤代がヘルメットを取りながら、言葉を掛けた。

「くたびれたでしょう、ボス。センター自慢の温泉露天風呂でも入って、身体をほぐしてくださいよ」

同じコースを走り終えても、藤代は涼しい顔をしている。高校時代には弱小校とはいえ陸上部に入っていたという藤代だ。今も日頃からランニングやジムで鍛えていると聞いてはいたが、体力の差をまざまざと見せつけられた思いだった。悔しさにまみれながら一斗は答えた。

「ああ。でもせっかくのカメラの映像を早く見たいしな」

「全部なんか見てたら大変ですよ。まず僕が見て、サワリを抽出しておきます。もう最終チェックだけですから」

選手たちのヘルメットにつけたカメラの映像は、翌日受け取れることになっていた。

「マークは温泉に入らなくていいのか」

「ま、シャワーだけは浴びますけどね。僕、大浴場ってあまり得意じゃないんです」

そういう若者が最近増えているとは聞いたことがあった。せっかくある温泉に浸からないのはもったいない。一斗には理解できなかったが、それもまた藤代らの世代が嫌う中年特有の価値観なのかもしれない。

「わかった。じゃ、頼む。また後でな」

一斗はヘルメットからウェアラブル・カメラを外すと、藤代に託した。


露天風呂には何人かの先客がいた。センターの宿泊施設をベースとしてテスト大会に出場している若者たちと見えた。さっき抜いて行った選手たちかもしれない。さすがに皆、上肢、下肢とも眩しいほどの筋肉を持っている。

自転車の競技者について一斗は詳しくなかったが、あと一年半後に迫ったオリンピックの代表選考はまだ進行中のはずだった。この中にもその座を目指して研鑽を重ねている選手がいるのだろう。

湧き出る湯に深く浸かって手足を伸ばしていると、さっきまで悲鳴を上げていた腰がようやく感覚を取り戻した。それとともに今までの準備で味わってきたさまざまな困苦が改めて頭の中に巡ってきた。

よくもまあ、あれほど色々とあったものだ――。

ひとつ間違えば開催に向かって積み重ねた準備がすべて水泡に帰すような、ぎりぎりの局面もあった。

最初に顔色を失ったのは、やはりクラウドファンディングの不調だった。

クラウドファンディングは、幸いにして現の時点までに恙《つつが》なく目標額を達成していた。逆に一〇パーセントほどオーバーする余裕をもって募集を終了したのだ。

全体ではやはりチケットのコースで希望の競技を言えるように変えたのが大きかった。あそこで方針変更をしていなければ、いまこうしてのんびり風呂に浸かっていることなどできなかったかもしれない。

さらに、公式グッズを手に入れたいとクラファンに参加した出資者の数も侮《あなど》れなかった。二〇二〇大会においては、公式エンブレムの付いたキャップやブルゾンを身に着けて外を歩くことは、どこか気恥ずかしいだけでなく後ろめたささまで感じるものだった。それが今回は、堂々と着て街を闊歩する姿が目立っていた。

「自分たちも二〇二八五輪を盛り上げているんだ」という素直に前向きな感覚がそこには表れて

いた。

そして最後の段階で予想した以上に希望者が多く集まり、盛り上がりを見せたのが、「海外からの役員をホームステイさせる権利」だった。開催中、期間を分割して複数の家庭に泊ることになる役員も出るほどだった。

その盛況ぶりはメディアでも多く取り上げられ、「今からもう、どんな方がウチに来てくれるか楽しみです」とテレビのインタビューに答える家族もいた。

アイデアを出した本人のエイミーは「ね、やっぱりそうでしょ」とドヤ顔で言ったものだ。

いまや五輪に向けての応援団に変わった東朝新聞は、社説でこう称えた。

『クラウドファンディングがもし購入型のみの設計だったなら、五輪開催の原資をスポンサー料からチケットやグッズ販売の収入にシフトしただけ、と見ることもあるいはできたかもしれない。しかし、寄付型への出資が小さくない割合を占めたことは、市民主導のあり方をオリンピックに再生したということができよう。二〇二八大会の功績が五輪の歴史に銘記されることになる』

だがその一方で、一斗らを襲った執拗な妨害も、ひとつひとつ記憶に刻まれている。それを上回るさまざまな人の助けがあったからこそ、ようやく乗り越えてここまで来られた。

そう考えると、今のゆったりした瞬間が何ともかけがえのないものに思えてきた。

風呂から上がり部屋に戻ると、「三階の研修室に来てください」という藤代のメモがあった。大きなモニターのある部屋でカメラの映像を見ようというわけだな、と一斗は察した。ひと息つく間も置かず、まだ重さの残る脚を引きずりながら階段を上った。

研修室に入ると、モニターには二分割された映像が映し出されていた。左半分には藤代のカメラで撮ったスピード感に満ちた映像があり、右には一斗自身のカメラの映像があった。二つを同時に見ることで印象に立体感が生まれることが分かる。

先行する藤代のロードバイクが上下に揺れて見えるのは、追う一斗の姿勢が上がったり下がったりしているからだ。安定して前傾姿勢を保っている藤代に比べて「いかにも無駄な動きが多いな」と認めざるを得なかった。せっかく温泉で洗い流した汗がまた吹き出しそうになった。

それでも自分が走りながら見ていた狭い視界より、いちだんと広く豊かなコースとの一体感がそこにはあった。

「なかなかいいじゃないか」

「そうですね。目指したレベルはじゅうぶん達成できたと思います」

「安心して本番を迎えられそうだな」

満足してそう言った一斗に、藤代は思わぬ言葉を返した。

「カズトさん、僕、会社を辞めます」

「えっ?」

一斗は耳を疑った。

「えっ、今なんと言った?」

「ISTジャパンを退職します」

藤代の表情が一転して硬いものになっていた。信じられぬまま一斗は言った。

「何でだ。オリンピックの本番はすぐそこまで来てるんだぞ。それにマークが骨を折った体験《エクスペリエンス》の中核になるカメラは、ようやくこうして成果が出たところじゃないか」

「ええ。だから辞めるんです」

言っていることが判らなかった。

「ここまで来て本番をやらないなんて考えられない。無責任じゃないか、マーク」

E局長として、という言葉を出しそうになって呑み込んだ。創業以来一緒に走ってきた藤代の存在感は、すでにひとつの局長職の範囲を超えるものになっていた。

「カズトさんには秘密にしていて申し訳ありませんでした。僕はいまプリヴィレッジ・テクノロジーズの顧問弁護士になっています」

一斗は唖然とした。藤代が言ったのはウェアラブル・カメラの開発に取り組んできた会社の名だった。その開発の遅れを心配して、藤代はシリコンバレーまで発破を掛けに行ったこともあった。いつの間にかその会社の顧問弁護士になっていたとは、いったいどういうことなのか。

そう言えばプリヴィレッジ社に出張する時、藤代は「カリフォルニア州の弁護士資格の試験を受ける」とも言っていた。その後めでたく合格通知が届いたことで、一斗は祝意をこめて「掛かった費用は全額会社で持ってやる」とも言ったのだった。

そこにはISTジャパンの社業に役立てる、という暗黙の了解があると思っていたのに――。

藤代がこれまで「ボス」と自分を呼んできたのが「カズトさん」に変わっていることに初めて気づいた。それは何を意味するのか。カリフォルニア州弁護士の資格で、藤代は何をしようとしているのか。

「だけどそのプリヴィレッジはユビタスの会社だろう。だから来《きた》るべきオリンピックのためにこのウェアラブル・カメラの開発もしている」

　その会社の顧問弁護士に黙ってなるとはどういうつもりなんだ。それをユビタスは知っているのかという、二つの疑問を同時に抱いて一斗は言った。

「プリヴィレッジはもうユビタスの持ち物じゃなくなります」

「どういうことだ」

「CEOのエリック・ガーランドがMBOを仕掛けています。バックには西海岸有数のファンドが付いています」

　マネジメント《M》・バイ《B》アウト《O》。「経営者による企業買収」と、辛うじて一斗も知っている。その乏しい知識に照らせば、株式が公開されている企業の役員が、株主の意向を気にせず経営を進められるようにするため株の大半を取得し、非公開化することを言うはずだった。

「ユビタスから株を買い取るというのか。ファンドから融資を受けて」

「そうです。ユビタスも売却には基本的に同意しています」

　信じられなかった。ユビタスは、二〇二八東京大会において新たな「体験」という価値を実現するためのITを供給することに賭けていたはずだ。そのITの実験場、あるいは見本市としてオリンピックを活用することを目的に委員長に就いたと、一斗は勘ぐったぐらいだ。

　そのユビタスが中核を担う企業を売り払うとは、どういうことなのか。

「カズトさんにも今見てもらったように、プリヴィレッジ社の開発した技術は凄いモノです。これまでにない異次元の映像を見せられることがハッキリしました」

　誇らしげに言ったあと、藤代は口調を改めて続けた。

「この素晴らしい成果を無償に等しい形で提供するのは、たとえ相手がオリンピックの組織本部であろうと、会社の利益に反します」

顧問弁護士らしい言葉つきになった。

確かに経営の原則ではそう見ることもできるかもしれない。だが、それでユビタスはいいのか。

「ユビタスは持ち株を、ファンドをバックにしたガーランドCEOに売ることで利益を得ます。新体制になったプリヴィレッジ社は、組織本部に対し提供する特許群の正当な対価を請求することで、こちらも利益になります」

正当な対価を請求する。それは即ち、組織本部が大きな負担を迫られることに外ならない。

「カズトさん、クラウドファンディングは予定額を一〇パーセントもオーバーして締めましたよね。そのオーバー分にあたる額を、新生プリヴィレッジ・テクノロジーズとしては請求する考えです。これまで不断の研究を重ねて到達したレベルへの対価としては、極めてリーズナブルな額ですよ」

一〇パーセントといえば、一〇〇億円。シリコンバレーで語られる金額としては、子供の小遣いのような感覚かもしれない。けれども緊縮に緊縮を重ねてようやく弾き出した予算からそのような額をぽんと支出することなど、とても考えられなかった。

そもそも予算をいかに縮めるか必死に考えた過程に、藤代自身も参加していたのだ。どの口が「そこから一〇〇億円」などと軽々しく言えるのか。

そして「プリヴィレッジ社の技術開発が遅れているのが心配で喝を入れに行く」と藤代は、カリフォルニア出張時に言った。そこでうまいこと先方に取り込まれてしまったのか。

あるいは、自ら入れ知恵でもしたのか。「それなしにはオリンピックが行えないような技術に仕立て上げてから『売る』と言えば、組織本部側も買わないわけにいかない」とでも。

そして自分はカリフォルニアの弁護士資格を取り、プリヴィレッジの顧問弁護士として流れを仕切る。成功報酬として藤代の懐にも相当な金額が転がり込むのだろう。今払っている給料や与えた待遇ではまだ不満だったのか。成果が上がることに細かく報いてきた特別ボーナスも。

「まさかマーク、初めからそのつもりだったのか」

言葉が険しいものになった。

「いいえ、そうではなくてある時、思い直したんです。実はウェアラブル・カメラはずっとうまく行っていました。カズトさんには嘘をついていたんです。傍で見ていて気づいたんですよ。こんなに進化した素晴らしい技術を、無償で提供させるなんて考えられないって。いかにオリンピックのためと言ってもね」

これまで若さゆえの功利主義に走り過ぎる嫌いはあっても、藤代を信じて、それなりに目を掛けてきたつもりだった。その藤代の背信としか言えない行為に、昼間のロードワークで疲れていた一斗の頭に血がいっきに上った。

「オマエ、何でそんなことができるんだ!　一緒に新しいオリンピックをつくろうって約束したんじゃなかったのか」

藤代は平然と言った。

「そうです。新しいオリンピックをつくる核になるのはＩＴですよ。だからこそ考えたんです」

「何をだ」

藤代は平然と言った。

「何の対価も得ずに技術の成果を渡してしまうなんてことをしたら、企業は株主から訴訟を起こされますよ。それか、経営陣が利害関係者なら特別背任で後ろに手が回るとか」

弁護士らしい言葉の後半は、もう一斗の耳に入って来なかった。

ユビタスもユビタスだ。自分が会社を売却した相手が、その技術資産を組織本部に提供することで巨額の利益を得る。そんなことが成立するなら、回り回ってユビタスは、自分が委員長を務める組織の金庫から自分の財布に金を移していることになるではないか。

「カズトさん、ISTジャパンだって、連広のような暴利を貪ることはしなくても『適正な対価《フィー》』の契約を組織本部との間にしているじゃないですか」

そう言う藤代には反論できなかった。一斗は仕方なく別のことを言った。

「藤代、オレはそもそもオマエにアメリカ企業の顧問弁護士になる兼業なんか、認めた覚えはないぞ」

その声は思ったより弱々しくしか響かなかった。マークという呼び方を苗字の呼び捨てに変えたのがせいぜいのところだった。

「あれ、カズトさん、そんなこと言えるんですか」

藤代がさらに挑むような口調で言い返した。

「ISTジャパンが最初に中途採用を募集した時、入社時期が間に合わない人に内緒で兼業させたのはカズトさんじゃないですか。時と場合によって使い分けるなんて、ムシが良すぎやしませんか」

一斗はがんと頭を殴られたような気がした。藤代は否定したが、やはりあの頃からすでにこのやり方を考えていたとしか思えない。

「それにISTジャパンの就業規則に兼業禁止の項目なんてなかったですよ」

言われてみればそうだった。創業間もないバタバタの時期に、会社としての体裁を整えるために就業規則というものを見よう見まねで拵えた。その内容を作文したのは、ほかならぬ藤代だった。

「でも、兼業がいけないとおっしゃるなら、いいですよ、解雇でも何でもしてください。どうせ辞めるんだし。僕はシリコンバレーでプリヴィレッジの利益代表に専念しますから」

不敵な表情を浮かべて藤代は言い放った。

「くそっ」一斗は胸の中で思い切り悪態をついた。

それがオマエの言う勝利者の姿なのか。

プリヴィレッジの開発した技術が、その価値をオリンピックの場で世界に誇示する。それだけでは足りず、カネに換えないと会社の利益と反する、と言い張るなら――。

その要求に応えることこそ、組織本部の利益に反する。委員長自らが利益相反を主導しているとさえ言えるように思えた。

少なくとも、もはやプリヴィレッジ社は虎の子の資金を裏口《バックドア》から入って強奪して行こうとする敵としか思えなくなっていた。

だが藤代の憎々しい口が言うように、確かに二〇二八大会においてその技術を使わないなどということはもうあり得なかった。今さら他のIT企業に乗り換えることも不可能だ。時間軸から言って決して間に合わないし、仮に同様のことを実現できたとしても、それこそ法外な金額を吹っかけられるだろう。

法廷闘争などに持ち込むのもまた、実施体制に亀裂が入ったことを世間に暴露することになる。決して取ることはできない下策だった。

「ユビタスにとってもオリンピックよりカネの方が大事だというのか」

絞り出すように言った一斗に、藤代はしゃあしゃあと答えた。

「そんなことはありません。ユビタスにとってオリンピックは何よりも大事ですよ」

一斗の「わからない」という顔を嘲笑うように藤代は続けた。

「僕が見るに、ユビタスはITで次世代のオリンピックを支配しようとしている。最終的にはWOC会長の座まで狙っていると思いますよ。モルゲンみたいなアナログ爺《じじ》いはさっさと追い出してね」

そう言うと、くるりと背を向けて研修室を出ようとした。その藤代の肩を捕まえて、ふと思いが及んだことを一斗は口にした。

「待て。エイミーはどうするんだ。連れて行くのか」

振り向いた藤代の顔が曇った。

「エイミー……ですか」

一瞬言葉に詰まった藤代に、一斗は自分とエイミーの間にあったことを知っていると確信した。曇った顔のままで藤代は言った。

「エイミーには、一緒にシリコンバレーに行こうと話しました。そして結婚しよう、と」

結婚――。言葉がずきりと一斗の胸に響いた。

確かに二人ならアメリカでも問題なく暮らしていけるだろう。だがそうすると、この男は仕事の順調な完遂だけでなく、かけがえのない相棒《バディ》まで一斗から決定的に奪っていくことになる。

「でも、断られました。それより、怒られました。『サイテー！　カズトにさんざん世話になったくせに裏切って平気なの』って」

エイミーには珍しい浪花節めいた言葉が、まさに一斗の心境を代弁していた。手を掛けて育てたつもりの若者に裏切られ、打ちひしがれる一斗に、藤代は初めて寂しそうに笑って言った。

「だから、アメリカには一人で行きます」

そう言って意味ありげな視線を一斗に投げると、藤代は研修室を出て行った。

翌朝、藤代の姿はもうセンターの宿泊棟になかった。

3

煮えくり返る思いの中で一斗が思い起こしたことがあった。

藤代は「会社を辞める」と言い出すひと月ほど前に、開催までの残り期間でさらに画期的な技術の開発にチャレンジしようと一斗に提案してきていた。

「任意視点映像」というのがそれだった。

初めてその構想を藤代に明かされた時、一斗は聞き返した。

「任意視点映像？　何だ、それ」

「言葉の通りです。コート内のどこからでも視ているような映像を生成して発信できるってことです」

「どうやって？　そこにカメラは無いんだろう」

「そうです。選手が激しく動きまわるコート内には、カメラなんか立てられませんからね。でも周囲の数十か所に設けたカメラの映像をＡＩで再演算して構成し、『ここにもしカメラがあったとしたらこう映っている』って映像をつくり上げるんです」

藤代の説明によれば、コートの外周や天井に設置した夥《おびただ》しい数のカメラの映像にＡＩを掛け合わせ、文字通り任意の場所から視たように映像を再現する技術というのだった。

「ほう。例えばどんなことが可能になるんだ？」

「アイスホッケーとかバスケットボールとか、意外な位置からミドルシュートがバッと決まるようなことありますよね。あれ、その時の選手の目線でゴールを見たら空いてたからなんですよ。それを遡《さかのぼ》って実証することなんかも可能になるはずです」

まさに「未体験の体験」までも実現しようとしていたのだ。

だが今やその目覚ましい進化は、プリヴィレッジ社から請求される額をさらに高騰させるのではないかという懸念をも生むことになる。

藤代は、伊豆のサイクリストセンターから一斗に先んじて一人帰ったあと、オフィスに出て来ていなかった。翌日、社に戻った一斗のデスクの上に、退職願が置いてあった。

組織本部ではＥ局の局長という重職にあるのだから、「辞表」のほうが相応しいのに――。

そう思った後に一斗は、若くはあるが法律や規則関係にはむしろ一斗より詳しい藤代がそのようなミスを犯したのでないことを悟った。

退職願はあくまでISTジャパンだけに関するものだった。組織本部のE局長は辞任しない。米国IT企業の顧問弁護士となっても。そうした意思を藤代は、退職願の三文字で示したのだった。

藤代がいなくなった後、エイミーは落ち込む胸の内を表に出さないようにしていた。

「もう！　これからE局長の仕事、誰がやるのよ」

憤懣やるかたないように怒る姿は、創業メンバーとして無理して強気に振る舞っているようにしか見えず、却って痛々しく一斗は感じた。

若い二人のことを知る多くの社員は、腫れ物に触るようにエイミーに接していた。けれども一斗は、高屋がかつて言った「男と女のことは本人以外どうしようもない」という言葉を思い出していた。それ以上に、自分自身の中にエイミーに掛けるべき言葉が見つからなかった。

高屋はまた、別のことも言った。

「それはオレたちの方が甘かったのかもしれないな」

伊豆から帰京して一斗が、藤代に告げられたことを困り果てた顔で話した時に、顎に手を当てて口にしたのだった。

「費用支出なしで『経験』の根幹になるテクノロジーを供出させられるって考えていたオレたちの方が……」

日頃、立場の高低や利益に対して強いこだわりを見せる高屋がそう感想を漏らしたことに、一斗は困惑した。高屋なら「とんでもない話だ。そんなの一円たりとも払うことない」と怒りを爆発させるだろうとばかり考えていた。

だが高屋は落ち着いた声で続けた。

「ほら、『三方《さんぽう》よし』って言うだろう」

またも、高屋節が出たようだった。昭和の男の印だ。エイミーや藤代はまるでついていけなかったが、一斗は多くの場合、意味がわかった。だが今回ばかりは初耳の言葉だった。

「サンポウヨシ、ですか?」

「ああ。近江《おうみ》商人の戒めだ。『売り手よし、買い手よし、世間よし』ってな。今度の場合、プリヴィレッジは技術の売り手だ。それで世間の人たちに喜ばれるものが供給できても、そもそも『買ってもらってない』という不満は出ても仕方ないかもしれん」

オリンピックの場で使われることが盛大な宣伝になるとしてもか、と反論しようとして、一斗は口をつぐんだ。

「それが甘いと言うんだ」と高屋にまた怒られそうな気がしたからだった。替わりに高屋が、「これが、資本主義とＩＴ社会の中でオリンピックを行うってことなんだよ」と言って、話はそこまでになった。

むしろ高屋に冷静に説かれる形勢になっていた。

そうなると、「体験」テクノロジーに対する何らかの支払いは避けられないと覚悟せねばならなかった。

ここにきて予算の大問題が急浮上するとは――。「二〇二〇大会の十分の一」を最初に宣言した報いなのか。それとも五輪はどこまでも「お金」の呪縛から逃れられないのか。

開催前年にして今度こそ最大のピンチに陥ってしまった。

この上はいかにそれを低廉にするか、そして想定外の大出費をいかに組織本部の理事や、監査委員会の渥美に納得させるかに思考を転換するよりない。一斗はそう無理やり自分に言い聞かせた。

「どうしたら理解を得ることができるでしょうか」

高屋にひと言聞いてはみたものの、それについては高屋もノー・アイデアと見え、空しく首を振るだけだった。


またしても一斗に降りかかった災厄をよそに、翌年に迫った開催の準備は、あらゆる面で最高潮を迎えていた。

オリンピック史上初めて導入された専用SNS「AthLink」は、本番仕様のバージョン3に進化し、運用が始まっていた。

オリンピック期間中には、選手視点での競技映像がふんだんに流れることになっている。現時点でも選手は公式アカウントを開設して、自分でメッセージや動画を発信でき、同時にフォロワーとの交流も可能になっていた。

また運営サイドからも二四時間体制で、選手のナマの声や動静、各国の代表選出状況などのニュースが随時アップされる。

オリンピックに関するすべての情報が集約される環境が着々と整い、開幕に向けてますます期待感を高める効果を発揮していた。

代表選手はフォロワーの数を競い合う。メダルと並んで獲得フォロワー数も栄誉の対象とし、「トリプルA」賞を授与する。当初の提案にあったアイデアはそのまま生かされていた。

そうした中、日本で人気を集めていたのはやはり川端駿太の野心的な発言だった。

「できるだけ多くの種目に出てメダルを狙いたい。特に四×一〇〇メートルリレーでは兄の想いをバトンで繋いでリベンジし、今度こそ金を取る」

川端はフォロワー数でも早くからトップをひた走り、トリプルAの最有力候補となっていた。その川端を猛烈な勢いで追い上げていたのが競泳の宇恵梨々子だった。

宇恵は前大会後に発病した血液細胞のガンを克服して競技生活にカムバックし、国民の広い応援を背に受けていた。エールをさらに熱くした宇恵の発言があった。

「潜水泳法に限界まで挑戦します」

潜水泳法。プールに飛び込んだ後、長く潜水したまま進む泳ぎ方だ。水面を泳ぐよりスピードの点で有利なことが理論上証明されてはいたが、選手の呼吸器に大きな負担を掛けると言われていた。そのため、現在ではスタート時、折り返し後の一五メートルに規則で制限され、実際に行う選手も少なくなっている。だが、それに敢えて挑むことを病み上がりの宇恵は宣言したのだ。

その勇気だけでなく、スイミングキャップに付けられたカメラで捉えたプール底を突き進む映像は、誰も見たことのない水中の臨場感を練習段階からもたらし、大人気を博した。

そしてこの映像が驚異的なバズりを見せた。ＳＮＳだけでなくテレビのバラエティ番組にまで取り上げられ、一〇〇万再生を超える広がり方となった。ＡｔｈＬｉｎｋの利用者数を飛躍的に伸ばす結果にも繋がったのだ。

「リリコに金を！」と謳い上げる勝手応援団がＡｔｈＬｉｎｋの中に誕生した。そのことは選手の側にも大きな影響を及ぼした。宇恵を羨ましく思った他の選手たちが「私たちも新たな体験を楽しんでいる」と熱心に映像を発信し始めた。

気が付くと競技種目ごとに数十に及ぶチャンネルが設けられ、開催期間中・閉会後まで見通した新しい参加の場が確立していた。一般市民にとってもエクスペリエンスに留まらない次のＥ、「エンゲージメント」――すなわち選手との絆がそこに生まれたのだった。

以前、川端駿太が言い当てた、「選手・観客・運営の三位一体」がＡｔｈＬｉｎｋを通じてみごとに実現していた。

時代は自分たちの予想をはるかに超えて変わっていた。テレビ画面で見るだけだった間には知りえなかった、アスリートのさまざまな思いや姿に接することができている。アスリート・ファーストとは、選手に対する単なる配慮ではない。ファーストとは、アスリート自身が自ら発言、発信してオリンピックを創っていくことだったのだ。それはスポーツが人間にくれる新しい価値でもある。一斗は改めて認識した。

それでも懸念もまた増大していた。テクノロジーは前に進むことしかない不可逆反応で、進化は基本的に喜ばしいもののはずだ。だが、内容を深く豊かにする進化の対価が運営者の首を絞めることになり得る。

最大のジレンマが一斗の悩みを膨らませていた。

一斗をまた驚かせたことに、外側にあるメディアの変化があった。

開催がいよいよ翌年に迫ると、各メディアが一斉に「新しい形の五輪」を支持し、賛美する論調を前面に推し出し始めたのだった。

かつてテレビ公民連合として、ISTジャパンと組織本部の業務をめぐり競合したNHA、セントラルテレビまでが、何ごともなかったかのようにその先頭に立とうとしていた。

テレビ東朝はそれにあからさまに対抗して、『二人の委員長に聞く』という特集コーナーを『NL10』の中に立ち上げた。遊佐が降板した後、替わってメインキャスターに就いた田代世理子が、ユピタス・ジュニアと遊佐克己のそれぞれに「二〇二八大会の意義と本質を問う」ロングインタビューを行い、四日間にわたって放送した。

立場を転じた遊佐は、謙虚な姿勢を保ちつつも、「オリンピックの歴史に残る、新しい形を実証してみせる大会にする」と心に期すものを語った。その内容は、繰り返し称賛の姿勢を鮮明にする東朝新聞の社説と呼応するかのようだった。

またユピタスは、「正直なところ、ボクも最初は東京で代替開催なんてウソだろ、と思ったんだ」と吐露した。

「でもNOCや東京都、文部科学省、スポーツ庁といった関係者が一致して推進する姿勢、チームワークは素晴らしかった」とそつなく持ち上げた。さらに、

「組織本部の実務を担った、特に若いスタッフの働きぶりには感銘を受けた。今では東京にお願いして本当に良かったと思っている」とも明るい口調で話した。そうする傍ら、「今大会はテクノロジーの活用という点で、新しい時代のオリンピックを発明した。わが父ペーター・ユピタスが実現した民営化に続く、第二のオリンピック革命だ」と誇らかにぶち上げることも忘れなかっ

た。

一方、プリヴィレッジ・テクノロジーズにＭＢＯが掛けられていることは、なぜか日本のメディアでは報じられなかった。その中でユビタスの発言は、自らの利益を着実に確定させる目的と一斗の耳には響いた。

ユビタスの本当の狙いは、いったいどこにあるのか――。

一斗にはますます解らなくなっていた。


遊佐は共同委員長についたその日から、発言だけでなく活発な動きも見せていた。

一斗はその姿を、「開催反対の急先鋒から実行組織のトップに就いた以上、自分しかできない貢献のし方で大会を成功に導くと心に決めたのだろう」と思って見ていた。

遊佐がまず動いたのは、開催競技数を縮減しても大会の意義が縮むことのないよう、これまでの大会に見劣りしない参加国数を確保することだった。

共同委員長の名刺を手に、遊佐はジャーナリスト人生の間に取材に訪れた国を端から回り、各国の首脳やオリンピック委員会のトップと会談した。そして二〇二八東京大会への参加と積極協力を約させたのだった。

また、それ以上に世界中が瞠目する動きもやってのけた。

この数年来、領土をめぐる紛争が旧ソ連地域、中東、南アメリカで勃発していた。それぞれの当事国に支援を表明する国が現れ、「万一各地域の紛争が連動することにでもなれば、第三次世界大戦に繋がりかねない」と危惧する声が上がっていた。

遊佐は紛争当事国双方の、かつて知遇を得た有力ジャーナリストを訪ねて歩いた。紛争勃発以前は自由闊達な言論活動をしていた彼らも、戦時下においては国家の方針の前に口を閉じたり、迎合したりする姿勢が目立っていた。

それぞれの当事国に、五輪参加に消極的になる理由が生まれていた。侵略側とされる国は開催地における報復テロを恐れ、また侵略された側では国難の中で、オリンピックどころではない空気が国を覆っていたのだ。

遊佐は双方の国の著名ジャーナリストを説得した。

「あなたの国が五輪に参加するよう世論を喚起してほしい」

だが相手は「選手や応援団の安全が保証されないのに参加しろなんて言えない」と冷たく反応することが多かった。

それを聞き遊佐は、ＷＯＣのモルゲン会長にも直談判し、「選手団の安全保証をＷＯＣとして各国に命ずる」指令を出させた。その上で一部の種目において、当事国同士が対戦する親善試合の事前開催を企画した。試合中の闘争行為の厳禁を命じる「モルゲン指令」が出され、違反した国にはＷＯＣからの永久追放という厳罰を課すことが定められた。

親善試合は柔道、新体操、ウエイトリフティングの三種の競技で、実際に二〇二八東京五輪で使われる予定の会場において行われることとなった。日本の競技団体がその運営に全面協力することも決まった。

人類が戦争をしないためにスポーツがある、と以前一斗が語ったことを、遊佐は抽象論でなく具体的な動きで形にしようとしていた。その精力的な姿に感嘆しつつも、正直なところ一斗は

「本当にひとつの事件もなく試合を開催できるだろうか」と気が気でなかった。けれども「そのくらいできなければオリンピックの本大会も使命を果たせない」という遊佐の言葉の前に、祈りつつ見守る以外なかった。「そもそも五輪開催中の聖なる休戦は、古代オリンピックの時代から提唱されていたんだ。一九九三年には国連決議も行われたのに功を奏さなかった。今こそ我々の手で実現しようじゃないか」遊佐は信念をもって動いていた。

結果としては、日米両外交当局がその間、いつになく積極的に仲介に動いた結果、親善試合の準備・帰国のための前後三日間を含む一週間、地域紛争自体の停戦も実現したのだった。

「遊佐氏、さすがの活躍だな」

「五輪を通して世界平和にホントに貢献したなら、ノーベル平和賞もあるんじゃないか」

そうした声が国民の中からも出始めていた。

実はその陰には、計算を尽くした遊佐の日本の政権に対する働きかけがあった。

国内の政界には変動が起きていた。樫木前政権が度重なる「政治とカネ」にまつわる醜聞で退陣し、後を継いだ吉葉《よしば》政権は前政権との違いを強調することに躍起になっていた。

そこへ遊佐は、「樫木前政権は旧勢力に取り込まれていたが、新政権は異なる姿を明らかに見せるべきだ。五輪への斬新な対応はその重要なシンボルになり得る」と耳打ちしていたのだった。

4

一斗は、プリヴィレッジ社へのテクノロジー費用支出について、理事会に掛けるしかないと決意していた。

事前にそれぞれの理事に話をして回ろうとも決めていた。そうした根回し的なことは、透明性を何より重んずるとした今回の組織本部においては本来タブーであり、一斗もできることならしたくなかった。けれどもいきなりそれを聞かされた相手の衝撃を考えると、この件に関してだけは前もって説明をしておかねばならないというのが、悩みに悩んだ末の一斗の結論だった。

今回ばかりはやむを得ない。ならばいちばん難しい相手から始めよう――。

そう考えて一斗はまず遊佐のところへ向かった。

共同委員長に就いてから積極的に行動する遊佐は、物ごとへの対応においてますます潔癖さを鮮明にしていた。予想した通り、遊佐の反応は全否定だった。

「今になってその企業がそんなことを言ってくるのは、信義上あり得ない。決して受け入れられるものではない」

話す声は低く、一見感情が籠っていないように見えるのが逆に頑なさを感じさせた。手打ちの蕎麦を振る舞ってくれた日の柔和さとは、似ても似つかない態度だった。

「プリヴィレッジ社と組織本部の契約に、開発費支払いの約束があったわけではないだろう」

「はい、それはその通りです」

「承認された予算書にはそんな項目は一行もなかった」

遊佐の言う通りだった。

「ですが『必要が生じたときは双方誠意をもって協議する』という条文はあります。今回はそれに則って申し入れてきたことになります」

その申し入れを行ってきたのは顧問弁護士の藤代だった。しかも元の契約書も、最終的には大手法律事務所の眼を通っているものの、原案を作ったのはこれまた藤代だった。

「それなら、あくまで協議だ。協議した結果、拒否する以外の結論はない」

すべてにおいて筋を通そうとする遊佐らしい反応だった。むしろ一斗がその申し入れを受け、遣いのように説明に来たこと自体に憤りを覚えているようだった。

「何よりそのプリヴィレッジ社は、ユビタスの支配下にあるのだろう。だったら君が我々に対して前さばきなんかしに来るんじゃなくて、ユビタス自ら話しに来るべきだ。その上でちゃんと組織本部の理事会に掛けて審議しなくては」

理屈はその通りだった。プリヴィレッジ・テクノロジーズにMBOが掛かっていると言っても、まだ折衝の段階だ。ユビタスがグループの総帥として経営権を持っている現状に変わりはない。

「ご意見はわかりました。とりあえず他の理事の皆さまにも説明はしてきます」

「だから、君がそんなことをする必要はないと言ってるんだ！」

遊佐が一転、声を荒らげた。

「いえ、遊佐共同委員長に対してだけお話ししてほかの方には話さないというわけにはいきませんから」

「それならまず、やはり共同委員長のユビタスにそんなことはできないと談判すべきだろう」

取り付く島もなかった。

「そもそものユビタスの支配下にある会社に報酬を支払うなんて、われわれがいちばん忌み嫌ってきた裏金そのものじゃないか。談合よりももっと許されないことだ。国民も納得するわけがない」

そう言われれば反論の余地はない。

「君自身その類《たぐい》のことと訣別したと言って、私に共同委員長就任を頼んで来たんじゃないか。あれは嘘だったのか」

「それは、その通りなのですが……」

話が折り合わないどころか近寄りもしないまま、一斗は仕方なく遊佐のもとを辞した。

その背中を遊佐の言葉が追いかけて来た。

「もしそんなことがまかり通るなら、私は共同委員長を降りさせてもらうからな」

一度は融解したかと思った遊佐との間の氷壁が、前より冷たく厚く築かれてしまっていた。

他の理事にも説明して回ったが、反応はほぼ同じだった。

これは遊佐の言う通り、ユピタスに直接当たるしかないのか。

一斗は初めて自分が板挟みになったことを感じた。今まで数々の苦難があり、敵と向かい合う状態を乗り越えてきたが、それは自分のいる側と相手側との対立だった。いがみ合う二者の間に挟まれて神経をすり減らすようなことはなかった。

頼りになるかと思った高屋までが、「オレたちの方が甘かったかもしれない」と支払い容認に傾いている。まさに孤立無援というにふさわしい状態だった。

一斗の胸にふとある思いが浮かんだ。

最後の最後に降りかかったこの難題は、ひょっとするとオリンポスの神々の報復なのではないか。オリンピアから始まる聖なる競技会を汚濁にまみれさせてしまった人類に対しての。

思えば商業化のきっかけを作ったロサンゼルスに大災害を起こしたのも、その第一弾だったのかもしれない――。

そう続いたところで、一斗は頭を振って思いを断ち切った。

バカバカしい。そんな妄想に囚われている暇があったら、解決策を考えよう。

葉山早百合に言ったように、日本が、我々日本人こそが、自浄能力を試されているのだ。

葉山の言葉が甦ってきた。

「お手並み拝見されているのは、あなたよ」

そうだ。この最後の危機こそ自力で解決しなければ、期待に応えられない。

そのためにはどうしても、ユビタスに会い、双方が納得できる落としどころを探らねばならないと感じた。

その日の夜、一斗はエイミーと南青山のワインバーでカウンターに向かっていた。

エイミーの二七回目の誕生日だった。

二人で飲むのはいつ以来だろうか。昼間のうちに誘いを掛けると、エイミーは「ウン、いいよ」と乗ってきた。

「でもさ、いろいろあったから気分のアガるトコにしてね」

それは一斗も同じだった。大問題を抱えてユビタスとの直談判に向かう前に考えを落ち着かせておきたいこともあったが、それ以上に、少しでも気持ちを盛り上げたい意図があった。

乾杯は、白ワインを炭酸で割ったスプリッツァーにした。

「誕生日、おめでとう」

一斗はエイミーに小さな水色の包みを渡した。ふと思い立って用意したものだが、一斗にとっても久しぶりのことだった。

「アリガト。うれしい」

エイミーも素直に笑みを見せ、受け取った。

冷たいグラスに口をつけると、初めてロングアイランドのユビタスの別邸に行った日のことが遠い昔のように思い出された。

あの時はウィンストンに冷やかされたのだったな——。

だがエイミーと並んでグラスを重ねるうちに、一斗の言葉は自然に違うことに向かった。

「マークの動き、知ってたのか」

「ウン、だいぶ前から気づいてはいた。心がもうあっちにあるってことは……」

「そうか」

一斗の身にも激しく堪《こた》えたことを、エイミーの前では隠さなかった。

「一緒にアメリカに行こうって言われた時には、私マークに怒ったんだよ。カズトへの恩をアダで返すのかって」

「うん、聞いた」

「そしたら、マークは言ったの。チャンスを与えてくれたカズトさんには感謝してる。でもそのチャンスを何倍にも広げて成功して見せるのが本当の恩返しだからってね」

それはいかにもアメリカナイズされた考え方のような気がした。むしろ今ではエイミーのほうが日本人の感性に近い反応を見せている。

いずれにしろその恩返しは、せめて二〇二八大会の一大事が終わってからでもよかったじゃないか、と一斗は恨みに思った。

「でも、いくらなんだってやり過ぎだよ。一〇〇億円請求なんて」

言われて一斗はエイミーの顔をまじまじと見つめた。

プリヴィレッジ社の一〇〇億円請求の件は、エイミーにはこれまで黙っていた。それを明かすと、藤代に対するエイミーのネガティブな感情が強まり、より傷が深くなるのではと恐れたからだった。

だが、そのこともエイミーは聞いていたわけだ。

「しかたないね。マークはそういう風にしか考えられない人間なんだから。私もそれを変えることはできなかった」

エイミーもまた寂しそうに笑った。思えばエイミーこそ辛い別れを味わった本人なのだ。

「そうだな。しょうがないのかもしれないな」

エイミーがことさらに明るい声をつくって言った。

「ね、思い出して。ロサンゼルス国際空港《LAX》でのカズト、カッコよかったよ。体を張って、生き延びる道を探してくれたじゃない。あれからずっと、何があっても乗り越えてきたんだから。ガンと打ち破ろうよ、壁を。今度も」

「ああ」と答えながら、エイミーに叱咤激励されるなんて、と一斗は情けない思いに包まれた。飲むと大言壮語する一斗はどこへ行ったのだ。

これじゃダメだ――。

その夜エイミーと語ったことは、少なくとも一斗を奮起させる糧にはなった。

けれどもいくら考えても、どうすればこれまでの最大を塗り替えた難題が解決できるのか、一斗の胸に答えは浮かんでこなかった。

5

翌週、組織本部の事務局長あてに一通の封書が届いた。

英語で宛先が印字されているのは珍しいことではなかったが、差出人の名を見て一斗は思わず手が震えた。

Privilege Technologies Inc.

ウェアラブル・カメラ、任意視点映像をはじめ今回の先端技術の中核を担っている企業名がそこにあった。

薄い封筒の中味を、震える手で引っ張り出して見る。

請求書だった。

$70,000,000の文字が並んでいる。七〇〇〇万ドル。日本円にして一〇〇億円だった。

藤代が言った通りの金額を、プリヴィレッジ社はいきなり組織本部に請求してきたのだった。

まだ何の話もできていないのに――。

それどころか遊佐との会話を受けて、「会って直接話をしたい」と一斗が申し入れたことに、ユビタスは返事すらよこしていなかった。

遊佐の顔が頭に浮かんだ。「請求書が届いた」などと話したら、逆上するだろう。今度ばかりは冷静な態度を保っていられないはずだ。

企業の経理に明るくはない一斗でさえ、いちど正式に発行した請求書はそう簡単に撤回できないことは知っている。唐突にとは言え、請求書を送ってきたのはその金額を取ることを一分も疑っていないということだ。

プリヴィレッジが請求書を送るのは当然、ユビタスも知ってのことだっただろう。

「ユビタス委員長をお願いしたい」

一刻の猶予もないとわかり、日本にいるユビタスの秘書に電話した。一斗が事務局長についてからは電話一本で会ってくれたユビタスが、最近は妙に勿体をつけて秘書を通せなどと言っている。

秘書の返事を聞いて、一斗は唖然とした。

「委員長は今週、ご自分のビジネスのほうの都合で一時的にアメリカに帰国しておられます」

逃げた……のか？

しかも、そのような大事なスケジュールを事務局長の自分に一片の連絡もせずに、とは。

一斗は心底腹立たしさを覚えた。自分がしようとした話の内容を予想し、プリヴィレッジ社に請求書を出させた上で雲隠れしたと想像できた。

そうして時間切れに持ち込もうとでも企んでいるのだろうか。

一斗はユビタスに直接電話するか、数秒迷った。西海岸はいま深夜だ。

その逡巡を振り切って、ユビタスの名をタップした。

国際電話特有のコール音がしても、ユビタスは出なかった。

仕方なく現地時間の朝まで待って、もう一度掛けることにした。

ところがその前に、一斗のスマホが鳴った。

「ああ、電話くれたようだね。すまない。ちょっと犬の早朝散歩をしていたんでね」

呑気な声で掛けて来たのは、ユビタスだった。犬の散歩だと？　爆発しそうなのを堪えて一斗は言った。

「プリヴィレッジ社から請求書が送られてきました。まだこちらの理事の間で対応がまったく相談できていない段階です。強引すぎませんか」

「ああ、その件か」

ユビタスの答える声は相変わらずのどかな響きで、どこかに含み笑いすらあるように聞こえた。一斗の苛立ちはさらに昂じた。

「プリヴィレッジとしては、当然のステップを踏んだまでのことなんだがね。まあ、その件はそっちへ戻ったら話そう。今週末には帰るから。ゴメン、これからオリバーの朝食なんだ」

そう言うとユビタスは向こうから電話を切った。オリバーというのが犬の名前のようだった。犬の散歩の後は、朝食？　そのことがこの重大事より優先するというのか。一斗はスマホを叩き付けたい気分になった。

もう一度ユビタスの秘書に電話してスケジュールを確認した。

「はい、委員長は東京マラソンの開会式に来賓で招かれていますので、前日には戻られます」

東京マラソン。三月最初の日曜に開催されるその大会は、二〇年前、当時の人気作家だった都知事がニューヨーク・シティ・マラソンを範として創設した市民マラソンだ。

当時から東京オリンピック誘致のための活動の一環に位置づけられ、市民マラソンであってもトップクラスの選手が先頭スタート位置で出場する。今回も二〇二八五輪の男女とも三人のマラソン代表のうち、最後のひと枠はこの大会で決定することになっていた。

そして東京マラソンの主催者側のひとりには東京都知事がいる。翌年にやはり主催都市として開く五輪大会の組織委員長をＶＩＰとして招待するのは、いわば当然だろう。

一刻も早くユビタスと話した上で白黒をつけ、必要ならユビタス自ら理事会に諮ってもらう必要があると考えていた一斗だったが、仕方なくもう数日だけ待つことにした。

四日後、一斗がユビタスに来るよう指定されたのは意外な場所だった。

今回のオリンピックと共通に設定されたマラソンコースの終点である浅草雷門《あさくさかみなりもん》。そこを見下ろす、新しくできたホテルの展望ロビーだった。

隅田川《すみだがわ》を眼下に、目の前には東京スカイツリーが聳え立っている。東京タワーに替わる地上デジタル放送専用の電波塔として誕生してから、もう一五年になるのか。一斗は一瞬、感慨に襲われた。ギネス認定された世界一のタワーが建ったのは、Ｓ社担当の営業として民放各局で流すＣＭのために、日夜駆けずり回っていた頃だった。当時、今のような仕事をすることなど考えてもみなかった。

「待たせたね、カズト」

大きな声がして一斗は我に返った。ユピタスの巨体がすぐそこにあった。隣には妻の沙紀を伴っている。

「お久しぶりです」

笑顔で挨拶する沙紀に被せるように、「さ、行こうか」とユピタスが言った。

「どこへ行くんですか」

どこかへ移動するとは思っていたが、落ち着いたところでじっくりと話したいと考えていた。できれば、沙紀は一緒でないほうがいい。

「まあついて来てくれ」

ユピタスはそう言うと、慣れた足取りで歩きだした。インバウンド観光客でごった返す雷門を背にして、ずんずんと進んでいく。このあたりは意外に何度も訪れているのかもしれない。

川沿いの板張りの通路を経て着いたのは、一軒の船宿だった。

「いや、実は日田で乗って以来、屋形船にハマってしまってね。一度は本場の隅田川で体験してみたいと思っていたんだ」

有無を言わさずユピタスはそのまま桟橋へ歩み、さっさと船に乗ってしまった。

予想外の展開にあたふたする一斗を迎えたのは、前回の日田の遊船とはまったく違った船内の光景だった。

まず造りがはるかに大きく、昔からある和風の座敷になっていた。奥には舞台まであり、演芸のひとつもできそうな構造になっている。

そしてユピタスと沙紀しかいなかった前回とは打って変わって、二〇人以上の乗客がそこにいた。ほぼ全員が外国人と見えた。さまざまな顔立ちや肌の色の人間が、揃いの浴衣を着て畳の上に立ち、一斉に拍手して一斗を迎えたのだった。

眼を白黒させる一斗に、その内の一人をユビタスが手招きして引き合わせた。

「紹介するよ。プリヴィレッジ・テクノロジーズのCEO、エリック・ガーランドだ」

「初めまして《ナイストゥミーチュー》、カズト」

ガーランドと呼ばれた男はにこやかに一斗の手を握って言った。金髪の、まだ三〇代と見える若い男性。浴衣の着こなしはいかにもアメリカ人らしい拙《つたな》さだった。

ということは、船を埋めた他の二〇人ほどはすべてプリヴィレッジ社のスタッフなのだろう。

一斗は頭が混乱した。藤代の言によれば、このガーランドという男はユビタスと袂を分かって、MBOにより独立しようとしていたのではないか。少なくとも表面上は敵対する立場のはずなのに、なぜ両者ともニコニコ笑いながらここにいられるのか。

「今まで一心不乱に頑張ってきたプリヴィレッジの社員たちを、トウキョウに招待して慰労したいとサキが言ってね。今回は皆を呼び寄せたんだ」

ユビタスが上機嫌で言った。

「今日は日本式のエンカイで盛り上がろうじゃないか」

一斗が戸惑いながら言った。

「ちょっと待ってください。今日は大事な話があって来たんです」

「わかってるさ。話はあと、あと」

そう言ってユビタスは一斗を座敷の奥に押し込んだ。

上座に当たる位置に、ユビタスと並んで一斗の席が設けられていた。ますます一斗は困惑した。こんな接待で露骨に機嫌を取って、巨額の出費を押し付けようとでもしているのか。

それは頭から拒否する——。理事たちの意見を聞いたら、その対応しかあり得なかった。

だが全員で揃って乾杯した後、ユビタスは言った。

「カズト、話というのは開発費用請求の件だろう。マークが伝えた……」

「そうです。それに正式な請求書まで送られてきました」一斗は顔をこわばらせたまま答えた。

「そんな新たな出費を認めようという理事は誰ひとりいません。共同委員長の遊佐氏も、あり得ないと言明しています」

その言葉を聞くと、突然ユビタスは「ハッハッハッ」と大笑いした。

何が可笑《おか》しいのか。一斗は腹立たしさに襲われた。

「やっぱり本気に取ったか」

「本気？　どういうことですか」思わず言葉が口を衝いて出た。

「そちらは本気で請求してきたわけじゃない、と言うのですか」

それを告げてきた藤代は、一斗の許を去るまでしたのだ。そして自分は遊佐や理事たちに説明して猛反発を食らい、板挟みの苦しみに喘いでいる。

「いや、そういうわけじゃない。いいかい。我々は、組織本部や日本国民に、今回の技術がタダで実現されていると思って欲しくないんだ。ここにいるスタッフたちが数年の間、ほんとうに血と汗と涙を注ぎこんで開発した技術なんだから」

そのことは、一斗も否定するつもりはなかった。伊豆のサイクリストセンターで見た臨場感あふれる映像から、現在はさらに誰もが初めて触れる任意視点映像へと、開発のフォーカスが移っている。その成果は掛け値なしに目を見張るものだった。

「でもな、そんな最初の契約にない費用を請求できるわけないじゃないか。レンコーがやらかした失敗を繰り返すつもりはないよ。ま、冗談だったと思ってくれ」

一斗は呆気にとられ、次の言葉が出なかった。ようやくできたのは、ユビタスの言った言葉をオウム返しにすることだった。

「冗談って……」

許しがたい思いの一斗をよそに、ユビタスは言った。

「いいかい、カズト。我々はオリンピックの楽しみ方の新しい共通基盤《パラダイム》を打ち立てるんだ。その価値を言ったら、一〇〇億だって安すぎるくらいだ。だから開発費は請求させてもらった」

そうだ。やはり、冗談などではない？　いったいどっちなのだ。頭が混濁したまま、一斗はまた言葉が出なくなった。

「だけど、安心していい。請求はするが、その同額をプリヴィレッジは組織本部に寄付する。返金するんだ。その両方の書面に私が承認のサインをする。それなら理事会も文句はないはずだろう？」

要は、形式的に請求はするが、実際にカネが支払われることはない。開発費としての金額を明示することだけが目的だとユビタスは言っているのだ。傘下のスタッフの注いだ心血を、タダではないと主張するために——。

確かにそれならば利益供与にも、まして談合に問われることもないはずだ。

押し寄せる安堵とともに、どっと疲れが一斗を襲った。

そういうことなら、理事たちを納得させるのはそれほど難しくないだろう。

「巨額の請求書を出しておいて、またそれを寄付するなんて、嫌味な野郎だ」という文句のひとつくらいは出るかもしれないが。

「ただ、エリックの会社にはちゃんと独立してもらう。MBOはその一つの手段だ」

「なぜそんなことをする必要が？」

率直な質問を、癪な想いに覆われたまま一斗はぶつけた。

「次のオリンピックからは、その新しいパラダイムをしっかり有料で使ってもらうためにさ。何しろ名前の通り、特権《プリヴィレッジ》のテクノロジーなんだから。そのためには私の手元を離れてる方が都合がいい。これからも私はオリンピックにしっかり関わっていきたいからね」

今回は実質タダだが、その先はそうはいかない。がっちり稼ぐと言うのだった。

「カズト。実は、そう知恵をつけてくれたのは彼なんだ」

その言葉に導かれるように、座敷の奥からある人物が姿を現した。演芸用の舞台の袖にでも隠れていたのだろうか。

遊佐克己だった。明るい色のジャケットに、ネクタイはしていない。

そう言えば、遊佐も二〇二八五輪の共同委員長として、東京マラソンの開会式に招かれていたはずだった。二人はそこでも話をしていたのかもしれない。

「今回のテクノロジーの価値は十分に認める、とユサは言ってくれた」

ユビタスの言葉に、遊佐も傍から言い添えた。

「猪野くん、私は文系育ちで技術に詳しくはないが、その意義や価値は解るつもりだ。今度の大会に注ぎ込まれたＩＴの結晶は、今後オリンピックを始め、スポーツ界全体の財産になる。そう言ってモルゲン会長にある提案をして、言質をとったんだ」

「どんな提案ですか」

それにはユビタスが答えた。満足そうな表情だった。

「東京に続く次の大会から、ボクをＷＯＣの最高技術責任者《CTO》に任命するっていうことだ」

「その代わりに」遊佐が引き取って言った。

「今回の大会に関しては、壮大な実証実験ということで支払いは発生させない。それでどうだ、とペーターには逆提案した。私も共同委員長だ。キミの報告を聞いて、事務局長に使い走りばかりさせているようでは、仕事をしていると言えないと思った。私が直に話をしようと決めたんだ。それを彼は呑んでくれたんだよ」

　ようやく一斗にも全体が呑み込めた。

「それでも、どうしても請求書だけは出したいとペーターが言うんで、そこは譲らざるを得なかった。形の上だけということを念押しした上で、ＯＫしたんだ」

　遊佐が苦笑して言った。

「請求書を送られて猪野くんが途方に暮れる様子が目に浮かんでね。その期間をできるだけ短くしなくてはと、今日話ができるように算段したんだ」

　何ということか。開発費用を請求書の形で明示する、とユビタスが振り上げた拳を下ろすための策を練ってくれたのは、ほかならぬ遊佐だったのだ。

「そういうお考えだったのなら、話してくだされればよかったのに」

恨めしさの籠ったため息をつきながら、一斗は言った。

「いや、私もペーターを説得できるかは正直、五分五分だと思っていた。モルゲンが賛同してくれなかったらダメだったかもしれない」

そう言えば、モルゲンWOC会長とも以前から知己だったという。またも遊佐の人脈の広さが功を奏した形だった。

「いや、カズト。困らせたのはすまなかった」

ユピタスは一斗を宥《なだ》めるように肩を叩いた。

「でも今回そうした形をとって処理するには、もうひとつだけ条件がある」

ユピタスが言って合図すると、今まで座敷の中に見えなかった人間がまた一人現れた。

藤代だった。ワイシャツの上に浴衣を着ている妙な格好だった。

「マークはこっちに移籍させる。それが条件だ」

プリヴィレッジ・テクノロジーズの顧問弁護士に専念させるとユピタスは言うのだった。藤代の退職願は冗談ではなかった。そして、プリヴィレッジ社のMBOの後も、ユピタスが実質的な支配権を持つことは変えるつもりがないと読めた。

「その節は失礼しました」

きまり悪そうに言った藤代に一斗は言った。

「えらく高く買われてよかったじゃないか」

皮肉の響きがそこには残っていた。

「いや、違う。マークを高く買ったのは彼だよ」

そう言ってユビタスは再びガーランドを引き寄せた。

「エリックはマークと最初に会話した時から、すっかり気に入って、自分の右腕に欲しいと思ったそうだ。だがマークも義理堅いニホンジンだ。このくらい仕組まないとカズトから奪い取れないと考えたらしい。クラファンのオーバー分、一〇〇億円を請求っていうアイデアを出したのも、実はエリックだ。その時はまだ半分、本気でもらうつもりだったがね。なかなかアタマがいいよ、エリックも」

そう言うとユビタスはガーランドの右腕を、一斗の前に持ち上げて見せた。

中指に金属のリングが光っていた。そしてユビタスは自分の右手をも翳《かざ》して見せた。その中指にも同じものが嵌められてあった。

リングの表面に刻まれた、二人の人間の腕が燃える松明《たいまつ》を掲げる図柄。それを囲むようにCalifornia Institute of Technologyの文字が彫られている。

カルテックのカレッジリング――。

ガーランドもまた同じ大学の卒業生なのだった。同窓の絆がとても強い、とかつてエイミーが言ったのを思い出した。ユビタスが嘯いた。

「互いの利益のためなら、敵対して見せることだって平気でするさ。ボクたちは、オリンピックの新しい歴史を打ち立てる同志だからね」

「そう、カズトも同じだろ?」

ガーランドがそう言ってまた一斗の両手を強く握った。

仲居が近づいて来て言った。

「お料理の準備ができました」

その言葉を待っていたように、揚げ立ての天ぷらが大皿で続々と運ばれて来た。

船内はあっと言う間に賑やかな日本式の宴会場に変わっていた。


週が明けてオフィスに出た一斗を待っていたのは、悲しい知らせだった。

葉山早百合が前夜、病院で息を引き取ったというのだった。

余命を告げられてからわずか半年余り。思いのほか早い死だった。

最後は彩月とその弟に看取られ、胸にかけたかつての金メダルに手を置いて、目を閉じたという。

瞑目する直前に身を横たえたまま、深々と頭を下げるような動きを見せたと医師が語った。それは「礼に始まり礼に終わる」柔の道を究めた葉山早百合らしい最期だった。

だが一観客として二〇二八東京オリンピックを見ることは、葉山には叶わなかった。

二日後、葬儀が渋谷区の代々幡《よよはた》斎場で執り行われた。かつて高屋が言った通り、リノベーションして活用される新・選手村からもほど近い場所だった。

沙紀とともに訪れたユビタスは、数珠を手に、

「サユリ、開会式は絶対見てくれって言ったじゃないか」

とぼろぼろと涙を流した。

遊佐は喪服で黙って手を合わせていると見えたが、声を潜めて何かを唱えていた。般若心経の

ようだった。

「不生不滅《ふしょうふめつ》……不垢不浄《ふくふじょう》……」

一斗は胸の中で最後の感謝を伝えた。そして、「早百合さんのためにも、清々しく生まれ変わった五輪を何としても実現しなくては」と改めて心に誓ったのだった。

第五章　疾走

1

二〇二八年一〇月一〇日、朝。国立競技場。

夜半までの土砂降りの雨が嘘のように上がり、目に痛いほど澄み切った空が広がっていた。

三度目の東京オリンピック、開会式が行われる日だった。

前回二〇二一年に、アメリカの強い意向に押され真夏に強行開催された愚は繰り返さない。その基本方針から、開催期は二〇〇〇年のシドニー大会以来、七大会ぶりに秋に戻った。

一九六四年、最初の東京オリンピックの開会式を記念したその日に、今回は開会式が行われることになった。

「やっぱり『晴れの特異日』だけのことはあるな」

本部席に座った猪野一斗は、隣のエイミーに話しかけた。六四年の開会式がなぜその日に決定したか、特異日の意味とともにエイミーにはあらかじめ説明してあった。

「ホント、きっと神さまが晴れさせてくれたんだね」

そう言うとエイミーは胸元の小さな十字架を握った。誕生日に一斗がプレゼントしたティファニーのシグネチャー・ネックレスだった。

「昨日だったらどうなってたか」

エイミーはほっとした顔をして言った。

六四年のレガシーを残したはずの「体育の日」は、転じて「スポーツの日」という移動祝日になった。今年は前日の九日月曜がそれに当たっていた。東京は太平洋沿岸を通過した大型台風の影響で、一日中豪雨に見舞われた。季節外れの雹《ひょう》までが地面を打ち付けた。

いま国立競技場の開き切った屋根の上にあるのは、台風一過の文字通り雲ひとつない碧空《へきくう》だ。やはり記念すべき日は一〇月一〇日に違いなかった。

一斗は、この素晴らしい天気をもたらしたのには、神さまでない別の人物の力があると確信していた。

膝の上に葉山早百合の遺影があった。「女三四郎」に還って、微笑みながら一斗を見守っている。

「あなたならできる。最後まで走り切って」

葉山が最後の力を振り絞って書き残してくれたメッセージを一斗はスマホに収め、毎日読み返していた。興奮に寝つけないまま迎えたその朝も、その一行を見つめ反芻していると、嘘のように透き通った空に深紅の太陽が昇った。

開会式が始まるにはまだ二時間以上あった。

スタッフはそれぞれの現場で極度の緊張感に包まれ、仕事に集中している。けれども事務局長には、この期に及んでこれといった仕事はもうなかった。無事な進行をひたすら祈るだけだ。

一斗は、ふと外の空気を吸いたくなった。

「ちょっと会場外の様子を見て来る」

誰にともなく言って一斗は、本部席を離れた。

観客の入場はすでに開始しているが、まだこれから入る人々が長い列を作っている。一人一人の顔に、二〇二〇大会では現場で見せられなかった期待が色濃く表れていた。

昨夜の豪雨に濡れた芝生の前庭を横切って歩いた。ガラス張りの豪壮な建物が朝の太陽を眩しく反射している。これまでの二回の大会を記念して建てられた「オリンピックミュージアム」だ。

「あの輝きは、新しい歴史を拓く今日こそふさわしいな」

呟きながら歩く先に、人の背を超える高さのオブジェが見えてきた。五つの色の五つの輪。オリンピックのシンボル・モニュメントだった。

二〇二〇大会に合わせて設置されたが、閉会後は色褪せて放置されていた。今また、新たな大会に備えて塗り直され、美しく輝いている。それをバックにして記念写真を撮る日本人、外国人の多くのグループが順番待ちの賑やかな列を成していた。

少し離れて立つ一人の男に一斗は目を留めた。モニュメントを眺めているのかと思いながら近づくと、空気の中に違う成分が混じってきたことに気づいた。その男が煙草を吸っていたのだ。

「ここは禁煙ですよ」

そう注意しようと、さらに近寄った。

ここだけではない。都内の公共施設は禁煙が常識なのに――。

一斗の足が止まった。その人物が誰か分かったためだった。

弘朋社代表取締役副社長・谷脇功治。

連広の飛田と謀った五輪奪取計画は失敗に終わったものの、会社の好調な業績に助けられ、谷脇は常務から副社長まで駆け上っていた。オリンピックの業務から会社は排除されたが、開会式の招待者リストには入っていたのだった。

「樫木前総理枠ということで、どうしてもとNOCから押し込まれまして」

儀典担当として入った社員が、谷脇の名が招待者リストにある理由を説明するのを、一斗は苦い思いで聞いた。

NOCはまだ連広、弘朋社と繫がりを切らすまいとしているのだった。樫木壱郎は総理を退いた後も党内の最大派閥を率い、影の総理として政界を裏から支配していた。

一斗としては二度と会いたくないと思っていた谷脇だったが、NOCが連広、弘朋社ともに経営陣のトップ層に招待状を出すのを拒否することはできなかった。

それでも、組織本部の事務局長としての立場で実際に顔を合わせるのは極力避けるつもりだった。

だがまるで一斗が現れるのを待っていたかのように、谷脇は向こうから声を掛けてきた。

「どこかで会うと思っていたよ」

朝の一服がことさらに旨かったのか、その表情はにこやかだった。一斗は逆に、その場に谷脇のような人物がいること自体、せっかくの清冽な風景を汚してしまうような気がした。

「まあいろいろあったが、よくやった。二大代理店を敵に回しても堂々やってのけた実行力には敬意を表するよ」

より高くなった立場がそうさせたのか、開会式当日という環境のためなのか、いつかのヤクザのような口調からはがらりと変わっていた。

谷脇は、最低限それだけのマナーは持っていたのか、携帯灰皿に吸い終えた煙草をしまうと、続けて一斗に話しかけた。

「猪野、この大会が終わったら、弘朋社に帰ってこい。特別なポジションを作って迎えてやる」

唐突な言葉に一斗は耳を疑った。強烈な反発感に鳥肌が立つのを覚えながらも、その意味を推し量った。

現状、弘朋社の社内にあるスポーツビジネス部門を刷新してその枢要なポストに据えるという意味だろうかとまず考えた。あるいはまったく毛色の違う業務をやらせようという意図なのかもしれない、とも思った。実行力を評価したという谷脇の言葉を真に受ければ、そのほうがありそうな気がした。

いずれにせよその誘いに乗るつもりは一斗にはまるでなかった。

「お断りします」一斗は即座に言った。

これまでの艱難辛苦が実って歓喜が花開く、開会式の清々しい空気を台無しにされた気分だった。その怒りと蔑みが絡み込んだ声で続けた。

「だいたいあなたは、どのツラ下げてここに出て来られたんですか。今日始まるのは、あなたたちがやろうとした金と旧い権力にまみれた五輪とは対極の大会です。それをやるためにこの四年間、私はずっと戦ってきたんですよ。おかげで弘朋社にいた一七年より何倍も学ぶことができましたけどね」

今はもちろん、目の前の大会を最後までやり遂げることで頭がいっぱいだ。だが仮にその後を考える余裕ができたとしても、谷脇や飛田が上で支配しているような旧来の業界の中で仕事をする気は毛頭なかった。

「おお、大層な口をきくじゃねえか」

谷脇は一瞬にして顔に血を上らせ、眼を剝いた。口ぶりも以前のものに戻った。

「人がせっかく下手《したて》に出て褒めてやったのに、このクソ野郎、なんて言い草だよ。せっかくまた日本でオリンピックができたのに、カネ儲けを否定するなぞバカさ加減にもほどがあるってモンだ」

「下手も上手もありませんよ。この日のために僕らは本当に渾身の力を込めて準備してきたんです。もう一度同じことをやれと言われたってできないくらいですよ」

谷脇がふんと鼻を鳴らした。それなら次は仕事がこっちへ戻ってくる、とでもほくそ笑んだのだろうか。

「だけど、あなたたちがまた同じやり方でスポーツに泥を塗ろうとするなら、僕は全力を賭けて闘いますよ。スポーツが、オリンピックがどうあるべきか、四年間かけてやっと探り当ててきたんだ。せっかくこうして生まれた新しい形をぶち壊すことは、絶対に許さない」

そこまで言うと、憤怒に身を震わせている谷脇を置いて一斗は歩き出した。首を強く振って、まとわりついた不愉快な空気を跳ね飛ばそうと、速足で自分の持ち場へ向かった。

ふとポケットの中で、スマホが震えた。ＬＩＮＥの着信だった。

ポケットから取り出す。発信者が表示されていた。

美生。

この春から、東京美大ビジュアル・デザイン科の一年になっている。かつて連広の飛田が「娘さん、無事に大学に進めるといいがねえ」と恫喝したことは、実行を伴わずに済んでいた。入学が決まった時に祝いのビデオ通話をして以来だ。

その美生が何を言って来たのか――。

一斗はメッセージを開けるかどうか躊躇した。

もし何かややこしいことを言ってきたら、今朝の気分にまた傷がついてしまうかもしれない。それでも一斗は、直射日光の差さない建物の影に入り、スマホ画面をタップしてＬＩＮＥを開いた。

『パパ　開会式おめでとう　ついにこの日が来たね　いろいろ大変だったと思います　おつかれさまでした』

美生のメッセージにはそうあった。ありきたりで短い文面だったが、美生が書いたと思うと嬉しさが込み上げてきた。画面を閉じようとした時、また振動があった。続いて二通目のメッセージが来たのだ。

『ほんとうなら開会式に連れて行ってもらえてたのかな　ザンネン笑　パパは父親としては失格だったけど　仕事の先輩としてはこのごろちょっぴり誇りに思えるようになりました　では最後までがんばって　タオレないように』

思わず頬が緩むのを一斗は感じた。誰に労《ねぎら》われるよりハッピーな気持ちになった。けれどもゆっくり返信している時間はなかった。

「THANK　YOU!」のスタンプだけ急いで送ると、競技場の入口に向かって歩き出した。谷脇に会ったことによる不快な感情は、すっかり洗い流されていた。


席に戻った一斗を、眼前の国立競技場の実像が今日の歓喜に引き戻した。

七年前、一年遅れで開催された二〇二〇大会の開会式には空っぽだった観客席が、ただひとつの空きもなくびっしりと埋め尽くされている。

今回の開会式はショーとしての演出を一切排し、時間帯も爽やかな風の吹く午前中に設定されていた。

フィールドを見下ろすと、そこには各国の選手団が並んでいた。競技数が削減された分、参加選手の総数は減っているが、参加国・地域の数は二〇五とパリ大会と遜色なかった。

整然とした行進を強制するより、リラックスした姿で、競技のために一堂に集った喜びを選手自身が表現する。シンプルではあるが新鮮な愉しさに満ちた開会式の姿がそこにあった。

参加国・地域の旗が風にたなびく中、高らかに、この日のために作曲されたファンファーレが場内に鳴り響いた。

観客席の七万人の視線が揃って入場門の方に向いた。

聖火が入場して来たのだ。

観客席と選手たちの両方から大きな拍手を浴び、ずっしりと重そうなトーチを掲げて走って来たのは一〇代前半に見える小柄な少女だった。

空路アテネから運ばれた聖火をこの場まで運ぶ聖火ランナー権もまた、クラウドファンディングの目標額達成を支える上で大きな役割を果たした。

聖火ランナーがいつどこを通るかは、ＡｔｈＬｉｎｋで直前に発表される仕組みになっていた。

「明日、ウチの町に聖火が来るらしい！」

絶妙のタイミングで発信された情報は、半年にわたって日本中を沸き立たせた。

「えっ、見に行かなくちゃ」

「行こう、行こう」

沿道に集まった人たちに撮られたライブ映像がまた、ＡｔｈＬｉｎｋ内の「聖火チャンネル」で拡散された。

実際にトーチを捧げて走る聖火ランナーの周りは、オフィシャルに認証された伴走者で囲われていた。さらにその後には、「聖火を運ぶ感動を共にしたい」と望む多くの人々が続いた。

それでもコロナ下で市街地を通れなかった前回の二〇二一年五輪のように、聖火ランナーが長い車列や警備陣に埋もれ、どこにいるか分からないような滑稽な光景が出現することはなかった。

もうひとつ、聖火リレーを盛り上げた一つの要素があった。

「自分が走りたい」もさることながら、それとは別に「あの人に走ってほしい」という投票がＡｔｈＬｉｎｋの中で行われたのだ。その投票は一〇〇万人以上の参加を得て、ポイントとなる地点での聖火リレーを担うランナーを推挙することになった。

いま長い旅を経て開会式に入場して来たのは、その投票でトップから二番目の得票を得た人物だった。

白いハチマキを締めた小柄な少女。その体躯を柔道着がモチーフとなったウェアが包んでいる。葉山彩月。かつて「女三四郎」と呼ばれ、今大会の組織本部の共同委員長に就くも志半ばで病に倒れた葉山早百合の長女だった。

現在中学二年生、母の柔道デビューよりはやや遅かったものの、小学生のうちに実戦の場に登場し、将来を嘱望される戦績をすでに残している。その彩月が最終から三番目のランナーとして、国立競技場に走り込んで来たのだった。

顔立ちには、母・早百合の面影を宿している。額に締めた白いハチマキも、母が一〇代だった時のトレードマークを受け継いだものだった。

「がんばれ、サツキ！」

「次のオリンピックでは柔道場で待ってるぞっ」

満場の声援を受けながら彩月は力いっぱいの走りを見せた。さらにトーチを受け継ぐべく、ゆっくりとトラックに現れた人物を見て観客席のどよめきがいっそう大きくなった。

川端兄弟の兄、康太だった。二〇二一年大会で、まさにこの競技場のトラックでバトンリレーに失敗し、日本中を落胆と衝撃に包んだ第二走者。本人は現在、競技の一線を退き今大会ではどの種目の代表にも入っていない。

だがその川端康太が「あの人に走ってほしい」の第一位を、他を大きく引き離して獲得していたのだ。「二〇二〇五輪のリベンジを象徴するには彼こそふさわしい」とする多くの思いがそこに結集したのだった。

「よろこんでその役を背負い、走りたいと思います」

川端康太はためらうことなく、聖火を最終ランナーに渡す役目を引き受けた。

葉山彩月は川端にトーチを渡そうとして、重さに耐えかねたか一瞬グラリとその身を傾かせた。ワーッという悲鳴が観客席から上がった。それでも彩月は何とか体勢を立て直すと、無事にトーチを川端に委ねた。その姿に観客席から万雷の拍手が送られた。

「聖火が消えずに到着してよかった」

遊佐が共同委員長席で、しみじみとした声を出した。その内心が一斗にはよく分かった。

今回、アテネでの採火からトーチへ、そして聖火台へと受け継がれていく聖火には、これまでとは違う構造が導入されていた。従来トーチでは燃料としてほとんどLPガスが使われてきたのが、今回はリレー中から聖火台に至るまで一貫して水素燃料が用いられることになったのだ。あらゆる不正を排することと並んで、遊佐が共同委員長として打ち出した大きな方針が「クリーン&グリーンなオリンピック」だった。先進テクノロジーを用いて「脱炭素社会にふさわしい大会を実現する」と表明したのだ。

水素を燃料に使えばＣＯ$_2$は原則、排出されない。聖火ひとつとっても、いや五輪のシンボルである聖火だからこそ、その例外とすることはできなかった。

けれども保存が容易で比較的扱いやすいＬＰガスに比べ、水素燃料は不安定で発生から運搬、充填まで取り扱いに極めて繊細な神経が要求される。

事実、各地を巡る聖火リレーの間には何度か火が消えそうになり、関係者の肝を冷やさせていた。言い出した主の遊佐としては、その火が一瞬でも途絶えることは、五輪の理想が消えるに等しく、決して見たくない光景だった。信念の人・遊佐であっても、それだけは不安に駆られていたようだった。

川端康太は担当のトラック半周を難なく終え、観客席の中央、聖火台へ上る階段の下までやって来た。そこで最終ランナーに、オリンピックの歴史を紡いできた炎が引き継がれるのだ。

聖火台は今大会のために国立競技場に新設された、唯一といっていい施設だった。

二〇二〇大会のために建設された競技場にはなぜか聖火台が設けられることがなく、開会式においてフィールド面で点火された聖火は開催期間中、はるか臨海部にある聖火台に灯されていたのだ。

やはり聖火はメイン会場にあって、開催される競技を見守るべきだ。そうした声が当時から強く、今回は改修工事が行われたのだった。

最終的にその決断をしたのは、共同委員長に就いた遊佐克己だった。

聖火台に上っていく階段の下で川端康太を待っていたのは——。

弟の川端駿太だった。

その姿を確認した時、国立競技場はさらに大きな喝采に包まれた。

兄の康太から弟の駿太へ。聖火は今しっかりと受け継がれた。

それは悔しい「宿題」の完遂であるとともに、永きにわたり紡がれてきた五輪の伝統の継承だった。そして、これまで活躍した世代から未来を担う世代への引継ぎも表現していた。

駿太は向き直ると呼吸を整え、聖火台に続く階段を軽い足取りで上り始めた。その役割を果たすべき千両役者は、駿太をおいて外にいなかった。

一段、そしてまた一段。駿太が上る足取りに合わせ、観客の拍手が高まっていく。最後の一段を上り終え、聖火台に向かってトーチが当てられた。

数秒の間があった。観客席は一転、息を呑む静寂に包まれた。

火は点くのか。無事に――。

その時間は無限の長さのように感じられた。これまで経てきた困難を何者かが思い起こさせようと企んでいるとさえ一斗には思えた。

七万の観客が、無言の祈りに覆われている。

突如、炎が空を突き上げた。

すべての思いの詰まった聖火の熱源が、いま鮮やかに燃え上がったのだ。

それまでの逡巡をいっきに消し去るように空に吹き上がった火炎は、蒼く透明だった。前大会までの朱に空を染める炎と較べて、この大会の持つ意味を鮮やかに体現しているように見えた。

一斗の胸にも熱い思いが湧き上がってきた。

苦しかった。四年間、ほんとうに――。

だがその苦難はすべて、ここに報われたのだ。

天皇陛下が自身二度目となる開会宣言を張りのある声で行うのを、一斗は万感の思いで聴いた。

「私《わたくし》はここに、第三四回近代オリンピアードを記念する、東京大会の開会を宣言します」

天皇・皇后両陛下の隣の席には、開会に合わせて国賓として招かれた第四七代アメリカ合衆国大統領、マリア・スナイダーが夫と共に座っていた。

前大統領ジョナサン・ハワードは、ロサンゼルス大地震の直後、辛うじて再選を果たした。けれども任期二年目にしてアルツハイマー型認知症の進行が誰の眼にも隠せなくなった。大統領の職務執行が不能として辞任を余儀なくされ、合衆国憲法の規定により副大統領のスナイダーが昇格した。ハワードに替わり代替開催の式典に出席したのは、自身もアーティスティックスイミングで五輪出場の経験を持つ米国史上初の女性大統領だった。

開会式ではひとつ、観客席全体を驚かせたできごとがあった。

組織委員長ペーター・ユビタス・ジュニアが、スピーチを行わなかったのだ。

WOCモルゲン会長に次いでスピーチの順がめぐってくるはずのユビタスが、開会式前日になって突然、「ボクは閉会式でいいよ」と言い出したのだった。

「ニッポンが、トウキョウがここまでやってくれたことへのリスペクトを表したい。開会式ではユサが話した方がいい」

ユビタスは名誉ある舞台を共同委員長の遊佐に譲ったのだった。

遊佐はいくらか困惑した表情を見せながらも、その指名に乗った。そして観衆と全国で今大会では稀有なテレビ中継を食い入るように見つめている視聴者、さらに今や全世界で億を超えるAthLinkユーザーに向けて、キャスター時代にも優る力強い声で語り掛けた。

「今回のオリンピックを世界の人々と共に迎えられることを、開催地の国民、市民を代表して心から嬉しく思います。この大会は、これまでの派手さや豪華さを競ったオリンピックではありません。純粋にスポーツの祭典として、世界の選手、観客が一体となってつくり上げる大会なのです。未来に向けた形を、組織本部としてはっきりと提示できたと自負しています。選手の方々、そして見守る皆さんにも、最後の一秒まで存分に楽しんでいただきたいと思います」

それはまさに一斗の心中をあますところなく代弁したスピーチでもあった。

2

大会は日を追うにしたがって熱気を昂じていた。

競技種目を絞っても大会全体への関心が薄まることはなく、それぞれの種目がより深く熱く楽しまれるようになっていた。まさに狙った通りだった。

「やはりこれでよかったんだ」

一斗は、バブルのように膨れ上がった直近の五輪が、その意味でも正しい姿でなかったことを実感した。

応援側ではサポーターが各国のオリンピック委員とともに特別席で観覧している写真がＡｔｈＬｉｎｋで公開され、盛り上がりに花を添えた。

競技では、期待通りウェアラブル・カメラが絶大な威力を発揮した。

レスリングや柔道など格闘技では、迫力を極めた映像が世界に配信された。猛烈に襲って来る相手の肉体との衝突で激しく揺れたかと思うと、今度はピタリと静止する。力いっぱい押し合っている重量感。カメラさえ押し潰されそうな圧迫感。そうした陸上とはまた違う感覚までも伝えることができたのだ。

柔道女子五二キロ級の新井歌乃は、四年前のパリ五輪でも金メダルに輝いていたが、それは

「技あり」二本による合わせ技での勝利だった。

「私がいちばん悔しいです。次は何としても、一本で金メダルを獲りたい」

今回は組んだ瞬間からの激しい技の掛け合いの中、鮮やかに決めた大外刈りで、文句のない「一本!」で勝ちを収め、有言実行を果たした。

本人の道着に付けたカメラ映像の圧倒的な臨場感に、国民は心置きなく酔った。それとともに、本人が語った「忘れ物を取りに行くことができた。これで葉山先輩に報告できます」という感涙にむせぶコメントには、共感のハートマークが瞬く間に一〇万個以上付いた。

競泳の宇恵梨々子は、大病から復帰した肉体を躍動させ、本番レースでも果敢に潜水泳法にチャレンジした。

最も得意とするはずの一〇〇メートル自由形では、力み過ぎたかスピードに乗り切れず、銅メダルに終わった。けれども宇恵は失意のかけらも見せず、二〇〇、四〇〇の個人メドレーでは二位以下を寄せ付けぬ泳ぎで金メダルを獲得した。

ここでも水中でウェアラブル・カメラが大活躍した。バタフライ、背泳ぎ、平泳ぎ、クロールそれぞれの泳法による動感の違いや、ターン時の水中回転映像は、見る者に「まるで自分が泳いでいるように錯覚させる」という「体験」をもたらした。

『NL10』で田代世理子が行った独占インタビューに、元メインキャスターの遊佐克己が再び登場した。「人類は今まさに、初めてのオリンピック体験をしている」と、本人には珍しく興奮を隠さずに語った。

今回のオリンピックでは、もうひとつ歴史を塗り替えることが起きていた。女子の選手が男子を上回る成績を上げる競技が続出したのだ。

オリンピックで唯一、男女の区別なく競技が行われる馬術では、「総合団体」で史上初めて金メダルを女性のみで構成されたチームが手にした。また射撃においても、女子がこれまでになく男子を凌ぐ目覚ましい成績を上げた。

「これはちょっと末恐ろしい進化だな」

一斗をしてそう驚嘆させたのは、バレーボールやバスケットボールのコートスポーツで配信された任意視点映像だった。各所に配置したカメラの映像をＡＩで瞬時に再構成し、発信する最先端技術。その効果は事前の想像をはるかに上回るものだった。

選手と同じスピードで視点がコートを駆け回り、跳躍する。さらにはボールから選手はどう見えているのかといった無鉄砲な想像まで、まだ粗削りな部分はあるものの実際に見せてくれたことの驚きは並大抵ではなかった。

実はその技術は、数年前に騒がれたものの拡がらないまま萎んでしまったメタバースの批判的検証の上にあった。アバターを通して見る世界は客観的映像の延長に留まっていた。だが、任意視点映像は自分がそこで見る主観映像として、観る者を完全に没入させることができたのだ。

そして、やはり何にも勝って現場の迫力を伝え、世界を興奮させたのは、陸上競技だった。

大会一四日目の一〇月二三日。

最も人気を集める競技、男子の四×一〇〇メートルリレー決勝が行われる日だった。

前半の日程で最大の盛り上がりを見せた男子一〇〇メートル決勝に続き、大会は後半最大のクライマックスを迎えた。

数少ないテレビでのライブ中継も行われる競技種目だった。

日本は前日の準決勝を全体六位で通過、決勝への出場権を得ていた。

その日も抜けるような青空が競技場の上に広がっていた。秋本番らしい爽やかな風が七万人を収容した場内を舞い、まさに晴れ舞台にふさわしい環境となっていた。

決勝に残った八か国の国旗がスタンドに揺れている。

トラックに立つ各走者の胸に付けられた国名のナンバーカードには、電源と併せて極薄型化されたウェアラブル・カメラが装着されていた。

一斗はそのレースを敢えて本部席でなく、一般の観客席に交じって確保していたシートで見た。隣にはエイミーが「一緒に見る」とついて来ていた。

「川端駿太のフォロワー数がトップになった！」

エイミーが声を弾ませて言った。開会式の数日後から、宇恵梨々子に迫る勢いで急速に注目度を上げたスペインの日系柔道選手、リョウマ・フェルナンデスがトップ争いを演じていた。それを駿太が三位からいっきに逆転したのだ。

「シュンタ、トリプルAのメダルを先に獲っちゃうね」

エイミーは東朝新聞の応援広告に出た日以来、ことさら川端駿太に肩入れしていた。「先に」とは本番のレースでもメダルを必ず獲得するはず、と信じての言葉だった。

一斗の手にしたタブレットには、各国の第一走者が映っていた。予選通過順位がそのレーンとスタート位置を決めていた。

ＪＰＮのカードを付けた第一走者、重宗隆のカメラが映し出すオーバルトラックの映像の中では、前方の五か国の選手がそれぞれのスタート位置で最後の準備をしている。

決勝に進出した国は英国、オランダといったヨーロッパの古豪のほか、アメリカ、カナダ、陸上王国ジャマイカ、ベネズエラの南米勢、そして中国、日本だった。

さまざまな肌の色の選手が、鮮やかな原色のユニフォームに身を包み、スタートの瞬間を待っていた。

「2nd《セカンド》レーン、JAPAN」

コールされて第一走者の重宗が高く手を挙げた。重宗は五日前の一〇〇メートルでは予選で敗れ、決勝に出られていなかった。とは言え日本を代表するスプリンターであることに変わりはない。最初の区間でできる限り有利な位置に立つ期待を背負って、トップに起用されていた。

運命の瞬間が刻々と近づいてくる。

一メートル弱の追い風。理想的と言っていい。風が強いと、二走・四走どちらかのストレート区間で逆風としてランナーを苦しめる可能性が大きい。

「位置について《オン・ユア・マークス》」

声援が飛び交う観客席が一瞬、静謐《せいひつ》に沈んだ。トラック外周の直近にまで設けられた特別観客席もしんと静まり返っている。

「用意《セット》」

きっぱりとしたアナウンスが流れ、八か国の選手が一斉に尻を上げて静止する。

一秒後、スタートの号砲が場内に響きわたった。

八か国の走者が揃った綺麗なスタートを切った……かに見えた。

だが、思わぬことが起きた。

強豪のひとつ、オランダチームの走者がフライングを取られてしまったのだ。最新のルールでは即失格となる。オランダの四人の走者たちは、がっくりと肩を落としてトラックを去った。

そのことが後に影響を及ぼした。二回目のスタートでは、フライングを警戒し過ぎたのか、大本命のジャマイカの第一走者が明らかに出遅れてしまったのだ。

それでも遅れを挽回しようとするジャマイカの一走を含め、七人の選手たちが猛然とトラックの上を疾走する。さっきまで一〇月らしい爽やかさを湛えていた風が、紅いトラックの上で熱風に変わった。それをまた掻き消すように、スタンドの大歓声が場内に突き上がる。

日本の第一走者・重宗は、一〇〇メートルでのフラストレーションを吹き飛ばすようなストライドでトラックを飛ばしていく。このレースにすべてを賭けている。その気迫が伝わってきた。

日本とその前を行くベネズエラが数秒間、デッドヒートを繰り広げた。

それでも第一走者の間は前の五人の姿が減らないまま、第二走者の波田勝《はだまさる》へバトンが渡った。

絶妙のオーバーハンドパス。他チームと較べてもタイムロスはまったく無く見えた。

波田は、五輪本番直前までその区間を走っていた梶倉明弘が膝を傷めたため、急遽リザーブから引き揚げられた選手だった。まだ一九歳と若いが、ここ一年の進境著しく、一〇〇メートルのタイムも梶倉とほぼ見劣りしないまでに迫っていた。期待を一身に受けての登用だ。

波田は重宗から、テイクオーバーゾーンの最初の部分でバトンを受け取っていた。そしてじりじりと前を走る選手との間を詰めていった。

「通常は二走にいちばん速い選手を持ってくることが多いんだ。エース区間と言うコーチもいる。

だけど今回は、駿太はアンカーにって最初から決まっているからな」

高屋が予選を見ながら言っていた言葉を思い出した。

波田は前走の重宗とは逆に、テイクオーバーゾーンの終わりに近い位置までバトンを持って長駆した。一二〇メートル近くを走り、タイムを稼いだ。

そして次にバトンを渡す瞬間に、すぐ斜め前にいた走者がカメラから消えた。日本チームがひとつ順位を上げたのだ。

三走の牧口真人とアンカーの川端駿太は、前哨戦のレースでのオーダーと変わっていない。

タブレットを持つ一斗の手が汗でじっとりと濡れた。滑る手で画面を顔の正面に持ってくる。

そうすると現実のレースと、カメラ映像の両方を同時に見ることができた。

テレビと違い喧《やかま》しいアナウンスは一切入っていない。それが逆に選手を近しく感じさせる一体感を強めた。

タブレットの映像は第三走者・牧口の胸に付けたカメラに切り替わっていた。

わずか二、三秒の間にカナダ、中国の選手が前方から真横に流れ、やがて消えた。日本が三位に上がったのだ。

このままなら日本は銅メダル。

それだけでも間違いなく快挙だ。けれども一斗は確信した。

——日本はさらに順位を上げる。

第三走者の牧口がチーム一の瞬発力を発揮して、みるみる加速していく。前を走るチームがスピードダウンしたのかと思うほどだ。

映像の中で一斗も一心に走っていた。

次は牧口からアンカーの川端駿太にバトンを渡す番だ。二〇二〇の時とは選手が身内で替わり、順番も逆だが、二人にとって宿願のリベンジを果たす瞬間でもあった。

掌を上に向けた右手を真っすぐに伸ばし、牧口と呼吸を合わせ、バトンが乗せられるのを待つ。川端の表情には、このレースに状態《コンディション》をピークに持って来た自信が漲《みなぎ》っていた。

バトンが渡った。

「いけ！」思わず一斗は汗ばんだ拳を握り締めた。

今度は無事に最終走者までバトンが繋がった。それを確認して、七年前の悲劇を知る観客席からそれまでで最大の拍手が湧き上がった。川端へのスムーズなバトンパスは、第三走者・牧口のウェアラブル・カメラでしっかり映し出されていた。

川端が一陣のつむじ風となってトラックを駆けていく。

とは言えそこはアンカー区間だ。前を行くカナダ、英国の選手との差がなかなか縮まらない。けれども五秒後、ついに視界から前の二人の姿が消えた。「今度こそ」の疾走が、川端駿太をトップに立たせたのだ。

映っているのはトラックの先で歓声が渦巻く観客席だけになった。その映像もまた猛スピードで横へ流れていく。

——もしや日本が金メダル⁉

誰もがそう思った瞬間、激しいどよめきが観客席に起こった。

後ろから迫ってきた一人のランナーが、あっという間に川端の横に並んだのだ。

川端のカメラ映像には、左端に黒い影が差し込み、見る間にその幅を増した。やがてそれはしなやかな全身として映った。

ジャマイカのアンカーだった。一走のスタートの遅れをそれまでの区間で完全に取り戻し、トップに立とうとしていたのだ。

さすがは世界最強の名をほしいままにする陸上王国だ。一斗は唸った。

そのままアンカーはゴールを駆け抜けた。

川端も思い切り上体を前傾させ、ゴールを切った。

最後の瞬間、ジャマイカの選手と完全に並んだように見えた。

ゴールタイムが電光掲示板に現れた。

37・12。

それがどのチームのものかは明らかになっていない。

順位の決定は「電子判定」に持ち込まれることとなった。写真判定よりさらに精密な判定方法で、動画映像の一センチの間に一〇〇本の線を引き、誰が最初にゴールラインを切ったかを精確に検証できる。実用化されたのはこのオリンピックのテスト大会からで、ここにもユビタスの経営するＩＴ企業の先端技術が生かされていた。

どちらが金メダルなのか？

もし日本だったら、日本が金メダルを獲ったのなら、それはまさに奇跡と言っていい。

観客席では歓喜が爆発し、競技場全体が震えるような響きに包まれた。カメラ映像はもみくちゃにされる川端駿太をそのまま映し出した。

リザーブの二人が駿太に駆け寄り、大きなタオルでその体を包んだ。

駿太のAthLinkには瞬時に祝福の書き込みが殺到した。

「シュンタおめでとう！」

「胸を張れ。日本の誇りだ」

電子判定の結果はまだ出ていなかったが、公認配信映像のビュアー数も史上最大の一〇〇〇万を超えて跳ね上がった。

だが――。

もう順位はどちらでもよい。そう思わせることがトラック上で起きた。

川端駿太が万歳するように、体を包んだタオルを頭上に高く掲げて見せたのだ。

駿太が両手で広げたのは、それまでの日本のメダリストが決まって掲げたような日の丸を誇示するタオルではなかった。オリンピックの五色の輪を鮮やかに描いたタオルだった。

ジャマイカのアンカーが、駿太に駆け寄って来た。かつて一斗が目を見張った駿太の長い脚より、さらに伸びやかな褐色の肢体。駿太と熱くハグを交わしたその選手がタオルの一辺を受け取った。そして二人で五輪のマークを大きく広げて、観客席に向かって振ったのだった。

割れるような拍手と歓声の中、他の国の選手たちも続々と集まってきた。五輪マークのタオルが次々に日本チームの選手から手渡され、他国の選手もそれをともに振った。

勝った選手も敗れた選手も、国や民族を超えて健闘を称え合っている。同じスポーツを愛する人間として。

見つめる一斗の視界が急に滲んだ。大量の涙が目に溢れていた。

川端駿太がいちばん素晴らしいことをやってくれた。

「これがオリンピックだ！」

雄叫びを上げた一斗は、思わず隣のエイミーを抱き寄せた。

「やったな！　オレたち！」

「ホントだね！　ホントにやったね！」

言葉に尽くしがたい試練を経て、オリンピックはこの瞬間、本来の姿に還った。

膨張を続け不正の塊と言われるまでに堕した姿は過去の遺物になった。規模は縮小しても、その鮮度と純度によって五輪の生命はここに復活したのだ。

一斗にとって、五年前には想像もしていなかった大仕事だった。

何とかやり遂げた。それをできたのは、隣に——。

感情が突き上げるまま、一斗はもう一度、思い切りエイミーを抱きしめた。

・本書は書き下ろし作品です。

鷹匠 裕　たかじょう・ゆたか

一九五六年、兵庫県生まれ。東京大学文学部を卒業後、一九八〇年、大手広告代理店入社。コピーライター、CMディレクター、デジタルプロデューサーなどを歴任し退職。二〇一二年、第四回城山三郎経済小説大賞最終候補、一六年、藤本義一文学賞・特別賞受賞。一八年に『帝王の誤算 小説 世界最大の広告代理店を創った男』でデビュー。他の著書に『ハヤブサの血統』がある。

聖火《せいか》の熱源《ねつげん》
二〇二四年八月二一日　第一刷発行

著者　鷹匠 裕
発行者　箕浦克史
発行所　株式会社双葉社
〒162-8540
東京都新宿区東五軒町3-28
電話　03-5261-4818（営業）
03-5261-4831（編集）
http://www.futabasha.co.jp/
（双葉社の書籍・コミック・ムックが買えます）
印刷所　大日本印刷株式会社
製本所　株式会社若林製本工場
カバー印刷　株式会社大熊整美堂
DTP　株式会社ビーワークス

ISBN978-4-575-24759-6 C0093